有度文化

你独自
一人
怎能温暖

蓝石 著

山西出版传媒集团 北岳文艺出版社
BEIYUE LITERATURE & ART PUBLISHING HOUSE
·太原·

图书在版编目（CIP）数据

你独自一人怎能温暖 / 蓝石著 .—太原：北岳文艺出版社，2024.1

ISBN 978-7-5378-6801-3

Ⅰ . ①你…　Ⅱ . ①蓝…　Ⅲ . ①中篇小说—小说集—中国—当代　Ⅳ . ① I247.5

中国国家版本馆 CIP 数据核字（2023）第 217781 号

你独自一人怎能温暖

蓝石 / 著

出品人
郭文礼

选题策划
刘文飞

责任编辑
武慧敏

装帧设计
FAWN WONDERLAND QQ:2821598445

印装监制
郭　勇

出版发行：山西出版传媒集团・北岳文艺出版社
地址：山西省太原市并州南路 57 号　邮编：030012
电话：0351-5628696（发行部）　0351-5628688（总编室）
传真：0351-5628680
印刷装订：山西人民印刷有限责任公司

开本：880mm × 1230mm　1/32
字数：240 千字
印张：9
版次：2024 年 1 月第 1 版
印次：2024 年 1 月山西第 1 次印刷
书号：ISBN 978-7-5378-6801-3
定价：59.80 元

蓝石小说：恶境中的故事、絮语和悬念

（代序）

左梨

在朋友中，蓝石是颇具神秘感的存在，我们一年聚会五六次，几乎都是他组局,约他则很难成行,因为踪迹不定。北京二环的家只是中转站,他常住官厅别舍，冬天栖息北戴河，有时云游两江闽越海南，或突然现身成都、青岛的酒桌，还要不定期返回故乡沈阳……

有些旅行是为了解决人与时间的争端，去陌生的地方，钟表似乎会变慢。蓝石则像个不断出走的逆子，要去他的秘境埋藏些什么，再挖掘些什么。德国有句谚语，远行者必有故事。的确如此，蓝石让我联想到本雅明送给尼古拉·列斯科夫的称号——讲故事的人，“在大千世界的阶梯上越往下深入，他看待事物的方法就越明显地接近于神秘主义，清晰地回响着先于一切文学而存在的无名讲故事人的声音”。这个评语大半可以平移给蓝石，区别在于蓝石怀抱着现代的怀疑主义倾向。

本雅明将小说作者分为两类——讲故事的人与写小说的人。故事与史诗血缘更近,能够口口相传。小说则依赖印刷术的发明；故事传递经验,而小说诞生于孤独的个人。在我看来，小说写的是人，事件是人的经过；故事说的是事儿，人性是事件的结论，每个读者都可以代入个体经验，亲身加入故事，所以故事在最大可能上承载了大众。托尔斯泰、巴别尔、安徒生、爱伦坡、康拉德、马克·吐温、舍伍德·安德森、列斯科夫讲故事，普鲁斯特、乔伊斯、卡夫卡、雷马克、梅尔维尔、菲茨杰拉德写小说。将视野转向中国当代文学史，我们会在冯骥才、古华、张承志、路遥、莫言、严歌苓的作品中看到鲜明的故事性，而史铁生、王小波、余华都是写小说的人。

故事与小说的差异不在语感，蓝石最喜欢的作家多甫拉托夫虽运用口语写作，还频繁添加习语和口头语，但其作品仍为小说，因为不具备故事的根本特点——可转述性。博尔赫斯倒是使用书面语言创作，却是一个说故事的人。

蓝石的小说都可转述，只是与传统故事不同，读者得到的并非共同经验，而是各自的疑惑和茫然。《三根硬骨头》里，少妇被骗走全部存款，只能背着孩子去路边摊当服务员，但是与骗子重逢的一刻，她为何不去追究报案，而是假装不识？《红门》中，与老明偷情的女人是否为舅嫂？小玲知情吗？两个女人是勉强默许还是有意配合？何继东想把日子过成水，张薇为什么莫名提出离婚，伤筋动骨地卖房分家后，为什么又求复合？这些悬念都是指向异度空间的路标。蓝石很少作心理分析，不涉足人物内在世界，就是要隔着肚皮写人心，面对麻袋轮廓，和读者一起猜测里边是土豆、玉米，还是孩子。

这也是我们了解另一个心灵唯一可能的方式。心掏出来就死了，再坦诚的人也有无法坦白的部分……

《段落》中，主人公越成熟，内心的可见度越低。三十年前的“我”赤诚开朗，心事直陈托出，直到送葬路上莫名流泪，才第一次对自己感到陌生。从下篇的告别宴开始，三十年后的“我”内心难以言表，不再敞开心扉，作者关闭了主人公内心的独白音轨，单纯记录言行。所谓成熟，可能就是自我异化，而正如阿多诺所说：个人的异化程度越高，之于群体和人类越是神秘莫测。小说真正的冲动，即试图破译外部生活之谜。

蓝石的文字过于平实，以至于经常使人忽略他构造情节、摹写心灵的卓越。这种文字构成风俗剧氛围，带来情节即将落入俗套的预期，而摆脱惯性的过程，成就了作家蓝石。

《吞咽》的男主人公误入一座离奇的社会丛林，其中的怪兽是各种尴尬的人际关系，前妻、前妻再婚后所生的孩子、女友、女友身患绝症的丈夫、女友的疑似情人，际遇将他们打包压缩，无法单独卸载任何一个。吞，已然吞入；咽，绝难咽下。蓝石一直带着他的人物抵抗着引其就范的结局，不抽身逃离，也不原位简化，让某一片真相在小说里出现，就像在现实中出现一样，卡在纠结和矛盾里，不近情理地发生，不近情理地存续。

如果让白先勇的金大班点评《穷鬼乐园》中的陪舞女王彩霞，一定斥责她脸嫩、心软、没决断，一上来就动感情，这是往火坑里跳蹦极。但厄运始终拒绝降临，王彩霞甚至与曾经的客人过上了勤劳合法的小日子。只要人还是人，就必然在情感磁场中或多或少地改变轨迹，这是蓝石在神秘之中唯一的确定。

故事像风滚草那样在大地上滚动，遇到适宜的心灵便生根，在人与人之间结网。故事潜在的伦理需求，不断征讨听众，迫其得出足以流传的正义标本，构建最具现实性的民间信仰，因此乱世、僻壤、异乡的故事最多，越是伦理失效的地方越需要故事，也越容易生成故事。

二十世纪八九十年代蓝石书写的时代，他本人，正是第一批脱离体制的个体工商业者。在批发市场这个新生边缘领域，自然形成与之相应的灰色法则，个体要在其中生存，就难逃日常化的违规，乃至违法，因此屈从于税吏、协警和各路大哥，在法外空间寻求保障。“大家都不干净”，这种自我安慰或许可以抵消耻感，却无力摆脱罪感，是非莫辨的道德飞地渴求一种新的伦理，它或许有悖公序良俗，却可勉强维系尊严、显现人性。这是蓝石的创作母题。

《红门》中的小玲是令人耳目一新的恶女。男主人公老明是男裤界的拿破仑，小玲则是女版的麦克白，作为情节隐线，两者的暗战完全突破了南一马路批发市场的利益空间。既往文学作品中的恶女多出自嫉妒、贪婪或情欲，尤其后者，时常引发女性骇人的恶能。与她们截然不同，小玲是少女与枭雄的独特组合，她的自我觉醒与爱情、肉欲无关，与男人无关，乃是为了尊严一战。我们很少在女性身上看到这样强烈的尊严需求，尤其面对全方位超越自身的男友。出于道德直觉，蓝石为小玲作出辩护，并目送她劫财成功，远渡美利坚，从漂流于候车大厅的不良少女羽化为藤校精英。

作家张万新认为蓝石“克服了困扰多数中国小说家的难题，展示了极端凶恶条件下的生存经验，是中国人必须了解却又很难了解到的邪恶知识”。我则相信，他有一种甚至自己都不甚了解的激情，即在恶的生态中接生出一种更彪悍更广谱的新伦理，为中国人感到陌生甚至惧怕的欲望主体正名。

2021 年我邀请蓝石回答“左梨问卷”，其中一个问题是：如果只带着当下的自我意识回到原始时代，你将如何度过一生？蓝石的回答很简短：下海捕鱼，晒太阳，然后死在海里，喂鲨鱼，希望也给小鱼留一口。

那期访谈因此得名《也给小鱼留一口》。在文学的世界里，蓝石是渔夫，不是猎人，不会身伏草影、剑拔弩张，但会时常坐在河边，看河水，看涟漪，看水鸟和鱼群，等待着属于自己的那一条。蓝石是自然主义和怀疑主义的混合体，同时对英雄主义报以同情，愿意以自己的方式做出部分牺牲。他不会与鲨鱼抗争，在献祭时，却会以令自身更痛苦逼仄的代价，留一口给小鱼。他的故事也承载着这样的伦理关怀，总是留一道微光给路人、弱者，甚至恶徒，就算他们并不值得。而他解决自身怀疑的方式，是率先接受人性最恶劣的可能，然后抱持善意。

可惜的是，听故事的夜晚消失了，没有营地篝火，没有老祖母做着针线的烛光……铁匠炉边的乡村聚会，异乡人到访的兴奋时刻，也都消失了。讲故事的蓝石是孤独的，像一个在小酒馆里醉后絮语的旅人。尽管人性正在此刻发生着质变，我们比任何时候都需要新故事，但是这门手艺却快要失传了。

目录

你独自一人怎能温暖

何继东离婚不久，就在燕郊买了房。小区位于潮白河以东，叫夏威夷东岸。东岸还说得过去，夏威夷又是为哪般呢？这就明显地不知所云了。为什么不能叫潮白河东岸呢？挺好听的嘛。不能，太土。几年前的夏天，何继东去过潮白河，还就在这个河段。河是干枯的，河底的鹅卵石缝隙中长出一丛丛青草，半人多高，有人在放羊，羊群在河堤撒着欢的上蹿下跳。他们坐在河岸的空地上光着膀子吃烧烤，喝啤酒，倒也别有一番情趣。他亲眼看见一个刺着虎头文身的小伙子与挥鞭子的羊倌讨价还价之后，牵着一只羊兴冲冲地爬上来，让老板现杀现烤了。那只羊泪流满面，发出一声声惨烈的“咩咩”的叫声。其它的羊不再蹦跳，龟缩成一团，打哆嗦，围着原地转圈圈。

河对岸是北京的宋庄镇，那里有一个闻名全国的艺术区。就是说，燕郊虽地处河北，但实际上，比许多北京的远郊区离北京城近得多。所以，许多在北京工作的外地年轻人都选择在这里买房，安家落户。比北京郊区的房子便宜不少呢。但何继东不属于这种情况。他已经四十多岁了，在北京上大学娶妻生子，生活二十几年了。他之所以在燕郊买房是迫于无奈,不是钱的问题。何继东的妻子是北京人,现在说来得叫前妻了。按照规定,他只要结婚十年以上,年龄超过四十五岁,就可以落北京户口。可离婚时他四十四岁出头，还差几个月。如果晚几个月离婚，等他的户口从老家迁过来，他也就不至于大老远地跑燕郊买房子了。当初他若主

你独自一人怎能温暖

动跟张薇提出拖上一段时日再离婚，估计张薇也许会同意，当然，也许不会。还有，他属于自由职业者，是影视剧编剧，虽然这些年他没少缴税，但他没有连续五年缴税的证明，所以不够在北京买房的条件，或者说资格。

房子是两室两厅，一百二十平方米，精装修。家具、电器都是从原先家里搬过来的，半新不旧，凑合着用没问题，这省去了他不少麻烦，也省了不少钱。他只买了一张床，放在主卧，床是定制的，二米乘以二米二。何继东一直想拥有一张睡觉可以摆成大字抻懒腰的大床，只是苦于过去没有这样的居住条件。现在他一个人睡，想怎么折腾都行，反正碍不着别人。

房子在一层，把边，售楼处的人管这叫边户。门前有个八十多平方米的L型的院子，这是何继东最为看重的，不然他不会简单去现场看了看房子的户型，就立刻签了购房合同。尽管比别的户型贵两千，但在他看来是值得的。他搬进去之后马上着手备料，在院子的过道用竹坯搭了个月亮门，甬道铺的是青灰色的渗水砖。当时正值春天，他在栅栏下种了些时令蔬菜，后面种的是苦瓜、西红柿和扁豆，一行行一列列，一看就是行家里手出的活儿。房前的葡萄架下摆了石桌石椅，可以读书、写作、乘凉。

隔壁住着一对老夫妻和一个五六岁的小女孩，隔着栅栏羡慕地瞧他每天戴着草帽挥汗如雨，进进出出地忙碌，小女孩时不时冲他笑笑，很害羞的样子。他们的房前光秃秃的，大概也是刚搬过来。

“你的院子侍弄得真漂亮。”老头终于开口了。

“想不想也弄一个？”何继东用草帽扇着风。

“得不少钱吧。”老头嘿嘿两声。

“料没几个钱，主要是工。要是想弄，我正好闲着没事，可以帮你。”

“那怎么好意思。”

“你只要管饭就行。”他不想闲下来，也懒得一个人做饭吃，麻烦。

“真的？”

老头给他打下手，没几天，院子弄好了，渗水砖铺了，菜也种了。那几天，除了早饭，午饭和晚饭他都在老头家里吃。老头两口子是山西长治人，变着法儿给他做地方小吃，羊汤、甩饼、上党拉面、合愣子、不烂子。其实，早饭老头也喊他过去，但他早晨不爱吃稀饭馒头就咸菜。他喜欢喝牛奶泡燕麦，再煮个鸡蛋。老头的院子是中户，没他的大，只有三四十平方米。他用自己剩下的种子给老头在前面院子的栅栏下种了些青菜，月亮门的两侧种的是日本葫芦。这种葫芦长得小巧可爱，有点像打乒乓球的福原爱，到了夏天挂得满满的，也像铃铛，风一吹，摇摇晃晃，还可以遮阳。小女孩一定喜欢，他想。

小女孩问他：“叔叔，为什么你家院子种的是葡萄，我家种的是葫芦啊？”

“你知道宝葫芦的秘密吗？”

小女孩仰头望着他，使劲摇头。

“因为叔叔知道，所以才种了葡萄。等你长大了，知道了宝葫芦的秘密，叔叔也给你种葡萄。好吗？”

小女孩点头。“叔叔，那我想吃葡萄去你家吃行吗？”

“当然。随时欢迎。”何继东弯腰做了个滑稽的“请”的手势。

闲下来的何继东整天坐在葡萄架下，双腿架在石凳上，无所事事地望着天发呆。他不想读书也无心写作，他最喜欢的朴树、许巍也不听了。他一个人懒得做饭，如果不饿到心慌，甚至连碗方便面都不爱煮。何继东眼睛半睁半闭，似睡非睡，整个人看上去慵懒、倦怠，打不起精神，或者说他压根儿就不想打起精神。

何继东很困惑，他想不出究竟出了什么天大的事，才会促使一个中年女人果敢地跟丈夫离婚，且如此决绝。这不大符合常规，多少也是对他的侮辱。即使是男人，到了这把岁数也不会轻易选择离婚的。前几年，他在一个剧组现场修改剧本，认识了一个刚从艺校毕业的女演员，因为剧情需要，他给她加了几场戏，两人由此相识，一起吃过几次饭，上过几次床。女演员在单亲家庭里长大，对他很依赖，也很顺从，走在街上，总是喜欢亲昵地挎着他的胳膊。何继东试探着问，万一被他妻子看见怎么收场？离婚啊，我嫁给你。女演员的眼神不像开玩笑。一瞬间，何继东有些激动，一个年轻貌美的女孩子喜欢自己，甚至愿意在他离婚后嫁给他，这可不是每个中年男人都有的福分。但他随即清醒过来，“艳福不浅”是幸事,但人到中年更要懂得“浅尝辄止”。离婚可不是闹着玩的，劳心费力不说，找个年龄比自己小这么多的，表面看上去挺风光，但过日子就是另一码事了。等你老了，人家正当年，起码风韵犹存，凭什么伺候你个糟老头子呀。何继东渐渐开始有意疏远她，并找借口激怒她，费了好大的工夫，才惊险脱身。

小女孩每天傍晚从幼儿园回来，总要先推开何继东的栅栏门，跑过来，缠着他讲故事。老头怕打扰他，何继东摆摆手，表示无所谓。他是讲故事的高手，儿子小时候的睡前故事都是他讲。小女孩提出的“为什么”，儿子之前大多也问过。这让他回答起来从容、温馨，有一种昔日重现的慨叹，当然也有些伤感。有时候，他会不自觉地陷入回忆之中，手捧画书，目光散淡，小女孩就抓住他的手臂不满地摇一摇。他回过神，笑了，小女孩也笑了。老头和老伴站在栅栏对面，看着他们，脸上挂着微笑。

刘冰来了。他自如地把手探过半人多高的栅栏门，拔开插销，一只手插在裤兜里，踩着渗水砖铺就的甬道，大大咧咧地走进来。“不错呀。世外桃源。”

“少扯，我这是被逐出紫禁城。纯属被逼无奈。”何继东坐在院子里看书，慢腾腾地站起来，抻了个懒腰。

刘冰的身后跟着妻子小夏，和他的两个徒弟，后面是一个个子高挑的女孩，不认识。何继东家里只有两把木椅，三把超市赠送的帆布椅。他一边让他们坐，一边冲栅栏对面喊：“大叔，借把椅子。”老头跑出来，热情地隔着栅栏把椅子递过来，嘴里说着：“够不够？”

“够，够。谢谢。”何继东接过椅子说。

“行啊，刚搬过来这么几天就混熟了。”刘冰挨着何继东坐下来，拿起茶壶给自己倒茶。

“远亲不如近邻嘛。跟邻居处好关系没亏吃。”

“那倒是。”刘冰拍拍两个徒弟的肩膀，“把包装打开。”

“什么？”

“送你的礼物。祝贺你乔迁之喜。”

礼物打开了，是不锈钢的烧烤架、篦子，还有两捆不锈钢钎子。另一个是烤炉，也是不锈钢的。

“你这里太适合烧烤了。不锈钢的烤架干净，吃起来卫生。烤炉嘛，环保。”

“就是洗起来有点麻烦，得及时清洗。”小夏说，“厨房里有案板吧。我们去切肉。”说完，就要跟拎着塑料袋的高挑女孩进厨房。

“不急，小夏喝会儿茶，歇歇。”

“你们男人就会说不急，但到头来，活儿还得我们女人干。”

刘冰吩咐徒弟，用固体酒精和木炭在烧烤架上引火。

烟升起来了，肉也串好了。

高挑女孩系着围裙，手拿抹布，没打招呼就一声不响地撤了石桌上何继东和刘冰正在喝茶的茶具、茶杯。手脚麻利，没有一点儿拖泥带水。“有点主人翁的精神。”刘冰冲何继东使了个眼色。

何继东想去厨房拿碗筷，帮点忙，意思意思，不管怎么说，这是在他的家。正如刘冰所说，得有点“主人翁精神”。他刚站起身，高挑女孩已经捧着洗好的碗筷，胳膊肘一挑门帘出来了。

“这么熟悉，感觉不像头次来呀。”刘冰开玩笑。

小夏瞪了他一眼，“没正形，讨不讨厌呀你。”

“厨房的东西最好找了。洗涤槽上面的柜子一定是放碗筷的，旁边的柜子放些杯子啊瓶瓶罐罐什么的。下面的柜子放的是酒啊和日常不大用得着的锅碗瓢盆。很简单。”高挑女孩边摆放碗筷边笑呵呵地说。

何继东这才抬头认真看了眼她。女孩眼睛细长，皮肤白皙，人长得水灵灵的，样子看上去有些高傲。

坐下来吃饭的时候，小夏才介绍说：“这位是刘冰的老师，何继东。何老师，这个是我的大学同学，琳琳。”

琳琳站起身，笑着大方地伸出手，“何老师好。”

“你好。我怎么敢当刘冰的老师，人家可是大编剧。我就是混碗饭吃。”何继东伸手与琳琳握了握。琳琳的手很绵软,有种绸缎般的爽滑感。

“刚才路上听刘老师介绍说，当初多亏了你这个大恩人，要不然他现在还指不定在哪儿给人打工呢。”琳琳说。

“凭刘冰的聪明，即便不干编剧，干别的行业照样是把好手，甚至可能会更出色。”

“但人只能走到哪儿说到哪儿，人生不能假设，不然，人是永远不会满足的。其实换一种活法，也许更糟。当然，也许更好。”琳琳耸了耸肩膀，盯着何继东的眼睛说。

何继东觉得这个女孩好胜心挺强的。

琳琳看见栅栏对面的小女孩正眼巴巴地看着他们，就拿起烤好的肉串，走到栅栏边，蹲下身，递给她。

“谢谢阿姨。”小女孩接过肉串，回头看了看身后的姥姥姥爷。

“你叫什么名字？”

“小雨点。”

“好吃吗？”

“好吃，就是有点辣。”小女孩一只手在嘴巴前扇着风。

琳琳回身到烤架上拿了几串不辣的递给她，“对不起，阿姨还以为你是个小大人呢。”说完，捏了捏她的小脸蛋。

小雨点笑了。

何继东抓起一大把烤串递给老头。

“要不了这么多。尝尝就行了。”

“多吃点，我们搬到这里还是头次吃烤串呢。”

“谢谢。”老头说完，麻溜儿地带小女孩回屋了。

十年前，何继东接了个反映矿工生活的电影，临开拍了，制片方认为剧本有几处硬伤，需要紧急修改。何继东找人想了解矿工的井下生活，经朋友介绍认识了刘冰。刘冰是黑龙江鹤岗人，在老家当过两年矿工。当时刘冰在一家青年报当小红帽，送报纸。刘冰很热心，滔滔不绝地讲了半天，剧本改完，何继东请他吃饭，刘冰突然提出想当编剧。何继东问他之前写过剧本吗？刘冰说没有，但他特别喜欢看电影，他看过许多武打片，尤其喜欢周润发。何继东跟他解释，看电影与写电影虽然一字之差，但路途遥远，写电影是个比较专业的活儿，恐怕没有想象的那么容易。刘冰连说：“我知道我知道。”没多久，刘冰拿出来一个剧本。虽然写的没什么章法，但故事很感人，有生活也有灵气。刘冰趁机提出能不能收他为徒，给何继东打下手，不要工资。他每天下班过来帮忙，干什么都行，顺便学点手艺。就这样刘冰开始了剧本的写作生涯。刘冰年轻、聪明、会来事、为人处世也活络，在何继东毫无保留的指导下，两三年后，就能独挑大梁了，剧本写得有模有样。刘冰不满足于写电视电影，逐渐开始涉足数字电影，甚至大电影。他拉过何继东一起干，何继东拒绝了。何继东本来对编剧这一行业就没有足够的热情，他的志向是小说，他想成为优秀的小说家。如他所言，写剧本不过是混碗饭吃。刘冰在两个知名导演的票房过亿的电影担任过编剧，虽然只在一大堆编剧中排名末尾，但也算攒了些名气，就自己成立了工作室，还收了两个徒弟。

何继东离婚的事刘冰是最早知道的，不是何继东告诉他的，是一家影视公司的人说何继东临时变卦，推掉了事先答应好的剧本，无奈之下他们只好找刘冰的工作室临时救火。刘冰预感到何继东一定是遇到了大麻烦，就给何继东打电话，透透口风。两人在电话里嘻嘻哈哈闲扯了会儿，刘冰由此断定何继东肯定不是生病了，就自然而然想到了离婚。不然什么事情会让一个人甘愿舍弃饭碗于不顾呢？毕竟编剧这个行当是小圈子，大家低头不见抬头见，守信是顶顶重要的。一问，果真如此。他要见何继东，想当面安慰安慰，何继东认为没必要，他不需要安慰，也没什么苦急于倾诉，等安顿下来再说。直到拾掇好老头的院子，彻底闲下来，他才叫刘冰抽空过来。

“东哥，我的工作室人手不够，想请你帮个忙。不用你亲自写，你只负责指导，提建议。剧本让小夏他们三个写。就一年。实在不行，半年也行。”小夏当年是一家影视公司的剧本编辑，本来是该何继东写的剧本，他见刘冰对小夏痴痴的眼神，实在不忍，就把活儿主动让给了刘冰，从而促成了他们的姻缘。

“谢谢你的好意，刘冰。我最近真的不想写剧本。但不是因为别的事，而是，我正在准备写一部长篇小说。”何继东知道刘冰所说的“帮忙”是反话，目的是想分散他的注意力，以免他一个人独处，深陷离婚的不良情绪中胡思乱想。

“就不能放一放吗？不差个一年半载的。看在党国的份上，拉兄弟一把嘛。”

“我想争取用一年甚至两三年的时间把这个长篇拿出来，也算是了却我一桩多年的心事。”何继东的长篇小说已经构思几年了，笔记记了几十万字，但一直不知如何下手。这个刘冰早就知道。

“你写小说能挣几个钱？能填饱肚子吗？”

“别说赚钱，能不能出版还不知道呢。这年头，出本长篇小说可不容易。”

“这样下去你会坐吃山空的，大哥。我知道，你并不太富裕。”

何继东笑笑，他不想争辩，举杯与刘冰碰了一下。

“何老师写小说是为了实现理想，不见得非得赚钱。有些东西是钱永远买不到的。尽管只是很小的一部分。我不知道我理解的对不对？”琳琳突然插话说。

“这么说琳琳是何老师的知音咯。”刘冰说。

“我倒没有琳琳说的这么高尚，但意思是有的。这段日子闲着没什么事，我就瞎琢磨，剧本我暂时是写够了，想调整一下思路，干点自己想干又一直没时间，或者说下不了决心的事。当然，最主要的，是我现在有了写长篇小说的冲动。”

那天晚上的酒喝到很晚。小夏、琳琳想把院子和厨房打扫干净再走，但被喝多了的何继东摇摇晃晃地伸出手臂阻止了。“明天，我找小时工打扫，不用劳烦你们。太晚了，你们赶紧回家休息吧。”

第二天上午，何继东正在睡觉，手机响了。

“还在睡？”

“哪位？”

“小时工。”

“什么小时工，我没找小时工啊。”

“你不是说，今天要找小时工帮你打扫卫生吗，这么快就忘了？”

“你……你是琳琳？”何继东有点清醒了。

“是啊，我想去当小时工，欢不欢迎？”

“不好意思，就不麻烦你了，大老远的。我自己打扫就行。”何继东完全不记得昨天什么时候给琳琳留过电话了。真是喝多了。

“是怕花钱吗？还真是的，我这个小时工比较贵。”

“当然不是。我还没睡醒。”

“你再睡一会吧。等我开车到了，你也该醒得差不多了。”不等何继东说话，琳琳的电话就撂了。

琳琳开车来到何继东家的栅栏前，见屋子的窗帘还拉着，就打了个电话，没人接。琳琳停好车，学着昨天刘冰的样子，打开院子的门闩，轻轻地走进去。昨晚的残羹剩饭堆在餐桌上，院子乱糟糟的。琳琳轻手轻脚地把碗筷、钎子整理好，放到门边。看见角落里有扫帚，又扫了地。一些粘着污渍的纸团飘得院子里哪儿哪儿都是，琳琳就顺手一一捡起来，扔进垃圾桶。

琳琳坐在石凳上。葡萄架下的藤蔓光秃秃的，但竹竿已经被布条绑成了一个个规矩的方格。叶子刚刚发芽，要等些时日才能爬到架子上。到那时就会搭成一片阴凉，一串串紫色的葡萄垂下来，很好看，伸手就可以够到。她觉得石凳应该有个厚些的垫子，这样天凉的时候就不会凉屁股，旁边露天处，还应该放一把躺椅，最好是藤的面包椅，带脚垫的那种，整个人卧进去很舒服的。在石凳上坐累了，可以躺下来眯一会儿，晒晒太阳。

电话响了，是何继东。“我已经到了。干吗骗你，我正坐在你院子里呢。”

何继东的头在门前探了下，又缩了回去。何继东洗脸刷牙，换好衣服，走出来。

“对不起，我昨晚喝多了，头现在还疼呢。”

“这么说我来的不是时候，打扰你休息了。我这就走。”琳琳站起身。

何继东忙摆手道：“别别，我不是这个意思。坐坐，我去沏茶。”

“还是你坐吧，正好让风吹吹，清醒清醒。我去沏。”

“这怎么好意思。再说，你知道茶叶放哪里吗？”

“我当然知道。你就甭客气了，谁让我是你的小时工呢。”琳琳笑了。

茶沏好了。两个人坐下来，一时间不知道说些什么，只是喝茶。风一丝丝地吹过来，很凉爽。

“是不是不记得什么时候给我留过电话？”

“真的记不得了。”何继东认真地摇头。

“我们走之前，刘冰让你送我本你的小说集《朋友一场》，你签了名，但字迹很潦草，根本看不清写的什么，电话号码倒是写得一笔一画的。刘冰、小夏他们说你平时很少送书给别人，更没有留过电话号码，还拿你开了几句玩笑呢。我就想今天来当一次小时工，作为回报。”

“他们开我什么玩笑？”何继东紧张地问。

“嗯，我也不大记得了，你以后当面问他们吧。”琳琳摊开双手，调皮地眨了眨眼睛。

“我有段时间没喝酒了，冷不丁这么一杯杯地干，真的受不了。丢丑了。”

“没什么，谁都有喝多的时候。况且，你表现得还不错，挺得体的。”

“真的？你这么说我就放心了。”

“不然，你认为我会来给你当小时工？”

“那倒是。”

“别太得意了！”

“不敢不敢。”

“这样吧，你坐这儿该干什么干什么，像平时一样。我去洗碗。”

“一块弄吧。”

“不用，我还嫌你不够添乱的呢。”

碗筷洗好了，灶台擦干净了，抹布叠得方方正正，放在洗涤槽旁边。

琳琳到车里端出砂锅和一只鸡，还有调料包。

“你这是干什么？”

“煲汤。我早上特意去超市买的。你得加强点营养。你的气色不大好，昨天我就看出来了。”

“辛苦你了。”何继东拘谨地笑了。

琳琳故意白了他一眼，从他的身边高傲地绕过去。

琳琳把汤煲上，调到微火。

琳琳伸出一只湿漉漉的手，在围裙上擦了擦。“老板，别客气，该掏钱了。”

“待会儿我请你去看电影，怎么样？”

琳琳歪着脑袋想了想：“好啊，我可是有段时间没进电影院了。我上网查查，有什么好电影。”琳琳在手机上看了一下，“《星际迷航 3》怎么样，看个轻松点的。通州万达广场的 UME。”

“几点的？”

“一小时后。”

“那我们赶紧出发吧。”

两人匆匆出门，开车去看电影。

他俩看完电影，回到院子门前，琳琳停下车。“怎么有股煳味。”何继东的鼻子使劲嗅了嗅。

“哎呀，不好，鸡汤煳了。”琳琳跳下车，冲进厨房，关掉煤气，又跑出来，“千万别抽烟。”

何继东拿烟的手抖了一下，下意识地把烟头扔在地上，踩灭。

琳琳打开所有的窗户门，惊魂未定地一头扑进何继东的怀里。“好险呐。”

何继东怔在原地，双手垂着，没动。

“都是我不好，走之前忘记关燃气了。对不起！”琳琳趴在何继东的肩头上，哭了。

何继东拍拍她的肩膀，道：“没事的，没事的。”琳琳的哭声反而更大了。何继东的胸前湿漉漉的，不知道该怎样安慰她。

“我往后再也不会这么粗心大意了。”琳琳仰头望着何继东，像是祈求他的原谅。

“责任在我，这是我的家。出门前，我应该想着关燃气阀的。”

“你真好，是个有担当的男人。”

当晚，琳琳住在了何继东家。

离婚并不见得让何继东多么痛苦、伤心。之前没有任何征兆，没有言语的碰撞，没有肢体的挥舞，甚至没有互不理睬的怄气。一切如常。也许所有平静的表面之下，都意味着暗流的涌动，只待时机成熟，喷薄而出，一飞冲天。

那天，何继东像往常一样溜达着从菜市场买菜回来，钥匙插进锁孔，门却怎么也打不开。门是从里面开的。张薇站在门前，地上放着装得满满当当的拉杆箱。何继东每天下午五点步行出门买菜，到家六点，淘米焖饭，洗菜炒菜，张薇从单位下班开车接儿子小光回家，大约六点半。

“继东，我们分手吧。”张薇看着何继东，脸色很平静，声音也很平静。

何继东咧咧嘴角，但没笑动，怔怔地站着。他们之间很少开玩笑。看来，是真的。

张薇的头转到一边，冲向墙壁，接着又一点点顽强地转回来，直视着他。何继东的舌底渐渐生出口水，在嘴里打着转，终于没忍住咽了下去，喉咙发出“咕隆”一声巨大的声响，像什么东西砸了下去。

“我们说过的，或者说是你说过的，不问原因。”张薇摆摆手。

“是，是我说过的。你放心，我不会反悔。”多年以来，何继东每次与张薇吵架，起争执，他都会一字一板地说，“我不想跟你吵架。不想过，你随时可以离婚。我连原因都不会问。一句不问。”每到这时，张薇就气得浑身发抖，牙齿打颤。“你干吗这么盼着跟我分手？”“我没盼。我只是表达一种态度。”现在，事情已然发生了，何继东当然不会说什么。

“小光呢？”

“送我妈家了。”显然是有备而来。

何继东低头绕过张薇及她的拉杆箱，走进厨房，把买来的东西放下。他发现自己的手在发抖，就暗暗使劲攥了攥拳头，深吸一口气，然后转身斜倚着门框，点上一棵烟。

“我们把房子卖了吧，钱平分。存折上的钱也平分。小光由我带，孩子户口在我妈家，上学也不会有什么变动。钱，每个月你看着给。”

“没问题。你想得很周全。”

“那……我走了。有事儿随时联系。”张薇稍作迟疑，然后轻轻带上房门。金属锁扣咔哒一声，何继东的心缩紧了。走廊里，拉杆箱与地面摩擦发出的吱吱嘎嘎的刺耳声音，又狠狠地钻进了他的耳朵。

何继东感到一阵眩晕。他手扶额头，三步两步，扑倒在客厅的沙发上，躺下。他闭上眼睛，一只手臂弯在脸前，但还是晕，天旋地转，甚至比刚才晕得更厉害了。他调整呼吸，好一会儿才让自己平静下来。

这年头，什么人会突然想起来离婚呢？是张薇爱上了别人？不像啊，没看出有这个苗头啊。过够了？不至于吧。他们的关系虽然不咸不淡、不冷不热，但还没有到怒目相视、彼此厌恶的地步。大家不都是这么过日子吗？想离婚的人很多，但真正走到离婚这一步的很少，提离婚大多是在气头上，之后该怎么过还得怎么过。但张薇不是，他们最近既没吵又没闹，甚至何继东都不记得他们上次吵架是什么时候了。可越是这样，离婚的概率越高。不是可能，是肯定。张薇很冷静，财产分配，儿子未来的教育、抚养问题，说得清清楚楚，显然是经过深思熟虑的。

夜一点点漫下来。何继东没有开灯，他没有感到悲伤，或者说他还来不及悲伤，有的只是困惑，那些困惑在他的脑中盘桓，萦绕不去。何继东深深地陷入无边的黑暗之中，手里的烟头随着手臂的起落，忽明忽暗。

房子很快卖了。五百万。“你分两百六十万，我拿两百四十万。”张薇在电话里说。自从张薇提出离婚，就再没回过家，除了卖房子办手续，需要夫妻双方签字，两个人的联系都是通过电话。其间，张薇送小光回来过一次。小光是自己上楼的，那天晚上，何继东做了许多好吃的，但两人吃的都不多,气氛有点沉闷,话也不多。何继东想表现得尽量轻松些，但效果并不好。小光与何继东平时关系还不错，但明显不如和张薇亲近。小光上小学四年级，是个懂事的孩子。学校离姥姥家很近，是重点小学。每天中午由姥爷接回家里吃饭，有时候张薇晚上有事情需要应酬，小光就住在姥姥家。何继东不会开车，接一趟来回忒麻烦。

“不，平分。二百五挺好的。”何继东想表现得潇洒些，但他笑得并不自然。

“随便你。我只拿走我的衣服，家具、电器都归你。你大概什么时候搬出去？我好回个话，人家希望尽快搬进来。”

“很快。就这几天。”

张薇停顿了一下，道：“祝你好运。”

“你也是。”何继东的声音饱满、镇定，他对自己最后这句比较满意。

一个夫妻二人共同经营了十几年的家，就这么散了。

何继东为了写这部长篇特意买了支英雄牌钢笔。他写剧本从来都是直接敲在电脑上，写短篇小说用圆珠笔，这次他之所以选择钢笔，是想体现一种庄重的仪式感，也算是跟自己玩一把小游戏。小说进行得还算顺利，每天涂涂改改，能写个千八百字。之前写剧本总是磨磨蹭蹭，虽然也是一天到晚坐在电脑前，但很少这么精力集中过，客厅里放着震耳欲聋的摇滚乐，何继东边写边摇头晃脑。关电脑前，他不是检查这一天写了什么，而是关心写了多少字。晚饭后，就不写了，要么读读书，要么上网看电影，十一点准时睡觉。何继东严格遵从海明威的教诲，写得顺的时候，适可而止，不顺才坐在桌子前，冥思苦想。这需要强大的意志力。好在只要想起这句话，他就开始分心，注意力不再集中。何继东关掉电脑，站起来活动活动，在院子里抻抻胳膊腿，或远离书桌，随便找点别的事情干。小说的名字他早就想好的，叫《人无再少年》。小说分两部分。一部分写一个女孩子的高中生活，讲她是如何从一名品学兼优的好学生蜕变成杀人犯的。这部分有原型，是他中学时代的一段真实经历。另一部分写她出狱后的生活，原本他想把她设计成一个自强不息的企业家，但因为琳琳的出现，他临时改变了主意，让她在监狱自学法律，出狱后成为一名法律咨询中心的援助者，专门为一些受了冤屈的人递写诉状。

那天晚上，他们做完爱，躺在床上说话，琳琳告诉他，她是律师，是一家知名度很高的律师事务所的刑辩律师。何继东撑起身体，认真地看了看她。琳琳故作威严地竖起眉毛，厉声道："怎么，不像？"何继东既没点头也没摇头，"只是没想到。我从没接触过律师。"琳琳耐心地告诉他，受过刑事处罚的人是不能当执业律师的，过失犯罪除外，一般只能从事幕后工作，不能参与庭上辩护。

十几天过去了，自打从何继东这里离开，琳琳没有再来过，不是不想来，是抽不出时间。有两次，琳琳已经开车在路上了，但都被所里叫了回去。一次是临时出差，琳琳只好掉头往机场赶；另一次是叫她回律所开紧急会议，会开了大半宿，她只能在沙发上凑合着打个盹。琳琳还特意用微信发过来一张自拍，一副楚楚可怜的样子。但两人每天保持通话，一天好几次。琳琳家和律所在西边的石景山，他们一东一西，来一趟挺费劲的。琳琳在电话里总是叮嘱他好好吃饭，一个人也不要糊弄，还问他葡萄的长势如何。蔬菜千万别打农药，反正自己吃，好不好看不重要，重要的是绿色环保。琳琳给他快递过两瓶橄榄油、一台德国产的净水器。琳琳说，不要吃国产的转基因豆油，上次在他家炒菜时她就注意到了。焖饭、喝茶一定要用净水器滤过的水。北京的水都不一定安全，河北的就更可疑了。

小雨点每天从幼儿园回来，先跑到何继东的院子玩一会儿，再回家吃饭。老头不让她去，何继东招手，说："没事，过来玩吧。"老头小声告诉小雨点千万别打扰叔叔写东西，小雨点就懂事地点点头。何继东继续写他的小说，小雨点坐在另一张石凳上，安安静静地看图画书。何继东放下钢笔，抻个懒腰，这就意味着他一天的工作结束了。他拿起小雨点的图画书，边给她讲解边学动物的声音、动作，小雨点被他逗得咯咯笑。这套小把戏，他轻车熟路，儿子小时候也常常被他逗笑成这样，还在床上打滚儿呢。小雨点一走，何继东总是托着下巴想，儿子此时在干什么？

放学了吗？学习怎么样？晚上吃什么？

老头喊他吃饭了，有时候是老太太。自从他帮隔壁修建了小院子，他的晚饭就一直吃他们的。何继东几次说他自己做，不必麻烦了，老头都说多双筷子的事，不要紧。但他坚持自己做饭，只吃他们家炒的菜，偶尔也自己炒个菜。一是真的不想太麻烦，二是他也吃不惯老头家上顿下顿的面食，再一个，这么天天吃人家的也不是个事，报答是有头的，不能无休止。况且，老头老太太已经够意思了。开始他还买些水果、干果、玩具，作为回报，后来干脆什么都不买了。这样时间长了，两家才会渐渐回归到普通邻居的关系，按照国际上的说法叫邦交正常化。

那天，何继东在院子里正在给小雨点模仿狗熊走路的样子，隔壁的栅栏门开了，一个穿着豆绿色长裙戴墨镜的女人走进来，小雨点扭头喊了声“妈妈！”，就疯了一样往外跑。女人把墨镜卡在额头上，双手抱起小雨点，紧紧地搂在怀里。女人的眼泪流了下来。老头老太太推门出来，女人抱着小雨点走过去，叫了声：“爸、妈。”老头点点头，没说什么，连忙开门让女人进屋了。

何继东一直觉得这家人的人口结构有问题，他只知道老头老太太是小雨点的姥姥姥爷，那她的父母在哪里？外地？还是离婚了？他知道，有些事情是不能问的。认识老头这么长时间，没少跟他聊天，但从没听他说起过小雨点的父母。

女人进屋后，当晚隔壁家的房门就再没开过。

第二天早晨，何继东蹲在菜园子里拔草，用水管浇菜是晚上，这样有利于蔬菜的生长。而头天晚上浇过水的土地变得松软，第二天早晨拔草更容易除根，不然，用不了几天，没去根的杂草就会呼啦啦地重新长出来，比蔬菜长得快得多。隔壁的老头也学着他的样子做。无论拔草、浇水，两个人都有模有样地戴顶草帽，隔着栅栏随便聊点什么。

女人拉着小雨点的手出来，小雨点像往常一样跟他打招呼：“叔叔好！”但明显比平时快活了不少，走路一蹿一蹿的。

“小雨点好！”何继东戴着沾着泥巴的手套挥了挥。

女人友好地看了他一眼，微微点点头。何继东直起腰，抹了把脸上的汗水，也点点头。

“辛苦你啦。我爸说我家的院子侍弄得这么漂亮，多亏了你帮忙。”女人隔着栅栏站下来。

“没什么，邻居嘛，互相帮助。”何继东走过去，用手背推了推草帽檐。

“你怎么会种菜？现在的年轻人哪还有会干农活的！”

“我以前在顺义有个小农家院，我是跟村里的农民学的。照猫画虎，也就是蒙蒙外行，地里的活儿想学好，可不容易。”何继东几年前听说顺义有农家院出租，就想弄一个。一是可以变换一下写作环境，总在家里写，难免会有枯竭之感。两边跑跑，生活也显得热闹些。二是想给家里种一些有机蔬菜。张薇认为他是想借机逃避家庭生活，讥讽他，写个电影都得弄个农家院，那写电视剧的是不是得跑避暑山庄去住啊。何继东的倔脾气上来了，他偏要弄。两人为此大吵过几次。后来，见何继东隔三岔五往家里带回新鲜的蔬菜、柴鸡蛋，张薇的态度才有所缓解。直到去年，村子道路扩建，扒了他的农家院，何继东才心有不甘地回到家里。张薇反倒催促他，重新找块地方再弄个农家院。谁承想，没多久两人离婚了。他之所以要在燕郊买带院子的房子，正是出于一种怀念的情结。

“那也得谢谢你。小雨点每天从幼儿园回来，总是过你这里捣乱，添麻烦。”

“哪儿呀，小雨点可是给我带来不少快乐，文文静静的，又懂事又可爱。”

“你忙吧。小雨点，跟叔叔说再见。”

“再见！再见！再见！”一连三个再见，听上去，更像是小雨点从嘴里唱出来的，还边走边回头，调皮地冲何继东摇手。

午睡的时候，刘冰打来电话，说晚上有个饭局。何继东不想去，他一向不好酒，尤其不喜欢跟刘冰喝酒，逢喝必醉，缓一次得好几天。“我是请一天影视公司的老板吃饭，我这是替你擦屁股，你难道懒得连张手纸都不舍得递吗？”这个比喻不错。一天影视公司就是上次他欠剧本的公司，是刘冰帮他解了围。“见见吧。你总不能靠写小说活一辈子吧，过过瘾就行了。往后还得打交道呢。”

“你别啰嗦了，我去。”

“这就对了。”

打心眼里，他是感激刘冰的，并不是每个受助的人，都像刘冰这样懂得“涌泉相报”的。

何继东想，午觉是睡不成了，就干脆爬起来，洗把脸，坐在院子里写小说。女人带着小雨点放学回来了，但小雨点没有像往常一样进他的院子，而是被她妈妈牵着径直进了自己家的院子。小雨点嘟着小嘴，恋恋不舍地看着何继东。何继东也微笑着看她。女人站在栅栏同他打招呼。

“写得怎么样？顺利吗？”

“还好。”何继东不得不站起来。

“看你的样子，好像很疲惫，写小说这么累吗？”

“挺辛苦的。几个小时坐下来，人的身体是虚空的，精神也有些恍惚。”

“没想到，写作还这么不容易。你的小说是写什么题材的？”女人感兴趣地问。

何继东挠挠头。他最怕别人问这个，解释起来很麻烦，更重要的是，三句两句根本说不清楚。“要是你没什么事，就带小雨点过来坐坐，冷不了她回来不到我这报个到，她还不适应，我也觉得缺点什么。我可以慢慢跟你聊聊小说的题材问题。”

小雨点在一旁拍手，抬头看着妈妈。

“那我们就不客气了，过去坐一小会儿。”

何继东沏了新茶。两人坐下来聊天，小雨点在一旁看动画书。何继东耐心地讲解他的小说构思，女人一只手支着下巴，认真倾听。当他讲到女主人公因为不堪屈辱犯下杀人罪，被判入狱，女人的眼泪开始在眼圈里打转。正当他不知如何是好的时候，琳琳推门进来了，怀里抱着两个海绵坐垫。琳琳看见女人和小雨点，稍稍愣了一下，随即露出得体的微笑，说了声：“你好。”

女人站起来，道：“你好。”

何继东把石凳让给琳琳，自己正要坐在一把帆布椅上。

“你们聊，我们得回去做饭了。”女人拉了拉小雨点。

“再坐一会儿吧。”

“不了，不了。”说完，娘儿俩牵着手走了。

何继东给琳琳倒了杯茶。

“你怎么突然来了？事先也不打声招呼。”

“怎么，嫌我碍事了？好，我这就走。”说完，琳琳站起身。

“别价呀，你怎么动不动就要走啊！我只是随便问问。”

琳琳笑着跺了跺脚，道：“逗你呢。”

“我的意思是，万一我不在家呢？你不是白跑一趟？”

“我的直觉告诉我，你肯定在家。就算不在也没关系，我可以等啊。上次我不就是在你院子里等了一个多小时吗？”

“那倒也是。”

“去，到车里把雷达椅抬下来。”

“什么雷达椅？”

“是一种环形的藤椅，有点像雷达的形状。可以放在石桌旁边，你写作累了，就直接躺上去睡一觉。”

“我的东西足够用了，这我都嫌碍事呢。”

“你这个人会不会说话？人家大老远精挑细选给你买回来，你非但不道声谢，反而嫌我买的东西碍事。”

“对不起，是我不会说话。下次一定改正。”说完，何继东连忙跑出去，搬着雷达椅进来。

“躺一下，试试舒不舒服？”

何继东躺上去，双脚搭在配套的脚垫上，“舒服，太舒服了。舒服得我都不想坐起来写东西了。”何继东闭上眼睛，享受着阳光照射在眼睑上那种金灿灿、毛茸茸的感觉。

“那你就躺着歇会儿吧。今天是个难得的大晴天。”

何继东突然一拍脑门，坐起来，道：“哎呀，我才想起来，晚上刘冰请客，在通州吃饭。怎么办？我都答应他了，现在推掉恐怕不大合适。”

“那就去呗。”

“可……可是……我们一起去好吗？”

“怎么，你怕带我去丢面子？”

“怎么会呢，我是怕你不好意思！”

“我有什么不好意思的。”

“他们知道咱俩的事吗？”

“不知道。”

“咱们这么去，是不是太突然了？”

“给他们个惊喜不好吗？”琳琳有些兴奋。

“他们要问起来，我们是怎么在一起的，该怎么说？”

“谁会问这个，吃饱了撑的。你脑子里都想些什么呢？”

何继东想想也是。两人简单收拾、清洗了石桌上的茶具，就开车出发了。

在车上，琳琳说她刚打赢了一场官司，所里允许她放几天假，调整调整。“想去哪儿？我们出去走走，散散心。”

“再说吧，我还没想好。”何继东不想动。

“你要是不想出去就算了，无所谓。”

“要不，你定。”

“去丽江怎么样？”

“好啊，听你的。”

琳琳伸出一只手，和何继东在空中击了下掌。

“我进来的时候，邻居的女人怎么像是哭了？”琳琳突然问。

“没有啊。”

“那我看她眼睛红红的。”

“你看花眼了吧？”

“我的眼睛毒着呢。想背着我干坏事可没你的好果子吃。”

“我干什么坏事了？”何继东不自觉地提高了嗓门。

“我是说如果。”琳琳寸步不让，眼睛直视着他。

何继东的头扭到一边，气咻咻的。

两人一路无语。

当他俩走进包房，刘冰果然怔住了，还有小夏。何继东赶紧走上前，有些慌乱地与一天影视公司的张总握了握手。“抱歉，上次剧本的事给你添麻烦了。”

“还好，有刘老师救驾。我听说了你的难处，理解。”

琳琳自然地挨着小夏坐下，两人拉着手，聊起了天。

张总的两个副手，几次与何继东碰杯，他都只是客气地意思一下。张总兴奋地说，他准备大干一场，进军电视剧，电视电影这种小打小闹，实在没意思。张总的公司一直与电影频道合作，虽然旱涝保收，但利润有限。他是来找刘冰帮他策划电视剧剧本的。刘冰也有此意，要是单讲赚钱，电影肯定赚不过电视剧，两人一拍即合。刘冰心情很好，就张罗玩猜火柴棍，赌喝酒。五个男人，五根火柴棍，谁猜中谁喝酒一杯，如果没有人猜中，庄家就得喝两杯。这是刘冰一贯爱玩的小把戏。每次喝酒喝高兴了，或气氛有些沉闷，就开始玩游戏。不光猜火柴棍，还有转勺，勺把停转到谁，谁喝酒。“掷骰子”“喊七”“两只小蜜蜂”，他的游戏多了去了。幸运的是，那天，何继东一杯都没喝上。他正有些得意，刘冰突然提议，让何继东单独敬张总三杯啤酒。何继东很犯难，他最不善于干杯，一口一口慢慢喝还凑合，但他毕竟欠张总一个人情，况且刘冰的话已经说到这儿了。他只能硬着头皮，倒满酒，咽药似的勉强干了一杯。琳琳突然抢过他的杯子，道：“继东不胜酒力，我替他喝，怎么样，张总？”

“继东，叫得很亲切嘛。琳琳，我们认识这么久，你可从来没有叫过我冰冰。哈哈哈。”刘冰有点醉了。

“刘冰。”小夏不怒自威。

刘冰马上坐直身体，双手高举。“对不起，对不起。继东大哥，你给张总介绍一下，你们的关系，我说不清楚。有点蒙圈儿。”

何继东咂巴着嘴，有点说不出口。

琳琳平静地说：“我是何继东的女朋友。张总，我替他喝酒可以吗？”

“当然当然。”

“你行吗？还是我来。”

琳琳一只手挡在何继东胸前，正色道：“你坐下，别动。”

何继东只好乖乖地坐下来。

琳琳面不改色地连干了两杯，轻轻放下酒杯。

是代驾送他俩回的家。进了屋，两人急切地搂抱在一起，滚到床上。琳琳的叫声惨烈、刺耳，估计整栋楼都能听见。上次不是这样啊。是不是酒的缘故？好像也不是，琳琳没有喝醉，一路上聊天都很清醒。何继东几次停下来，摆手，示意她小声点，隔墙有耳。但琳琳表情痉挛，面部愈发扭曲地摇摇头，甚至呻吟声更大更响了，光亮洁白的牙齿死死咬住上唇，像是在告诉他，要想结束她的痛苦，只能加快进度，再接再厉。何继东边忙碌边想象着外表高冷、好胜的琳琳，如此强烈的反差，怎能不令他兴奋。何继东嘴里发出一声沉闷的低吼，浑身汗水地瘫倒在琳琳身上。琳琳的脸迅速舒展开来，像电熨斗瞬间抚平了衣服的褶皱，随着大幅度的呼吸渐渐减弱，平静如初，像个皮肤粉嫩光滑的婴儿。

早晨，琳琳系着围裙在厨房里熬粥，窗门大敞，嘴里欢快地哼着王菲的《我愿意》。何继东照例戴上草帽在地里拔草，他撅着屁股的背影一直朝向隔壁的院子，不敢回头，头埋得低低的，几乎趴在地上。

小雨点在背后喊他“叔叔好”时，他才不得不转过头。“你好。”他的声音微弱,脸在发烧,没有抬头看小雨点。他有点羞于面对隔壁的女人，昨天夜里琳琳的声音太大了，她一定听得真真切切。女人在小雨点旁边站着，意味深长地笑笑。他没有同女人打招呼，因为不知道开口说什么，他总不至于鞠个躬，然后说一句“抱歉，昨天晚上打扰您休息了”吧。

吃早饭的时候，琳琳问他：“今天有什么安排？”

何继东犹豫着说：“一会儿要去看儿子，带他去动物园，每周一次的见面不能错过。”当初，张薇提出要孩子，他的外地户口让他无力争辩。他不可能因为赌气让儿子跟着他颠沛流离。何继东每次带儿子出来，都是先去动物园玩，然后父子俩吃顿麦当劳，下午四点前必须送回姥姥家，因为儿子要学钢琴，或写作业。他想带儿子去天文馆，儿子不喜欢。每次一走进动物园，扑面而来的腥臊味，就让何继东犯呕，他不知道儿子怎么偏偏喜欢这样脏污的地方，好像儿子也没有特别喜欢的动物，在每个笼子前站的时间都不长，显得心不在焉的。也许儿子是故意与他作对，以这种方式宣泄他对他们离婚的不满。恶作剧可是他这个年龄段的孩子的强项。动物园里有老虎、狮子、大象、狗熊、梅花鹿、羚羊、骆驼、秃鹫、猴子，但都懒洋洋、脏兮兮的，从不与人对视，更不要说交流，一个个爱答不理的，像是刚刚被阉过了似的打不起精神。疲惫、消沉，对明天不抱任何的希望，怎么逗都没有反应。他想带儿子去看看他的新家，儿子又嫌远，不爱动。在动物园，儿子总是与他一前一后，保持适当距离。他看得出，儿子跟他在一起并不大愉快。他不知道该跟儿子说什么，有些事情实在不好解释，得等他再大一些。这样的时间真的很难熬，但见不着又想。他不知道儿子现在生活得怎么样。何继东试探着问过，儿子只是说，还行。差不多你问他什么，他都说还行。之前也是这样。儿子很聪明，学习在班里一直前三，就是见人不爱说话。跟家里人在一起还好些，一出门就这样。

琳琳说：“那是。”

“你是在这里等我，还是想回家？”

“我要是想跟你一起去呢？”

“小光不是一个爱说话的孩子，我怕他的态度你受不了。”何继东有些为难。

“不试一试怎么会知道呢？”琳琳歪着头看着何继东。

“那就试试？”

“那就试试。”

张薇陪儿子等在楼下。张薇离婚后一直住在父母家，也没听儿子说妈妈有男朋友的事，不知道什么情况。既然如此，当初为什么火急火燎地闹着离婚呢？就像一天都等不了似的。他当然什么都不能问，只能在心里一圈圈画问号。

张薇看见何继东从身边停下来的沃尔沃 V60 上下来，与此同时，她也看见了坐在驾驶室的琳琳。张薇挺直身子，看了一眼何继东，没说什么。儿子跟张薇嘀咕了一声“妈妈再见”，嘴里像含了枚核桃，含糊不清。

上了车，何继东和儿子坐在后排，琳琳转头主动问了声：“小朋友好。”儿子没说话，甚至眼皮都没抬一下。何继东本想让儿子叫一声“阿姨”，又怕儿子不给面子，就悄悄捅了捅儿子，示意他跟琳琳打声招呼。儿子白了他一眼，继续玩手机里的游戏。何继东只能把头转向窗外，默默在心里叹气。

进了动物园，何继东尽量和儿子并排走。“你能不能懂些礼貌？说句话就这么费劲吗？”他小声提醒儿子。儿子还是不说话，半低着头。琳琳从后面追上来，走在儿子的另一侧。儿子发现后，便加快脚步，何继东、琳琳只好一路紧跟，三个人不像是逛动物园，更像是围着动物园的铁笼子展开一场绕行的竞走比赛。没一会儿人就跟丢了，周末的动物园人太多了。何继东焦急地打儿子的电话，通了，又断了，再打，正在通话中，气得他在公园门口直跺脚。琳琳拉着他的手，轻轻捏捏，劝他冷静。何继东摇摇头，感激地回捏了琳琳的手。他心里清楚，儿子对动物园很熟悉，况且，这里离姥姥家只有三站地，之前父子俩来都是坐 105 路公交车。儿子不可能走丢，肯定是半路跑了，但还是放心不下。何继东不时看一眼手机，脸上的表情很焦急。过了会儿，张薇的电话打进来，说儿子已经到家了。还没等何继东说话，张薇的电话就撂了。

路上，琳琳几次开玩笑逗何继东开心，但并不怎么成功。回到家，琳琳炒了几个菜，还开了瓶自己带的红酒，何继东没喝几口，就放下了。

在他出去用水管给地里的蔬菜浇水时，看见隔壁的女人也在给地里浇水，小雨点叽叽喳喳地围着水管的喷头，又跑又跳。他目光散淡，不再躲躲藏藏，女人冲他微笑点头，他木然地咧咧嘴。小雨点好像知道他心情不好，破例没有打扰他。

上床后，两人又做爱了。琳琳的叫声一如既往，他非但不阻止，自己的叫声也在琳琳的带动下不自觉地大了起来，吓了他一大跳。事毕，琳琳亲了他一口，又鼓励似的在他的肩膀上拍了拍。待气喘匀了，他才在黑暗中感到羞愧。他双手插在脑后，脑子里想的是隔壁的女人会怎么看他，她会不会觉得他们的叫声太色情太淫荡了，起码缺少教养。大半夜的大喊大叫完全不顾及别人的感受。

这么想的时候，他突然听到琳琳问："隔壁女人是做什么的？"

"我怎么知道？"何继东摇头。

"我看你们不是聊得挺开心吗？怎么会不知道？"

"我也是刚刚认识她。"何继东觉得这样解释不大合乎情理，毕竟他在这里住了两个多月了，就随口讲了些隔壁家的情况。

"也许她离婚了，可能也是在不久前。"

"我哪有心思管别人的闲事。"他是在暗示琳琳多此一举。

"我看你们挺般配的，又是邻居，要是真的在一起了，拆掉栅栏，直接就是一家人了。"

"你这是哪跟哪呀，咱们别开这种玩笑好吗？"

"她很漂亮，不是吗？"

"可能吧。"何继东心里不大高兴，她没必要一再提及隔壁的女人。

"说，我和她谁更漂亮？"琳琳一只手臂支起身体，甩了甩披肩的秀发，嘴角弯弯的。

"好了好了，赶紧休息吧，啊。明天早晨你不是还得上班吗？"何继东不想与她纠缠，只好避开这个话题。

“看不出来，你还挺滑头。”

何继东骑自行车买回来两捆长短不一的竹竿，长的三米，短的两米，给丝瓜、苦瓜、黄瓜等爬藤植物搭架子，两头的竹竿搭成等腰三角形，竹竿的顶端用布头绑死，中间的竹竿直接插在地里，上面再搭一根长的竹竿，菜园子立马分出了层次，有了立体感。剩下的竹竿，他拿到隔壁帮着搭了一模一样的架子。女人沏了茶，在一旁递递拿拿，打下手。

“小雨点他们呢？”

“和姥姥姥爷回老家了。”

“你怎么不回去？”

“我……我不大方便。”

“不方便？”何继东以为是生理问题，就觉得自己的话问得有些冒失，“对不起。”

“不是你想的那样，不是。三句两句说不清楚。”

“那就不说。”

“晚上想吃什么？包饺子怎么样？”

“好啊，就是怕太麻烦。”

“不麻烦。我喜欢包饺子，想吃什么馅的？”

“那我就不客气了，芹菜猪肉。”

饺子出锅了。何继东也回家洗好了澡，换上了干净的白衬衣牛仔裤。

女人隔着栅栏问：“在你那边吃还是我这边？”

“过我院子来吧，这儿宽敞点。”

“你女朋友一会儿过来吗？”

“应该不会。”

“饺子多的是，来了最好。”女人边说边把饺子递过去，又递了切好的哈尔滨红肠、熏鸡架、酱鸡爪子和一瓶红酒，“一手店买的，听说你们东北人最爱吃这个。”

两人坐在院子的葡萄架下边吃饺子边喝酒。天气晴好，微风轻拂，混合着泥土和新鲜蔬菜的气味，很好闻。头顶的月光从葡萄架的枝蔓和叶片上漏下来，细细碎碎。他们喝了一整瓶的红酒，差不多一人一半。何继东没有喝多，主要是喝得慢，小口小口抿着，像喝白酒。女人是在喝酒的过程中，开始讲述她最近一段时间的遭遇的。

女人的丈夫是某区住建委的副主任，元旦前突然被纪委的人带走双规了，因为受贿。他从一个商人手中借了五百万，用于小舅子（也就是女人的弟弟）的生意周转。丈夫不承认受贿，说这只是朋友间的借贷关系，但商人不久后得到了一块他批准的临时用地。不久后她被以协助调查的名义，每天到指定宾馆报到，她在某附属中学的课也被停了。她怕孩子受惊吓，正好孩子的姥姥姥爷在燕郊买了房，就让孩子住了过来，免得看见她每天以泪洗面的样子。纪委的人说商人指证送钱去她家时她在场，她承认，但他们如何商定的借钱，怎么个借法，自己完全没有介入。整整折腾了两个月。其间不许她离开北京，去燕郊看孩子也不行，只能电话联系。纪委的人还拿出了丈夫与情人亲昵的合影，那个女人她认识，是他的大学同学，见过。但她真的不知道他俩之间的关系，也不知道他在外面有没有受贿，她只知道他的工资卡在她手里，别的一概不知。可能看从她这里实在榨不出什么油水，才允许她回学校，但她的课已经换了别的老师，学校对她很同情，就安排她休息一段时间。她这才来到燕郊，陪伴父母和女儿。

“你觉得他会判刑吗？”

“这个……我不懂。得看具体情况。”

“那个借条的借款期限还没到，我弟弟已经把钱还给了那个商人。”

“那个商人在哪里？”

“躲到外地去了。他告诉我，是有人从中作梗。”

上述对话是他俩在何继东的房间里进行的。因为女人在院子里情绪太激动，尽管她努力克制自己，但他怕楼上的邻居或者经过的人听见不好，就叫她到屋里说。奇怪的是，进屋后女人反倒不哭了，望着安静的客厅发了会儿呆，就轻声告辞回家了。

双休日快晌午的时候，何继东坐在阳伞下写小说。琳琳来了，双手背在身后，笑吟吟地说：“猜，我给你带了什么？”

“这我怎么猜得着。”

“猜猜嘛。”琳琳撒娇。

何继东坐着没动，随手点了根烟。

“算了，不跟你兜圈子了，你这人一点幽默感都没有。”是西塔大冷面。还有酱狗肉、拌素鸡、拌干豆腐。

“天哪！谢谢，太谢谢你了！”何继东最喜欢吃西塔大冷面，没有之一。只要有朋友来北京，他唯一的要求就是带几袋真空包装的冷面。

“我出差去沈阳做个调查取证。为了你的冷面，害得我打车来回跑了两个钟头。我也要了一碗，一点都不好吃，还拉了肚子。一路上开车，折腾死我了，见个加油站就得跑趟厕所。看，我人都瘦了。怎么办吧？”

“我晚上给你熬大棒骨汤，炖酸菜，补补。我们当地人吃西塔大冷面也拉肚子，但就是好这一口。”许多出差去沈阳的朋友问他当地有什么特色小吃，他都给人家推荐西塔大冷面，结果，无一例外地说难吃。一方水土养一方人，没办法。

“这还差不多。”

“你坐着休息一会儿。我去煮冷面，馋死我了。”何继东搓着双手，乐颠颠地进了厨房。

“看把你高兴的，像个小孩子。”

吃完午饭，刷完碗，何继东拉着琳琳想去卧室，琳琳拒绝了。“去写你的小说吧。听话啊，晚上，想要什么都给你。这么好的天气，难得。我要打扫卫生了。”琳琳在他的嘴唇上，轻轻吻了一下。

何继东背靠藤椅，双脚搭在石凳上看书。每次写小说前，他都要先看会儿书，算是预热，也是平复一下心绪。写长篇小说不同于写短篇，短篇小说需要一鼓作气，而长篇小说则需要细嚼慢咽，左右权衡，谋篇布局。

客厅里传来河南豫剧《谁说女子不如男》的声音，是琳琳唱的。琳琳是河南人。

“不带这么折磨人的啊。大中午的，没看见我在酝酿情绪准备写作呢吗？”

“怎么，我唱得不好听？”

“估计你们河南人现在都没人听这个了吧？”

“但我们头儿爱听。”

“你们头儿是河南人？”

“不是，是女的。当初她创建律所的时候，别人都觉得女人不适合牵头，她偏不信邪。我特别佩服她，她也很欣赏我。也许用不了多久，我就会成为律所的合伙人呢。刚才在路上，她打我电话，让我最近再加把劲，我听出了弦外之音。去丽江旅游的事情，我们往后拖一拖。”

“可是，机票我都订了。”

“退了，现在就办，损失我掏。”琳琳的口气不容置疑。

何继东想说什么，但只是叹了口气。

“我只有心情好的时候才唱这首歌。”说完，琳琳继续唱，“……有多少女英雄，也把功劳建，为国杀敌是代代出英贤，这女子们哪一点不如儿男……”边唱边摆造型。

何继东痛苦地用双手捂住耳朵。

不知道什么时候，琳琳戴着一顶旧画报叠成的船型小帽，手里拎着扫把出现在何继东面前，站定。“何继东，最近家里来过别人吗？”

“没有啊。”何继东眼睛盯着显示屏，忙着去携程退票。

“这是谁的头发？我在沙发上发现的。”是一根深褐色的长发，在撮子里。

“可能是前几天刮大风刮进来的吧。”何继东明显底气不足。有些事情是说不清楚的，一说即错。

“不是一根，是好几根。”琳琳变戏法似的，从背后的手里捻着一绺同样的长发，伸到何继东的面前。

“我怎么知道？”何继东不耐烦了。

隔壁女人和小雨点出门，看见琳琳戴的帽子，笑了。

“小雨点，好看吗？”琳琳走过去，手扶栅栏。

“好看。”小雨点一根手指放在嘴唇上滑动，眼睛眨了眨。

“出去呀？”琳琳冲女人说。

“小雨点闹着学画画，我去给她买蜡笔，让她画着玩。”女人停下来。

“画画可以提升孩子的想象力。这孩子长得灵秀，应该很有艺术天赋，是不是继东？”

何继东别扭地咧咧嘴，坐着没说话。

“但愿吧。你们忙，我们走了。”女人挥挥手。

琳琳平静地坐到何继东的对面。“是她的头发。”琳琳将两只手里的头发做了对比，“一模一样。这就叫调查取证。”

“这能说明什么？”何继东的声音猛地升高了。

“你能不能说话小点声。你着什么急呀！你看，我帮你分析啊，很可能是小雨点到你院子里玩，她妈妈过来找她回家吃饭。你们顺便聊了会儿天，就像那天我碰见的那样。女人掉的头发从院子里，被风刮到了客厅的沙发上，这挺正常的，很好解释啊。”琳琳的话听上去像是在为他辩护，但肯定不是。

何继东实在不知道该怎样接琳琳的话，嘴巴动了动，端起杯子，喝了口茶。律师的嘴巴可真不饶人。

琳琳的脸上随即换了一副表情，道：“继东，我跟你说点正经事。想不想搬回北京住？这里的环境太差了，周围住的人也乱七八糟的。我想，等我们在一起以后，我把西四环的房子卖了，你把这边的房子也卖了，我们在香山脚下买栋带花园的独栋别墅，怎么样？到时候，我给你建一间面朝西山的超大的书房，让你打着滚儿写作。”

“再说吧。”何继东没心思。

“你不想跟我一起住？”

“我只是觉得谈这个还太遥远。我现在在这里住得很好，心刚刚静下来，不想折腾。以后再说吧。”

“我希望，你认真想想我的话。”琳琳起身走开了。

晚上，琳琳准备做猪肝米粉，刚把骨头汤熬好，电话进来了，让她马上去律所。琳琳放下电话，撒娇似的使劲一跺脚，何继东起身上前抱住她，拍拍肩膀，算是安慰，但没说一句挽留的话。

“我晚上回来，可能晚点。”

“太辛苦了吧。”

“不欢迎？”

“当然不是。我是怕你来回折腾，大半夜的。”

“等我。啊！”琳琳亲了他一口。

“嗯。”

“有时候我真的不想干了，回家当个家庭主妇多好。没事儿看看闲书，世界各地转转。”琳琳手脚麻利地解下围裙，换好衣服，边洗手边叮嘱他，“米粉要煮到筷子能夹断，不然心是硬的，西红柿一定要把汤汁煮出来，猪肝简单烫一下就好。出锅前再放小葱。别忘了。”

“知道了。”

何继东望着沃尔沃的背影，长舒一口气。

小雨点吃完晚饭跑过来，问：“叔叔，叔叔，你看我画得好不好？”小雨点在画夹上画了树、草地、太阳，还有一个穿裙子的小女孩。

“这个是我。”

“你画得真好！再画个妈妈。”

“好啊。”小雨点坐下来，认真地画了起来。女人悄悄走进来，站在小雨点身后，朝何继东摆摆手，示意他不要出声。

小雨点画了个色彩鲜艳的妈妈，用了几种亮丽的颜色。接着，又主动在旁边画了个黑颜色的爸爸。“这个是爸爸。”

女人的眼泪哗地下来了，忙背过身去。何继东起身挡在小雨点面前，不让她看见妈妈流泪。女人的双肩仍不住颤抖着，何继东想安慰她，就悄悄拉住她的手，轻轻握了握。女人的手温热、湿滑，皮肤细腻。当他转过头时，女人的脸红了，但手并没有抽开，两只手就这么半紧半松地握着，像是给彼此挠痒痒。

琳琳回来已经是后半夜了，何继东早就躺下了，但并没有睡着，甚至还很清醒。听见琳琳洗漱后，穿着拖鞋走进卧室，他才闭上眼睛，装睡。琳琳抱住他亲吻，何继东翻身头冲墙，声音沙哑着说：“太晚了，赶紧睡吧。”琳琳一只手搭在他的腰上。他挪开了。他想到傍晚与隔壁的女人手拉手的默契，但又觉得那不过是情急之下的一种本能反应。他不停地告诫自己，不要瞎想。人家是有夫之妇，况且又处在这样的状况，一个人拉扯个孩子不容易，别添乱了。

早晨，何继东收拾停当，准备去张薇父母家接孩子。琳琳说：“我开车送你吧。”

“你不去？”

“不去了。我在旁边，孩子不舒服，别弄得大家都不高兴，小孩子得慢慢适应陌生人。”

“那就不用了。我坐公交车，到国贸倒地铁，早点晚点无所谓。”

“我在家里等你。也许，你回来会有惊喜哟。”

“什么惊喜？”

“不告诉你。说出来就不叫惊喜了。好了，别刨根问底了，快走吧。”

一路堵，堵得人心烦。人多车多是一个原因，不守规矩是另外一个原因，甚至是更重要的原因。燕郊现在也像四环外的望京，成了远近闻名的睡城。路上，百无聊赖的何继东想到，琳琳的性格实在难以把握，一会儿温存体贴，一会儿强硬霸道，不大适合自己。当朋友倒是不错，平常交往中虽然强势一些，忍一忍也就过去了，床上的性生活足以弥补这一部分的损失。但他心里清楚，以琳琳的个性，她是不可能给任何人当那种朋友的，小三都不行。又想，不急着做决定，再观察一段时间不迟。

张薇带着儿子在楼下等他，见何继东一个人晃晃荡荡地从马路对面走过来，略微有些吃惊：“怎么没开车？”

“我什么时候开过车？”

“你不会开车，不是有人会吗？”

何继东心说关你屁事，但看张薇的表情不像是嘲讽自己，倒像是没话找话，就没搭茬，牵着儿子的手，走了。转身的瞬间，他突然觉得张薇整个人倦怠、憔悴，头发干枯没有光泽，额头上的皱纹也深了，像个怨妇，就像当初是他甩了她，而不是相反。就又在心里又嘀咕了一句，关我屁事。

“爸爸，我们去植物园吧。”

“好啊。是得换个地方玩玩了，总去一个地方挺没劲的。”何继东听儿子这么说，很高兴。

儿子笑笑，主动伸出手让何继东牵着，儿子的手小小软软的，握在手里暖暖的。何继东的心里涌出一股柔情，眼睛瞬间有了些温热。好久没有这种感觉了。

“爸爸，妈妈哭了。”坐在出租车上，儿子突然说。

“为什么？她不是应该活得挺快活吗？”

“不知道，每天晚上都哭，一个人偷偷在屋里。还跟姥姥姥爷吵架。”

“对你怎么样？”

“对我挺好。但也不怎么爱跟我说话，脸总绷着，有时候突然一转头又笑了，是装的，装笑。我能看出来。”

一整天，父子俩玩得挺高兴，中午儿子破天荒没有张罗去吃麦当劳。何继东问他吃什么。儿子说，听你的。“我们吃涮火锅，皇城老妈，怎么样？”

“很辣吗？”张薇从来不让儿子吃辣的食物，说对嗓子不好。

“我们要微辣的，不太辣。男孩子不吃辣的，长大了怎么成为男子汉呢。”

“那我们不能告诉妈妈。”

“当然。男人说话是要算数的。”

“嗯。”儿子嘴唇抿得紧紧的。

何继东蹲下身，跟儿子拉了钩。

下午四点送儿子回家时，意外地，张薇没有站在小区门前来接。岳父匆匆忙忙跑过来。“小何。”岳父不好意思地笑笑。

“你好。”自打与张薇离婚，何继东再没见过岳父。岳母也没见过。

“上楼坐坐吧，没别人。张薇和她妈去她二姨家了，就坐一会儿。”岳父像是在求他。张薇的家人里，何继东跟岳父关系最好。张薇有一个哥哥两个姐姐，在家是老小。年节，或是家里人谁过生日，总免不了凑在一起吃个饭什么的，岳父就喜欢让何继东挨着他坐，上菜自然要先转到岳父这里，岳父拿筷子点点，让他一起吃。有一次，岳父来何继东家串门，在卫生间小便时，突然一阵眩晕，碰碎了洗手池上面的镜子。何继东听到响动，冲进去，抢先一步扶住岳父，才使得岳父没有一头栽到马桶的边沿上，但尿液撒了何继东一手一身。何继东给他擦洗干净，换了条自己的裤子，又背岳父下楼，推自行车带他去医院检查身体。回来的路上，岳父一个劲儿地道歉，何继东甚至跟他发了脾气，觉得这么点小事，无足挂齿，让他别念叨了：“今后万一你病在床上，还得我伺候你呢。”张薇的哥哥一向游手好闲，只会坐在路边喝大酒，扎金花，没钱就跟父母伸手。岳父背后跟张薇夸何继东孝顺，这样的男人靠得住。

“上去吧。走，走。”儿子拉他。

何继东不想去，但又不想扫儿子的兴，就磨磨蹭蹭地在儿子的拉拽下，勉强进了电梯。

岳父泡好茶，儿子还帮忙洗了苹果和桃子，放在托盘里，然后悄声回了自己的房间，关上门。

“小何呀，也许你们年轻人的事情我不该问，但，这些日子，我和老伴一直犯嘀咕，又不敢问小薇，你们之间到底出了什么事？怎么说分开就分开了呢？开始我们还以为是你的原因，后来想想不对劲儿，应该是小薇的问题。可是，她整天闷闷不乐的，又不像……”

“都过去了，没啥好说的，也不知道怎么说。愿意的话，你还是找机会问问她吧。”

“你知道，我和老伴一直拿你当亲儿子一样看待，你就不能说说具体原因吗？也许，有什么办法，让你们重新好起来呢。”

“谢谢，我不需要。你也甭操这个心。你们年纪大了，自己要多保重身体。小光在这里让你们二老费心了。”

“我们身体还好，小光也懂事儿，就是操你们的心。唉，他们别的孩子谁两口子出问题，也没想到你们会出问题。平时不吵不闹、和和气气的，真是想不到啊。”岳父叹气。

“小光好像瘦了。”何继东岔开话题。

“没有，这几个月胖了四五斤呢。”

“也许是长高了吧。”何继东像是自言自语。

“是，高了两厘米。”

“好了，不多说了，我得回去，时间不早了。”

回到家，天已经擦黑了，琳琳看见何继东进来，蹦蹦跳跳地跑出来，挡住他的去路。

“干什么？”

“闭上眼睛。”

琳琳从背后捂住他的眼睛，一步步往屋里挪。“当当当当。”琳琳松开手，揿下电灯开关。何继东睁开眼睛，立马傻掉了。他的卧室被琳琳漆成了一棵墨绿色的大树，阴森森的，恐怖得像个鬼屋。

“这……这就是你给我的惊喜？”

“怎么了？屋子里长着一棵大树，多浪漫，颜色深沉内敛，不是吗？”

“谁给你的权利，让你随便糟蹋我的房间？经过我同意了吗？这是我的家，我的家！不是你的！”何继东暴跳如雷。

琳琳一眼不眨地看着他，胸脯剧烈地起伏着，牙齿咬得紧紧的，一字一板地说：“我辛辛苦苦忙碌了一整天，没有功劳还有苦劳呢。你却这么跟我说话，你看看你的样子，像个十足的混蛋！”说完，琳琳扭头就走。

门，咣的一声关上了。

“你把我的屋子搞得一团糟，像个监狱，却说我是混蛋？神经病吧你！”何继东举起油漆桶，冲出房门，狠命地摔在渗水砖的地面上。

夜幕低垂，月光黯淡，四周一片寂静。何继东坐在葡萄架下的石凳上抽烟，生闷气。隔壁的女人手扶栅栏，悄声问：“你没事吧？”

何继东摇头，望着灰沉沉的夜空。“我现在特别想喝一杯。”

“想在哪儿喝？”

“随便。只要有酒就行。”

“要不要我陪你一起？”

“好啊。”

“我这儿只有红酒，怎么样？”

“无所谓。”

“等我会儿，我再拌个豆腐丝，家里还有点剩菜，西红柿炒鸡蛋。行吗？”

何继东的头些微晃了晃，似乎他连点头的力气都没了。

两人坐在客厅的沙发上默默地喝酒，不说话。

女人起身到卧室探头看了看，又坐回到沙发上，轻叹了口气。

“我从来没见过这么霸道的女人，没有经过主人的允许，就擅自粉刷别人的房间，真是不拿自己当外人。”

“她也是为了你好，只是……方法不大对头，没有顾及你的感受。”

“你不能把自己的喜好强加给别人，这还没在一起过日子呢。就算结婚了，什么事也得商量着来，不能可着你一个人舒服。我真不知道她脑子里是怎么想的。凭什么呀？”

“你们还是性格不适合。她太强势,你呢,又个性十足。火星撞地球。”

“不说她了，喝酒。”

“不想来往了？”

“肯定不会了。这才交往几天，时间长了，我这里还不成了她的后花园，为所欲为，想怎么折腾怎么折腾。”

女人端起酒杯，一口喝下一满杯的红酒。

“你老公那边有信儿吗？”

女人点头。

“他随时都可能出来，就这几天。已经内定了，判三缓五，判刑三年，五年内没什么事，事情就算了结了。单位会继续收留他，估计党籍也能保住。”

“这算是不错的结果吧？”

“应该是。毕竟他还是有些人脉的，再说，也没查出什么大事。”

“那你应该高兴才对呀。”

女人凝噎无语，低头又抬头，但眼泪还是涓涓细流般簌簌地掉了下来。“没什么可高兴的。他背着我跟他的女同学搞了五年，我却像个傻子似的，整天拿他当个宝似的伺候着，知冷知热的。甭管回来多晚，厨房里都为他煲好汤留着，为了治疗他的颈椎病，我甚至学会了按摩。孩子上幼儿园从来都是我一个人接送，生怕耽误他的工作。他就像是个甩手掌柜的。付出真心，得不到真爱，我实在咽不下这口气。”她终于把对丈夫的怨恨一股脑倾泻了出来。

女人起身，把两个人的酒倒满。“我们干一杯。”

女人的身体有些摇晃，何继东伸手搀扶她。

两人赤裸的手臂不经意地擦碰，瞬间电闪雷击，火光四溅，他们仿佛被点燃了，嘴巴寻找嘴巴，嫣红色的酒液撒在茶几上。两人忘情地搂抱亲吻，气喘吁吁，随即摔跤似的趺趺撞撞扑倒在卧室的床铺上……

两人肩靠肩倚靠在床头上休息。何继东想起琳琳说过的话，如果他俩在一起了，拆掉栅栏，就是一家人了。好像还真是这样。他笑了，轻轻地搂住女人的头，揉搓着。

“你傻笑什么？”

“没什么。”他知道自己想多了。

“你们晚上弄出的声音太大了，让人觉都睡不好。”女人突然转移了话题。

“对不起。我试图让她安静下来，但她做不到。”

“我觉得她的叫声有表演成分，是故意给别人听的。也许就是给我听的。”

“不会吧？”

“怎么不会？她可能想以此警告我，他是我的男人，你想都别想。”

“你想多了。”

“你不了解，女人是这样的。”女人冷冷一笑，盯着他。

你赢了。这个女人不简单。何继东想。

“我的直觉告诉我，也许用不了多久，你就会想念她。一个人的日子不好过，这个我们都清楚。”

看来，她没有与自己长期厮守的打算。何继东默默地抽烟，他的心里多多少少有些失落，一大截烟灰险些掉在床上，他连忙用手接住。

“那……你以后打算怎么办？”他的意思是，等你丈夫哪天从监狱出来了，是继续过下去还是离婚。

“我不知道。但我很快就会想清楚的。”

女人翻身骑在何继东身上，“甭管那么多，我好久没有做爱了。做爱使我兴奋，感到自己还年轻。”女人没头没脑地抛出一句。之后，女人就在何继东身上忙碌起来。头发甩动如雨幕，上下翻飞。

何继东像个木偶，任其摆布，脑子一团糨糊。

一连三天，女人半夜幽灵般潜入何继东的房间。他既没有表现出热切的渴望，也无力拒绝。一番折腾之后，女人悄无声息地溜回自己的家。

第四天，男人回来了。男人个子挺高，白白胖胖，走路目不斜视，气宇轩昂，好像他不是刚从看守所里出来，而是载誉归来、春风得意的成功人士。男人怀里抱着小雨点，女人挽着男人的手臂，动作亲昵，一脸恩爱。何继东坐在院子里写作。男人没有看他，女人也没有，小雨点甚至故意别过脸，与女人说笑。包括迎上前的老头老太太，就像他这个人不存在似的。何继东觉得自己坐在这里有些碍眼，很尴尬。接下来的几天里，男人女人在家里大摆酒宴，迎来送往，高朋满座。男人醉醺醺地在院子里大声打电话，满嘴都是“搞定”“李局张局”“没问题”“随便打个电话”“我弄死他”之类的词语，并加以大幅度的夸张、权威的肢体语言。

为什么现在从监狱释放的前官员，个个趾高气扬、威风八面、处事高调？任何时代，行贿受贿都不是件什么光荣的事吧？何继东认识一个广电系统的行政官员，因为受贿判刑两年，出来后开了家影视公司。他公司出品的电影都是与别的公司合作的，简单地说，就是别人出钱，他负责搞定关系，赚钱他分一半，赔钱与他无关。一来二去竟也搞得风生水起，成了影视界大名鼎鼎的人物。鲜花、美女、金钱，纷至沓来，得来全不费工夫。

即使院子里没有别人，女人看见栅栏对面的何继东，也是面色平静，熟视无睹，没有一个歉意的眼神或一点点别的暗示，给他以安慰。何继东知道女人“想清楚”了，也许她早就想清楚了，只是当初碍于他的面子不好明说，怕伤着他那可怜的自尊。

何继东臊眉耷眼地躲回到房间里，尽量不出门。没什么好伤心的。女人就是这样，无论她跟你在一起多么快活，但她首先想到的是她给你带来了多少快活。这样她就可以永远扮演一个奉献者的角色。现在她不想再“奉献”了，不搭理你，也是应该的，没必要解释，更不用说抱歉了。他打心眼里钦佩这个女人的演技。生活里，好像女人的演技总是高于男人。她们懂得什么时候流泪，什么时候黯然，什么时候发飙，什么时候给你致命一击，而你绝无还手之力。准确度丝毫不逊于精确制导导弹。他领教了。

又过了几天，他们搬家了。院子一片狼藉。夏夜的风很黏稠，这块小小的菜地有些天没浇水了，杂草茂密，盖过了青菜的高度。深陷重围的青菜的叶子已经打蔫，叶梢发黄，杂草却油汪汪的发亮。就这样枯死，实在有点可惜了。何继东隔着灰蒙蒙的窗玻璃，看见女人头也没回地上了她的沃尔沃 V60,扬长而去,没有一丝一毫的犹豫。她应该知道他在家，甚至知道他就站在窗玻璃后面，黯然神伤地看着她即将远去的背影。这里就没有一点值得她怀念的记忆吗?

何继东突然觉得窗玻璃该擦擦了，太脏。但总还是比人的心要干净些。他不知道自己为什么这么想。

新邻居是对年轻的夫妇，带着个脏兮兮的小女孩，比小雨点要小一些，整天在院子里哭哭啼啼的。男人每天背着恐怕连 A 货都算不上的 LV 单肩包，早出晚归，女人在家里带孩子。男人总是显得很疲惫，一脸的茫然、晦暗。经常有人给女人快递一些大包小裹的货物，在院子里分拣，也不知道她是干什么的。白天，女人一个人在家的时候，看见何继东会点点头，何继东也客气地回应，但他决不把目光在女人身上停留哪怕一秒钟，要么扭身回屋，要么闷头写作，留给女人一个冷冰冰的背影。女人看他院子的菜种得挺好，搭讪着想向他取经，何继东含糊其词。夜晚，何继东坐在院子里仰望星空、沉思默想的时候，时常听见男人双手揉搓着脸颊，发出一声声沉重的叹息，他这么年轻就老了。也许他都没有经历过完整的青春期。何继东想。

这期间，何继东去过一趟刘冰的工作室。小夏告诉他，琳琳打电话控诉他“不可理喻”“不识好歹”“是个十足的怪人”“老婆离开他是有道理的”。何继东笑笑，并不解释。小夏说，琳琳在大学相处了四年的男朋友，怕她怕得腿肚子打哆嗦，让往东不敢往西。她没有爱的满足，不断地要求证明，并必须一遍遍地让他重复，但还是嫌不够。学习成绩优秀的男朋友表面答应与她留在北京打拼，背地里偷偷把户口迁回了老家江西宜黄，在小县城的司法局甘当一名默默无闻的文员。“只要让我躲开她，上刀山下火海，在所不辞。”琳琳与一位小提琴家从相认到结婚，只用了一周时间，离婚却打了足足三年的官司。“琳琳是个好人，热心肠，敢爱敢恨，就是控制欲太强。她总是强迫你接受她塞给你的一片冰心。甭管你需不需要。”

何继东打算暂停一段长篇小说的写作。他到刘冰这里是要找个剧本写写。有些事情他需要想想。最近发生的事与他正在写的小说无关，但好像又不是一点关系没有。说不清。

还是每周一次去看儿子，每次还都是张薇带儿子在楼下等他。张薇又爱打扮了，衣服款式新颖，画眉毛，涂口红。现在儿子不去动物园了，而是去任何何继东希望他去的地方。天文馆、美术馆、看动画片，儿子的话也多了，给他讲了许多妈妈的事情。回来，是姥爷等着，然后让他上去坐一会儿，每次张薇都不在家。他们在一起唠唠家常，但话里话外，老人家很关心或者说打探他的个人生活，转弯抹角地问他找没找女朋友。

何继东心里觉得好笑，但都如实相告。

有一次刚见面，儿子就张罗去看电影，何继东说好啊。儿子说，妈妈也去。张薇不说话，头扭到一边，他也不说话，看着儿子。儿子嘟着嘴。“一起去吧，好吗？”他的心软了。儿子拉着他俩的手，一边一个，拽着往前走，他们也就随着了。但一路上，两人没有说一句话。看完电影，回到姥姥家楼下，张薇说：“儿子，你先上去。”儿子就听话地一个人上楼了，在楼梯口还警惕地回头看何继东一眼，像是生怕他偷偷溜掉。

“继东，我们夫妻过了也十几年了，我不想藏着掖着，我就直说吧。”张薇背过身，又一点点转过来，“你想没想过，我们重新在一起？”

张薇的这个动作，让何继东不禁想起当初她提离婚时，好像也是这样的。

“你怎么突然想起来说这个？”

“老实说，我很后悔。我想说声对不起。我知道这句话很难开口，但我必须说出来。”张薇的眼泪下来了。

“我想想吧。”她想离就离，想复就复，自己什么时候变成了一个逆来顺受之人呢。真是不可思议。

两人默默地在小区的灯影下走了一段路。小区很大，中间有个没有花的花坛，一池污浊的死水，泛着腥臭气。许多人围着曲曲弯弯的小径跑步，时不时碰他们一下，显示出颇不耐烦的样子。在如此浓重的雾霾下跑步，他不知道这些人是怎么想的。是强身健体还是慢性自杀？在他看来，正确的解释应该是，以强身健体的方式慢性自杀。他知道自己有些走神了。

“但，有一点我要事先声明，不要问我当初为什么那么急切地离开你，好吗？”

“嗯。”何继东停住脚步。

“不着急，你慢慢想，考虑好了。别为难自己。”

“嗯。”

“那好，你走吧。再晚就赶不上地铁了。”

“嗯。”

“再见。”

在回家的地铁上，何继东想，即使张薇不说，如果他真的考虑重新来过，也不会问那个问题的。为什么？因为说出来对谁都没有益处。说真话总是很伤人的，假话又很蹩脚，就这么简单。有些事情追问下去，只会自寻烦恼。就像当初他不会问她为什么要离婚。假如颠倒一下位置，他希望她也能如此。这年头，离婚的多，复婚的也不少。离婚各有各的原因，复婚也是。你可以选择不复婚，但既然复，就要摒弃前嫌，不要追问那段空白期。每个人都有自己的难处和理由，也有自己的伤痛。伤口撕开谁都疼，不是一方，是双方。何继东不知道一旦两个人重归婚姻，还能不能像从前一样生活。他有点希望，又有点不希望。拿不准。当然，何继东也不会幼稚到以此为契机，梦想追求一份美好、浪漫、全新的婚姻生活。他早就过了做梦的年纪。何继东预感到，他未来的婚姻生活不会比“一杯白开水更有味道”。这一点，倒是千真万确的。

但不问归不问，想总还是要想的，人非圣贤。

当初张薇一门心思要离婚，大概不外乎有这么几个可能。其一，张薇在外面有了外遇，可能是同事，也可能是老同学，还可能是某次偶然的邂逅。两人日久生情，产生了要死要活的感情，于是双方痛下决心离婚重组。张薇率先垂范，顺顺当当地离了，可对方思前想后，回家并没有摊牌，或迫于方方面面的阻力，婚没有离成。一气之下，张薇拒绝了与对方交往。一个人独自舔舐伤口。其二，张薇有了婚外情，但只是鱼水之欢，并没有结为百年好合的意思，但偏偏被男人的妻子堵个正着，甚至拍了裸照，威胁她，如果不交出一百万，就把裸照上网公布，让她身败名裂、遗臭万年。张薇为了交钱，或者说为了免除给他和儿子带来的耻辱，不得不独自吞食苦果。这个想法源自他在网上看到的一则新闻。其三，张薇与网友发生了一夜情，不久后发现自己得了某种性病，经检查，这种性病没个仨俩月，是不可能痊愈的。以她和何继东每周一次的性生活，早晚会被发现。那么，摆在她面前的就只有两条路，要么坦诚相告，祈求原谅，看在孩子的分上，放自己一马，但她清楚何继东的一贯为人，他是不可能容忍自己的女人出现这种背叛行为的，弄不好，孩子也会离她远去。剩下的，只有主动提出离婚，这样既可以保全自己的一半财产，孩子又可以跟随在身边。她已经酿成大错，不能再失去孩子，不然她的未来将会一片空白。其四……

地铁广播提醒，国贸站到了。何继东从地下的台阶一步步爬上来，地面上一片通亮。快夜里十一点了，但地铁站周围仍然人山人海，一辆辆停靠在路边趴活的黑车司机南腔北调地大声招揽着生意。他感到眩晕，疲惫不堪。过一会儿，他还要从这里打黑车拼车回燕郊，路途遥远，四个陌生人坐在一起，拥挤也别扭。

以后再也不会为了进趟城，忧心忡忡了，也不会再坐这种肮脏且气味难辨的黑车了，想到这里，何继东笑了，虽然笑得不够爽朗，但也不是很无奈。另外，他还想在郊区再弄个院子，是那种带围墙的封闭的院子。这样他就会免受打扰，当然，他也不想打扰别人，任何人。

三根硬骨头

二明突然喊了一嗓子："要不，我们出去抢一把吧！"三个人对了下眼神，屋子里顿时安静下来。李立、安晓刚异口同声："好啊。"三个人端起酒瓶，嘭地撞在一起，声音清脆。"谁不去谁是孙子！""我们现在一无所有，就剩下一把硬骨头了。"电视上正在播放《法网恢恢》，贩毒团伙的人依次被戴上手铐，脖子歪着，面色平静，像是正准备跟对面的人干一仗。李立说："这几个哥们儿都得'靠墙'，海洛因，五百克。"节目结尾说，那几个人被判了死刑。李立长舒一口气："怎么样，哥们儿说的准不？"安晓刚说："谁不知道啊，用你说？海洛因超过一百克就是死刑。"二明的那句话就是在这时候脱口而出的。之后，三个人各自抽着烟，皱着眉头，分三个角度，顺时针，像彼此在怄气。屋子里烟雾缭绕，电视机还开着，但成了摆设，音量也像是因为他们的沉默变小了许多。他们坐在旅馆地下室缺边少角的塑料地板上，酒菜下面是胡乱摊开的报纸，花花绿绿，遮住了粗糙潮湿的水泥地面。电视机在半高处，偶尔谁抬头看一眼，不过是下意识的，更像是借机活动活动颈椎。

这是间双人房。因为谁睡床谁睡地上，他们多次发生争吵，甚至动过手，也找过前台服务员，想免费加一张钢丝床。矮胖的女服务员瞪着一双牛眼道："不愿意住拉倒，边上有的是旅馆，去别人家住呀。"他们当初住进来说的是长住，一次性付一个月的，经理才给了他们折扣，每天十块钱，但入住后他们就死皮赖脸变成了日付，人家正想撵他们呢。

“我们这不是跟您商量吗？”李立低声下气，还用了东北人说不太利索的“您”，绕口、生硬。二明和安晓刚抿嘴笑，头转向一边。李立说：“你们还有点人情味没？老子在前方冲锋陷阵，你们还在边上看笑话。今晚不管你俩谁睡地上，反正我得睡床。”女服务员忍不住捂住嘴巴。二明趁机跟套近乎，说：“姐，我们曾经也是这一带有头有脸的人物，做生意的，现在沦落到这步田地，只是暂时的。你行行好，给个面子，待兄弟日后东山再起，一定加倍回报。”女服务员的胖脸又鼓起来了，充了气似的，三个人这才知趣地闷头往地下室走去。

他们已经住进这个带地下室的旅馆两个多月了。还是地下二层，地面湿漉漉的，墙体泛着水珠，在昏暗的灯光下，看上去像人体的水泡，疤疤瘌瘌的。地下室的潮气不像地上，从某个单一的方向传来，而是来自头顶脚底、四面八方，以及边边角角的每一个缝隙，没处躲没处藏的。有股类似潮湿的海风吹拂岸边死鱼的气息。阴暗潮湿的环境，导致二明、安晓刚几乎同时得了痔疮，去医院看，大夫让立即手术，两人赶紧提裤子跑了，去药店买了痔疮栓，疼得受不了，就歪在床上，相互给对方屁眼儿打一枪。李立看他俩“哎呦哎呦”的样子，屁股也跟着痒痒，边挠边说：“痔疮这东西传染吧？我估计我也快啦。”

白天的时候，他们尽量来到地面，外面是丰城最大的商业街，道路宽阔，车水马龙。三个人弯腰弓背坐在铁栏杆上抽烟，看街景，目光散淡。金银岛娱乐城就在马路斜对面，但他们已经懒得过去了。金银岛是丰城最早开设帕斯机的，他们的钱几乎都扔在了那里。一年前，他们还是后屁股揣着大哥大，走路三摇四晃的小款儿。开始拍帕斯机时，三个人并不认识，但生意都在太原街一带，免不了脸熟。二明在小商品城批发糖果，李立在机电一条街卖轴承，安晓刚在开明市场搞服装。三个人几乎是同时被帕斯机打“立”的，这让他们有了同命相连的感慨，相互递根烟，安慰几句，继而凑一块喝喝小酒，发发牢骚。直到各自输得卖了摊位，借钱无着，才正式走到一起，吃住在一起，像三个无家可归的连体人。三个人里只有二明结婚了，还有孩子，男孩，两岁多点。李立是独生子，他的生意是从父母那里继承的，二老老了，一个瘫在床上，一个下楼买菜都费劲。安晓刚的母亲前几年去世了，父亲很快找了后老伴儿。姐姐和安晓刚对此事意见很大，和父亲闹得关系比较僵。姐姐几乎不与父亲来往，一年半载都不一定回趟家。安晓刚不愿意住在家里，嫌父亲唠叨，也看不上父亲的后老伴儿，嫌她埋汰，做饭不干净，人还“隔眼”。

三个人都有单位，做生意办的是停薪留职。刚住地下室时，主要是自尊心受不了，身体上的苦还好说，毕竟他们都是做小买卖出身，出门上货什么苦没吃过。他们也打算过，实在熬不住了就各自回单位上班，但只是随口说说，明显不现实。他们做生意是赚过钱的，相较于单位的同事，甚至可以说是赚过大钱的，丢面子不说，上班绑身子，像他们这种自由惯了的人，最受不了的就是约束。还有那点一脚踢不倒的死工资，一个月都赶不上他们做生意时一天赚得多，心理失衡。当然，退一步说，就算他们回单位上班，苦哈哈地干上一辈子，欠的饥荒都还不上。

他们迫切地想赚点快钱，而赚快钱无非偷、抢、贩毒三条道儿。偷是技术活，三个人之前谁都没干过。要会盯梢、踩点，学撬门压锁，来钱也最慢，偷十家未必能碰到一家有钱的。逮着也少判不了几年。贩毒，闹不好就是电视上的人的下场，是要掉脑袋的。他们暂时还没有“砍头只当风吹帽”的气魄，也没被逼到那份儿上。抢劫也需要动脑子，但来钱快，盯准了，一把弄个十万二十万的应该不成问题。只要三个人配合默契，成功的概率还是很大的。即使“掉”了，大不了判个十年八载，以他们目前内忧外患的境况，在外面未必比在监狱里待着强多少，相当于躲债了。干什么都要付出代价，这个，他们心里清楚。所以，当二明提议去“抢劫”，另两位几乎不假思索就答应了。

三个人结识后，或者说从他们抱团取暖、形影不离开始，曾有过一次翻本甚至发大财的机会，起码他们当时是这么认为的，但事实证明那更像是一次浩劫，直接将他们打入了暗无天日的地下室的冷宫。有一天，二明不知从哪里弄到一千块钱，那时候他们想借一点像样的钱，简直比登天还难。三个人围着一台帕斯机，全都站着，叉腰，手指向屏幕，或用食指的骨关节敲敲屏幕，表情肃穆，像站在军事地图前的指挥官。每一手牌都拍得很谨慎，因为要分析牌面的走势，还要尽量做到意见统一，不敢轻举妄动。他们有一段时间没过过拍帕斯机的瘾了，所以都很兴奋，也想让时间走慢点，心情可以理解。他们运气不错，高峰时赢了一千多。二明想下分，毕竟钱是他借来的，多少有点“好借好还”的心理，但又不甘心，好不容易玩一次，想多赢点。他抬头看了几次安晓刚，指望安晓刚发句话，接着玩也行，下分也行，安晓刚死活不开口。李立说话了：“我们很久没去唱歌了，我特别想吼两嗓子，这儿痒痒。”李立指了指自己的喉咙，又咽了口唾沫。安晓刚笑了，说：“你是不是也很久没吃海鲜大餐了。”李立使劲点头，好像他激动得已经说不出话了。二明也被他逗笑了说：“行，等一会儿，我请你们。”李立说：“有没有搞错？好几手大牌可都是用我的神掌拍成的。”李立亮出满手的老茧。帕斯机拍久了，每个人都有一手老茧，不稀奇。李立的手背倒是细细嫩嫩、白白净净的，跟他脸上的皮肤很般配。就在他们争执不下的这么点工夫，钱又被倒回去了。先赢后输，几乎是他们拍帕斯机的铁律。

牌面还剩不到二百分的时候，出了手三同，也就是五张牌里面有三张同样的牌，分数变成了所上分数的三倍。三个人面面相觑，谁都不敢拍，又舍不得上分。后面站着的小个子递过来二百块钱，说：“我兑一手，折了算我的。”二明说：“你出二百兑？”小个子点点头。牌面的分数是一百二十。一分一块钱。小个子毫不犹豫地拍了手大，成了，接着又是一手大，又成了。小个子把钱收回来，说：“你们接着玩，牌面上的分还是你们的。”讲究人呀。二明问了一句：“哥们儿，你觉得下一手是大是小？”安晓刚和李立也看着小伙子。小伙子腼腆地笑笑：“要是我，还拍大。”二明眼睛看着小伙子，手已经上去了，成了。二明说：“行啊，再猜对了，我拜你为师。”小伙子说：“大。”李立在二明出手前，细长的手指在大的摁键上，轻轻一抹，动作潇洒流畅，像弹钢琴。或者说这样的一双手不弹钢琴可惜了。还是成。二明和李立的眼睛都直了，牌面上的分数达到了一千九百二十。安晓刚说：“差不多得了，下分吧。人心不足蛇吞象。”二明、李立同时把双手捂在键盘上，生怕安晓刚趁他俩不注意按下分键。安晓刚高举双手，像是避嫌，说：“我不会不讲究，钱是二明的，我凭什么上分呀。”二明说：“算你还是个明白人。”李立说：“哥们儿，再指教一手呗。”小伙子不说话了，点上一根烟，慢悠悠地抽着。二明说：“不着急，让这位兄弟想想。”小伙子说：“不用想，要是我还拍一手大。”李立扒拉开二明的手，一只手遮挡住屏幕，另一只手抡起巴掌，狠狠地砸下去，还是激扬的音乐响起，贝多芬的“贝九”，这就代表又砸成了。在金银岛“贝九”也有“鼓励你再接再厉，再拍一手”的意思。一连拍六手大，他们三个打了这么久的帕斯机，从没敢这么干过，遇到高人了。二明说：“还敢拍不？”小个子连忙摇头：“帕斯机这玩意儿都是有猫腻的，太多手我也不敢拍。”安晓刚啪地摁了下分键。三千八百块到手，净赢两千八。三个人硬拉着小个子去吃饭，想取取经。酒桌上，小个子说：“拍帕斯机不能光用蛮力，要胆大心细，更要有技术的支持。”然后就说到了解码器。小个子说：“我看你们也是实在人，输了不少钱吧？”三个人点头。“早点赢回来，干点正经买卖。”三个人还是点头。小个子说：“解码器保赢不输，但要赢得巧妙，一次不能赢太多,被娱乐城的人逮着轻饶不了你。在一家赢个六七千,赶紧换地方。”三个人举着酒杯,痴痴地望着小个子。解码器他们之前听说过,但没见过,问:“那玩意儿得多少钱呀?”小个子伸出一个手势,道:“八万。”三个人不吭声了。“点子正,十天半个月就能赢回来。这个社会撑死胆大的饿死胆小的。”小个子起身说:“我还有事,先走一步。”说完就去吧台结账,二明、李立冲上去,跟他撕巴,最后是二明结的账。他们来到灯火通明的大街上,二明说:“你知道上哪儿买解码器吗?”小个子压低声音说:“我倒是认识个人。”二明说:“价格有得商量吗?实不相瞒,兄弟,我们已经弹尽粮绝,兜比脸都干净了。”李立在一旁配合着,把空荡荡的裤兜翻出来,亮个相。小个子挺了挺胸脯,脚后跟有节奏地敲打了几下地面,说:“给你们打个折,批发价,六万。”二明还要说话,小个子果断地做了个暂停的手势。小个子留下 BP 机号,道:“想好了,呼我。晚了,没货别怪我。”随后拦了辆出租车,扬长而去。

事不宜迟,三个人分头去借钱。二明取出了他拍帕斯机后期回光返照般给儿子留下的所谓教育基金,一万五。当初,二明跟老婆说,这笔钱即使他得了癌症都不要取。他现在的理由是,这个事情比他得癌症更重要,是一本万利,比贩毒来钱都快。他和老婆说了解码器的事,说我这次玩帕斯机与以往不同。过去我是被帕斯机套住了,这次我是指望它为我服务,替我赚钱。我们只在下半夜玩,发现不了。退一万步说,逮着了,也没什么大不了的。顶多十五天拘留,那时候钱早就赚回来了。二明进去过,在工厂上班的时候,因为打扑克赌博跟人动手,一砖头给人家脑袋开了瓢,拘留十天。他还表示钱不仅很快就能还上,而且要加倍地还。现在物价上涨得多快呀,光靠存钱是不行的。人要紧跟形势,不能落伍不能掉队,不然将来钱就是纸,擦屁股的手纸。二明老婆还真被他说动了。二明抱着儿子说："儿子啊，你就放心地快快长大吧。爹好好给你赚钱，你想学什么就说话，钱爹出，不就是钱嘛，要多少有的是。"他老婆那个美呀。他老婆说："咱这回赚了钱，你可再不能拿出去造了。上次你拍帕斯机就是我没把住钱。"二明说："以后存折都写你的名字。你要是还不放心，就把存折放你妈家。"

二明媳妇打心眼里是佩服自己老公的。当初二明做生意纯粹是白手起家，同学结婚，他去帮忙，看见送糖果的人骑自行车驮了一大袋子糖果，就帮忙跟着分包。十几种糖果，最有名的是上海大白兔，沈阳的不老林。二明和人家聊天，一问，人家说是太原街小商品市场搞批发的，就开始了解行情。之后，二明找同学，打听谁快结婚了，说自己能搞到便宜的糖果，比批发市场的还便宜。他的第一笔生意不但不赚钱，还赔了点。货自然是从小商品批发市场上的。二明兜里揣着五百块钱，无师自通，先在市场转悠一圈，算是摸摸行情。然后才把编织袋从包里掏出来，到哪家买糖，张口就让给个批发价，说是拿货的，嗓门大，气势足。二明把买来的糖回家用花花绿绿的包装纸包得规规矩矩，送到同学家。婚礼当天受到同学尤其是女同学的一致好评，参加婚礼的同学纷纷表示，以后结婚也要麻烦二明负责提供糖果。当时正赶上同学的结婚潮，二明忙得脚打后脑勺，班都顾不得上了。他的生意不仅限于本班同学，渐渐扩大到全年级，甚至一个学校毕业的也以校友的名义找他帮忙。

一年后，二明在小商品批发市场租了床子，还赚够了上货的货款，开始了真正的老板生涯。第二年，二明又买了床子，两万块，大哥大稳稳地装在后屁股兜里，露出一小截天线。二明是个邋遢的人，虽然穿着白衬衣，但领子一圈黑、皱皱巴巴的，一千五的"大利来"穿在脚上，从来不擦，走路拖拖拉拉，鞋底的外侧磨掉一角。二明还喜欢蹲着，有椅子也不坐，双膝叉得很开，两条胳膊正好交叉顺进去，垂向地面，再不就是双肘拄在膝盖上，托住下巴，侧脸望天。谁让他递点什么，二明就原地蹦一下，够不着，就再蹦一下。别人看着别扭，他觉得没什么不妥。二明好赌，没事在市场跟其他小老板打打扑克，掐一，二掐一或三掐一，输赢三五百，对他们来说，小事一桩。之后几个人在市场附近的桥底下喝点大杯，也就这样。媳妇是他同学，一个胡同长大的，除此之外，二明没谈过别的女人。这些年出门上货，小姐倒是没少找，办完事提裤子走人，一把一利索，绝不牵扯感情。二明不喜欢黏黏糊糊，嫌磨叽，不像个东北大老爷们儿。

一九九二年夏天，雨一场接一场，忽大忽小，淅淅沥沥，不断捻儿，像南方的梅雨季。夏天结婚的本来就少，又赶上这么个破天，人在市场只能无聊地发呆。穿着短衣短裙，手撑花伞、丰臀细腰的女孩子们就是这时候出现在太原街的几个大型批发市场的。她们是来发票儿，免费的帕斯机票，每张面值二十块钱，每人仅限两张。二明从不去的人手里攒了一百块钱的票就去玩了，帕斯机很好学，看几眼就会，台面上一共三个摁钮，一个大一个小，另一个是下分的。还有个上分键，但不归玩家控制，钥匙服务员把着。无非拍大拍小嘛。一个小时不到赢了三百块，手气不错。二明多长了个心眼，下分后没有马上走，而是楼上楼下四处踅摸了一圈，看见许多人玩得挺大，都是直接上钱的，很少有人拿票，输赢也很快，看着很刺激。但二明怕咬钩，出门到开明市场给儿子买了一架玩具飞机、一辆玩具坦克，高高兴兴扛着打车回家了。

接下来的日子，二明每天在床子上无所事事，就等着那几个丰臀细腰的女孩子来市场发票，还让市场的人帮他要，凑足一百块，收拾收拾床子，就算下行了，拔腿往金银岛跑，别人喊他打掐一，他说没空。二明给自己定的原则是只玩票，不上现金，赢三百就走，手里的票输了，绝不久留，以免肾上腺素升高，情绪失控。二明用赢的钱给媳妇买过皮裙、高跟鞋，给自己买过成条的“三五”“白希尔顿”。二明告诉媳妇，还是拍帕斯机好，跟市场的人打掐一，赢了还得请他们喝酒，回家一算，可能还赔点。“与天斗与地斗，不如与人斗，说的是那些脸皮厚的人。我脸皮儿薄，受不了输家在我面前哭丧着个脸，或叽叽歪歪的样子，心软。赢机器的钱，没什么好客气，临走还拍拍它的脸蛋，说声拜拜，明天见。故意气它玩。”他媳妇觉得老公说得有道理，还跟着没心没肺地拍巴掌笑，说：“老公，你真幽默。”

不久后的一天，二明赢了两百八，差二十到三百。二明想在朋友的档口买一双“迪尔多纳”的运动鞋，价钱都问好了，三百。二明不想自己掏钱。不是钱多少的问题，用赢的钱买鞋，有种白占便宜的感觉，自己添一分钱都是添堵，有种不洁的瑕疵。有便宜不占王八蛋，是生意场上的真理。赌场与生意场一个意思，都是输赢的游戏。二明犹豫着从椅子上站起来，一只手摁在下分键上，但突然决定作为男人要“信守承诺”，说不掏钱就不掏钱。他只想出一手对子，然后拍一手，成了就走人，但直到牌面上的分归零，却一把“亮”都没出。就是说，他连拍一手的权利都被剥夺了。二明很愤怒，掏出现金，啪地拍在机器盖上，喊服务员上分。一次性上了四百分，这也是帕斯机单次能上的最多分数。此时，他已经完全丧失了理智，大脑一片空白。这话是二明和李立、安晓刚在旅馆地下室喝酒，回想起各自拍帕斯机生涯起因时说的。那天他输了六千。二明说，那天他已经预感到一丝隐隐的不安。一连几天，二明都没再去金银岛，远远看见那几个女孩子扭动腰肢来发票，二明就东躲西藏，好像人家是专门来骚扰他的。但二明的心里并不平静，痒痒的，一方面心疼钱，另一方面也不服气。有几手关键牌，他本来是准备上分的，却鬼使神差地多拍了一手，拍一手也没关系，关键是他的手在空中想拍大，不知怎么却落在了小的摁键上。换句话说，那天他本来是该赢钱的。六千，对二明这个小批发户来说，怎么都算得上一笔不小的数目。够他赚个把月的。就这么一眨眼，没了，心疼再自然不过了。二明痛定思痛的结果是，下行后又拿出六千块钱，板板整整地插进钱包里，步伐沉稳地去了金银岛。他之所以下行才去，是想故意显得不以为意，把这当作平平常常的一次拍帕斯机。甚至女孩子来发票他都直摆手，明确拒绝了。他要大大方方地赢，不贪小便宜。赢够六千，回本就下分走人，从此告别帕斯机。二明压根儿没想过输，也可能有这个想法，但一闪就被他从大脑里删除了，大战在即，这是不吉利的，会动摇三军的士气。

金银岛人满为患，根本没有空机器，二明楼上楼下乱转，像一头困兽跌跌撞撞，等他找到一台空机器坐下已经是下半夜了。天微微亮的时候，二明身上的钱输了个精光，裤兜里只剩下几个钢镚儿，他到市场边上吃早点，竟没有一点饿的感觉，便回库房眯了一会儿。市场大门打开，二明批了会儿货，掂量掂量手里的两千多块批货款，犹豫了一下，转身，快步奔向金银岛。打到下午五点，也就是正常的下行时间，一看赢了三千块，于是见好就收，打车回家，还带儿子去家附近的儿童公园玩了会儿滑梯。夜里睡不着，二明顺带着总结了一番这两天的成败得失。拍帕斯机屁股不能沉，以后每天只带两千块钱，输了就走，赢四千也走，就像昨天那样。只要沉得住气，说不定这玩意儿比做生意还来钱呢。二明越想越激动，一宿没睡着觉。

开始，二明每天带两千块钱，有输有赢，不分胜负，这让他心理不平衡，他来金银岛不是为了过手瘾，他是来赚钱的。二明自认为他已经差不多摸到了帕斯机的门道，就往上加注，一天带三千五千，后来就没数了。那段日子，二明满脑子想的就是怎么把本捞回来，结果越捞越输。有时候赢个四五千，又觉得还应该再捞点，今天点子正，此时不捞，更待何时。只要抓住几次这样的机会，只要几次，我要的不多，老天爷会给我的，一定会的。等这些话在他心里念叨完，兜里的钱也被倒回去了。直到管亲戚朋友借遍了钱，直到借无可借。虽然做买卖的钱二明把着，但他媳妇再傻也知道二明打帕斯机把赚的钱都输掉了。两口子也吵过闹过，二明说："你就当我没赚过钱不就完了吗？当初我是白手起家，大不了我从头再来。"他媳妇吧唧吧唧嘴，想想也是。二明又说："帕斯机怎么赢的，得怎么给我吐出来。"他媳妇说："你不能再玩了，你回去上班吧。咱们小门小户的，钱够使就行，我不指望你发大财。"二明就是这时候说出了买解码器的事。

他们三个里头李立是最早拍帕斯机的，即使放在丰城这个大范围里，李立也是头一批践行者。当年李立的父亲把生意交给李立时，已经快七十岁了，老人患有糖尿病，心脏搭过桥，实在不能再劳心费力了。李立父亲知道李立不是块做生意的料，甚至是败家子，但又能怎么样呢？没人呐。就这么一个儿子。李立打小没吃过苦，父母是双职工，父亲在轴承厂当供销科长，母亲是大医院的妇产科大夫。在那个人人只能勉强吃饱饭的年代，李立每天喝的是牛奶、八王寺汽水，吃的是饼干、糖烧饼、馄饨、大米饭，简直是神仙过的日子。同龄人中不分男女，人人一口黄巴赤咧的四环素牙，唯独李立牙齿洁净，排列整齐。一笑，特别招人稀罕。李立中学没毕业就知道臭美搞对象了，每天把自己捯饬得溜光水滑，戴蛤蟆镜、穿打包西服、烫头发，像个海外华侨。对象隔三岔五换一个。他爸把他安排到轴承厂，李立三天打鱼两天晒网，根本不把上班当回事。他爸想带他学着做生意，为将来接班打基础，李立还是没兴趣，没钱就知道伸手要，大萝卜脸不红不白的。后来社会风气变了，他兜里的钱那点钱明显跟不上形势，尤其跟身边做生意的朋友一比，他老爸给的钱，就像是答对要饭的。

李立接手他爸的生意是不得已，所以，做生意不上心，对客户态度简单粗暴，这让那些他爸多年培养起来的老客户极为不满，打电话找他爸反映，他爸叹气表示无奈，只能好言相劝，自己来日无多，看在多年朋友的情分上，万万不可断绝生意往来。怎么也得给他留口饭吃。他还年轻，日子长着呢。不然我和老伴儿死都不会瞑目的。但店里的生意还是每况愈下，两年的工夫，销售额、利润掉了一半，去掉吃喝嫖赌，只能勉强打个平手。好在还有老本吃，李立并没有危机感。每天出入时髦的迪厅、咖啡屋，要不就是泡歌厅，直到丰城出现了娱乐城，也就是帕斯机，他才欢天喜地一头扎进去。

那年头，所谓娱乐城，只是个噱头，其实就是帕斯机的代名词，因为里面除了帕斯机并没有别的娱乐设施，进屋光能听见噼噼啪啪拍机器的声音。场面混乱，震耳朵，一般人心脏受不了，但这也正是帕斯机吸引赌徒的地方。在此之前，所有的赌博行为政府都是明令禁止的，只能在隐秘幽闭的环境下偷偷摸摸进行。帕斯机的引进无疑让赌徒们第一次有了从昏暗的地下走上光明正大的狂喜，甚至热泪盈眶。相当于被主流承认了。娱乐城霓虹闪烁，旋转门开开合合，礼宾小姐分成两排，大开衩旗袍，色彩浓烈，一开到底，见人进来就鞠躬，手势指向同一个方向。房子宽阔，金碧辉煌，举架也高，还有凉风习习的空调吹。有点像拉斯维加斯，外加中国特色。钱可以在手里明晃晃地举着，当扇子扇，或一摞摞码放在帕斯机台面上，需要上分就随便抽出几张，马上有面容姣好、青春靓丽的女孩子过来伺候着，赶上哪个赌徒心情不好，随便骂几句脏话，她们眼里含泪也得笑脸相赔。赌徒们压抑已久的心怎能不为之欢呼雀跃呢？他们怎么能不伸出巴掌拍几手呢？不然对得起赌徒的称号吗？尤其像金银岛这样打头阵的，干脆直接开到了区公安局旁边，实际上就是租用公安局闲置的房子。相当于在“光明正大”的旁边，又配了朵小红花。

李立与二明不一样，第一次拍帕斯机就是上现金的，李立带了一坎，也就是一万块。坎是生意人的叫法，一百元以下的不叫零钱，叫散钱。帕斯机尚未落户丰城，李立就听说了，但不大敢相信，那不成资本主义了？金银岛开业那天，整个丰城中心的商业区沸腾了，彩旗飘舞，场面隆重而热烈。金银岛属于合资企业。台湾人出设备、技术，当地人出钱，至于公安局算不算股东，不得而知。领导剪彩，仿迫击炮式炮车鸣响二十一响礼炮后，在空中炸出一片片五彩缤纷的纸屑，洒满绵延百米的红地毯。之后，旋转门开启，李立随着人流奔跑着涌入金银岛，抢占帕斯机，场面不亚于早晨打折的商场。其壮观场面在二十世纪九十年代初的丰城堪称史无前例。

李立是历史的见证者。那天李立赢了五千多，不仅他赢，绝大多数来金银岛的人都赢了钱，只是有多有少，输的也有，是个别人太贪心，明显奔拍爆机去的，不折不罢手。一连几天都是这样。一些赢了钱的人聚在金银岛门前，意犹未尽，说这么下去金银岛的老板怎么吃得消呢？他们担心老板的钱撑不了多久就要玩儿完。他们多虑了。也就一周的工夫，形势急转直下，变成了输多赢少。有人开始变得烦躁，骂骂咧咧；有人嗅出了鲨鱼的血腥，当断则断，金盆洗手，重新把心思放在生意上；但大多数人不服气，赌徒嘛总是相信下一手的运气。加之后来者不断涌入，金银岛的人气越聚越旺，后半夜找台机器都费劲，许多人手里掐着一摞钱，虚攥着，这样松软的钞票会显得厚一些，像扑克牌在手里收拉自如，就这么大摇大摆地走来走去。

李立的钱没多长时间就输个精光，只能等下一批货出手才能度过空窗期。李立卖轴承是代卖，或先付一个总货款的百分比，货出手了才付厂家全款。关系好信得过的客户到年底统一结账。没钱的时候，李立就去百乐门舞厅跳舞。之前李立跳舞只盯着漂亮姑娘，李立的穿着一向干净利落，裤线笔直，“大利来”皮鞋一尘不染，头烫大波浪，不注意看像自来卷，蓬蓬松松，个儿也高，一米八还出头。李立请王艳跳舞时，王艳正站在一个背光的角落里，条儿挺顺，也是高个，长发披肩。在灯光下李立才看清王艳的模样，不丑，就是门牙有些突出，不笑看不出来，一笑露牙花子，王艳就捂着嘴，或者尽量不笑，但一直不笑是不可能的。李立看见了，就想凑合着跳完这个曲再换一个。中途换人不合适，怕姑娘面子受不了。这一点李立倒是挺通人情的。

通常李立跟漂亮女孩跳舞都是先展示一番自己潇洒的舞姿，啪啪上来先玩几个大幅度的花活儿，舞姿舒展，身体柔韧，以博得姑娘的好感。李立跟王艳跳舞跳的是慢三步，就是脚在地面上蹭来蹭去，身体基本不动，而且上身要保持一定的距离，这样就显得很绅士。是王艳开口说的话。王艳说：“你是老板吧？”李立当时后屁股还别着大哥大，在昏暗的舞厅里闪着悠悠的红光，就微微一笑说：“是，你是做什么的？”王艳说：“财务。”李立问：“哪个单位？”王艳说：“一一二。”一一二是军工厂，保密单位。“你是大学毕业生？”王艳点点头道：“财大的。”“哪个财大？”“中央财经大学。”“高材生啊。”王艳害羞地别过头。两人好上不久，李立就把王艳带到医院，在父亲的病房见了他的父母，王艳觉得这是李立对她的信任。

李立管王艳借钱没有半点的忸怩作态，李立的意思是不借就拉倒，速战速决，不想磨叽。李立借钱的理由是资金周转暂时出现了一点困难。王艳几乎没犹豫就答应了，第一次借两万，后来又借了几次，共计五万九。王艳的钱是单位的，李立答应得好好的，但到日子却不还钱，一次次地推托，甚至到后来电话都不接了。王艳预感不妙，慌了，只好去医院找李立的父母，鼻涕一把眼泪一把，一坐一宿。李立的父亲心脏受不了，也可怜这个无辜的姑娘，就把自己之前留的养老钱拿出来，给了王艳。但告诉她千万不能让李立知道。王艳千恩万谢，一溜小跑，从此再没出现过。

李立尝到了甜头，没钱就往百乐门舞厅跑，只是他再没有遇到过像王艳这样的姑娘。好在小钱还是能蒙点，有时四五百，有时仅仅为混一顿饭，二明、安晓刚也跟着蹭吃蹭喝。三个人去跳舞，也就李立能带女孩出来，按他们的话说叫联系。二明完全没有技巧，请女孩跳舞张口就问人家，待会儿出去坐坐不？女孩以为他有病呢。安晓刚长相身材都不错，问题是他不好意思张口，即使女孩有意思他也扭扭捏捏，让女孩觉得自己“上赶子不是买卖”，所以，能不能联系上女孩或者说能不能解决当晚的温饱问题就全靠李立了。

他们还把女孩分为长线短线，所谓长线是看出来女孩有钱，但戒备心强，轻易不会掏出来，就保持一段时间的交往，等对方放松警觉，再以资金周转的老套路借钱，只是像王艳这样痴情的女孩不多，况且干瘪瘪的兜里也容不得他们从容应对。短线就是蒙一顿饭，嘴巴一抹，溜之大吉。第一次吃饭让女孩结账并不是件容易的事。他们点菜时就开始试探，看女孩有没有结账的意思，如果女孩大张旗鼓地张罗点这点那，一般情况下就是女孩准备请客，反之，喝到差不多了，李立使个眼色，二明、安晓刚就开始相互找碴吵架，甚至不惜动手，是真打，拳头撇子真往脸上揔。李立就拉架，上蹿下跳的，同时对女孩说：“你先把账结一下，我一会儿给你。”两个人打着打着来到马路上，见有出租车过来，伸手一拦，跳上车就跑。一上车就开始抱怨谁刚才下手重了，免不了又是一番争吵。过一会儿，就都安静了，谁都不说话。窗外霓虹闪烁，他们的脸上像是画了一道道油彩，街道上人影绰绰，一个个活蹦乱跳的，每个人看上去都比他们过得好许多。

有一次三个人从舞厅出来，带着一个女人吃烧烤，女人看上去至少三十岁，叫女孩不太合适。烧烤摊在路边，跑起来容易些，一般是他们的首选。地桌、小板凳，地上到处是竹签、手纸，废弃的塑料袋，被风卷起又落下，迷眼睛。三个人喝酒，女人也要喝，主动张罗的，牛羊肉点了一大堆，好像有什么烦心事，这是好事。三个人对了下眼神，嘴角都翘着，衣服扣也解开了。二明说："咱们踩箱套喝，不醉不归。"意思是来一箱，二十四瓶。女人说："这地方接地气。"那是个很大的地摊，小地桌摆了几长溜，得有三十多张，服务员就七八个。其中一个年轻的女服务员后背背着小孩，用宽带子缠在腰间，前面打个死结，忙来忙去的。二明说了句："真够不容易的。"其他人就往二明说话的方向看。女人叹了口气道："这年头谁都不容易。"李立之后基本没说话，一直喝酒，瓶口对着嘴巴，眼睛望天，像是在沉思，也像有话对天空说，过一会儿咕嘟一大口，还冲天空摇摇瓶子。三五口一瓶，不跟别人碰杯。在墙根儿撒尿的时候，李立对二明、安晓刚说："前些日子我们拍帕斯机花的就是她的钱。"两人愣了，想问谁的钱，但其实已经明白了。安晓刚说："那你还不赶紧跑，要是她认出你怎么办？"李立说："不用跑，她肯定早就看见我了。"二明说："那她怎么不找你要钱。"李立说："我这副模样，她找我有用吗？我可把她坑惨了。"李立的声音有些哽咽。有一段时间李立活得的确很宽绰，原来花的是这个女孩的钱。女孩认识李立之后，说："你只要对我好，挣不挣钱没关系，家我来养。你父母出院也由我来伺候。"女孩离婚了，丈夫给了她一笔钱，但没多久都被李立造光了。至于动用什么手段骗的女人钱，李立没细说。女孩知道她的钱被李立拍了帕斯机以后，主动离开了他，一滴眼泪都没流。之后三个人喝酒的速度明显慢了，女人反过来一个劲儿地劝他们："喝喝喝，有什么大不了的愁事，也不能耽误喝酒啊。”后来是女人主动结的账。女人喝多了，他们打车把女人架上去，一直送到家门口。这么无微不至还是头一次。过后二明、安晓刚聊过，他俩怀疑这个故事是李立编的，但又觉得没道理。良心发现？但之后李立也没少在舞厅骗女孩，两人就更糊涂了。

李立实在没钱的时候就念叨他爸妈怎么还不死，那样他就可以继承房子等遗产了。房子是三居室，九十多平方米，位于丰城市中心，最好的地段，怎么也值个十几万。二明对安晓刚说：“李立没人性，就是个畜生。”安晓刚说：“那你怎么还天天跟他飙的一起？”如果这话是二明问他，安晓刚会开玩笑说“情到深处人孤独”，但二明却认真地说：“我们要拯救李立，不能让他再祸害社会了。”但李立骗女孩的钱或吃喝，哪次二明都没落下，事后也看不出二明有什么负罪感，这该如何解释呢？

李立父亲的合作伙伴跑到医院病房痛陈李立的罪状，说给李立的货都让他跳楼甩卖了，一直不返货款，这么下去工厂就得关闭，职工就得下岗。李立的父亲没办法，只好让老伙计停止供货，也算是彻底断了李立的后路。接下来李立开始变卖大哥大、雷达表、金手链、金项链，直到卖无可卖，跟二明、安晓刚住进了街边旅馆的地下室。李立父亲得的是喉癌，长期住院经济压力很大，就决定回家等死，由于事先预定好的手术取消了，加上押金，三万块钱就这么被李立中途截和了。老两口只能默默流泪，说自己不知道上辈子作的什么孽。李立是要的孩子，李立父母不能生小孩，就托人领养了李立，这个李立早就知道，这也是他与父母不亲的一个原因。李立最后一次回家把这个事捅开了。临走还痛哭流涕了一番，说他的命有多苦，都是他们害的，长这么大他还不知道谁是自己的亲生父母。说得老两口不停地抹衣袖，像是很对不起李立。李立就在这时候狠狠地一摔门，走了。

安晓刚拍帕斯机纯属偶然，在那个打扑克几乎是全民唯一娱乐的年代，安晓刚只在逢年过节才跟家人或来给父母拜年的亲戚朋友打打掐一，一块钱的，打一宿输赢不超过一百。安晓刚永远是输家，主要是他对赌博没兴趣，打牌心不在焉，不会算牌，也懒得算。不仅如此，他们搞服装的一年到头往广州跑，那里开放，是改革的前沿，整个市场只有安晓刚从来不乱玩，不是怕花钱，是提不起兴趣。安晓刚也不理解别人，在他看来，即使女人再怎么漂亮，如果没有基本的沟通、交流，两个陌生人怎么会一见面就滚到一起呢，那不成畜生了？他当然知道人跟畜生差不了多少，但正是这微小的差别，才构成了人类与畜生的差别，也是根本性的差别。所有的畜生分一类，人单分一类。歌厅他也跟着广州的老板去，歌也唱，但挨在一起只是说说话，唱唱歌，手都不拉。

市场上的人说我要是有妹妹一定嫁给你。安晓刚认真地说，我就是不赌不嫖，抽烟喝酒别的毛病一大堆呢。还说，我处女朋友没常性，待一段时间就够了。事实的确如此。安晓刚做生意这两年，女朋友换过六七个。最后一个是女朋友甩的他，这还是第一次，甩就甩了，大不了安晓刚上点火，觉得这是报应。关键是女朋友分手前管他借了一笔钱，之后就人间蒸发了。两万，不多不少，但很明显女朋友是成心骗他，是有预谋的。安晓刚发现他甚至不知道女朋友是干什么的家住哪里，想找都没处找，也没法跟别人说，嫌丢人，只能暗自生闷气。向来乐观开朗的安晓刚那段日子过得有些焦虑，心事重重的，批货都没有了积极性，眼睛盯着一个地方不挪窝。根子就在这儿。

安晓刚有苦说不出，心里一直堵着，下了行，床子周围的人去金银岛拍帕斯机，他也跟着去，主要是为打发时间，自己不玩。许多人玩着玩着发现不对劲，这东西输赢太快，容易咬钩，赶紧撤了，继续在床子上打扑克或出门上货去了。一起来的人越剩越少，安晓刚反倒来了兴致，时间久了，他多少也看出了点门道，就想亲自上场比量比量，想不到一拍上，就很兴奋，那些想不开的疑惑、烦恼，全都烟消云散了。每天回家躺在床上不再想女孩怎么骗了他，想的都是这手牌应该怎么拍，那手牌应该怎么拍。又赶上一批货底眼儿，压在库房里，想出门上货也没钱。底眼就是赔钱，还赔得挺多的意思。

在市场待烦了，安晓刚就一个人闷头往金银岛跑，兜里的钱拍没了，决不去银行取钱，这是他给自己定的规矩。输了就在金银岛瞎转悠，熬到深夜眼睛睁不开才打车回家。但钱还是不可避免地一点点变薄。安晓刚心里开始发慌，觉得长期这么下去不是个事儿。安晓刚并没有多少钱，他刚干服装两年多，之前在电视台当记者，扛那种很笨重的机器，穿米色马甲，有好多兜，什么时候见着都是汗流浃背的。他坐火车出差采访途中遇见一些搞服装的人，那些人坐在卧铺上掰鸡爪子，啃黄瓜，光膀子划拳、喝啤酒，他觉得这样的人生才带劲，才过瘾，很羡慕。

人家看出来了，就热情地拉他过来一起喝。他们还想叫跟安晓刚一起出差的出镜记者赵小兰，赵小兰不屑地躲过他们的目光，高傲的头，探出窗外。生意人对安晓刚说，我们搞服装的是赚钱但也很辛苦，一个人出门上货得扛一百多斤的货包，上下楼健步如飞，过天桥如履平地。安晓刚认为，这算啥，我一整天都扛着几十斤重的机器到处跑，还不能打晃，不然虚焦。安晓刚跟他们比掰腕子，结果谁都没掰过他。安晓刚听他们说，一批货上好了，赚个万儿八千的不费事，就想，我一年到头累死累活也就赚个五六千块钱，太亏了，而且身边都是一些没趣的人，整天鸡毛蒜皮，勾心斗角。就这么，出差一回来，安晓刚就办了停薪留职。

两年下来，钱赚得比想象的多，安晓刚很满足。恋爱也没少谈，在上货的火车上就谈过俩。第一个也是做买卖的。两个人在回丰城的火车连接板上抽烟，一打眼就看出来了，都是做买卖的，就像接头暗号。哪儿的？五爱，你呢？南塔。南塔是鞋城。两个人在餐厅聊得很投机，喝了不少酒，双方的眼睛在迷离中激发出火花，噼里啪啦地燃烧着，眼看越烧越旺。后半夜才往卧铺走，摸黑，两人牵着手，一前一后。女人到了洗手间，说恶心，想吐，安晓刚就陪女人进了洗手间，想帮她捶捶背，女人却倒在了他的怀里。两人在里面忙碌的中间有人敲门，出来后安晓刚看见门外等着的人很尴尬，脸通红，低着头，女人倒无所谓，在盥洗室的镜子前耐心地理了理发型，又涂口红，还不忘瞥眼看安晓刚捂嘴偷笑。这让安晓刚心里不太舒服。一个人不可能一辈子光明磊落、问心无愧，但没羞没臊就太过分了，尤其是女人。之后女人来市场找过他，两人一起逛街吃饭，看电影，女人还约过安晓刚一起去广州，安晓刚害怕再发生上次的事，就推托了。从此再没联系。

安晓刚的最后一个女朋友也是在火车上认识的，硬座车厢。当时市场上的人要凑一起打扑克，女孩只能跟他们换位子，这样就跟安晓刚坐到了对面。好像还有人说了一句，他俩倒是挺般配的。女孩手里拿着一本书，外国人写的，安晓刚在纸上画画，画那些打牌的人。这个画面的确有点意思。安晓刚大学是学油画的，在一所师范类院校。安晓刚有意无意又画了对面的女孩，就这么认识了。后来女孩来市场给她父亲买裤子，安晓刚不仅白给了女孩一条裤子，还请女孩到电视塔的旋转餐厅紫藤曼吃了顿海鲜。就这样两人处上了对象。女孩比安晓刚大一些，安晓刚不以为意，他只是玩玩，并没想多长远。安晓刚为了把女孩拖上床，煞费苦心，但每到关键时刻都被女孩巧妙地化解了，这让安晓刚既懊恼又沮丧。正当他想要放弃时，却突然发现有点舍不得离开这个女孩了，有什么事都愿意跟她商量。女孩帮他出主意，语气坚定，不容置疑。去哪儿、干什么，都是女孩一句话，安晓刚心甘情愿，陪伴左右，乐呵呵的，像个小跟班。直到女孩借了他的钱，莫名其妙地从他的眼前消失掉。

安晓刚决定把手里的货跳楼，去广州。一是想上货，碰碰运气。夏天是搞服装的淡季，许多人这时候选择的是休业，或抖落货底子，上货是要冒很大风险的，有点得不偿失，但安晓刚算了一笔账，照这个势头拍下去，上货赔那点钱根本不算什么。二来也是主要原因，他想避开帕斯机。安晓刚每天上行，金银岛是必经之路，他坐在出租车里就故意把头转向一边，或闷着头不看金银岛三个字。他知道这是自欺欺人，甚至有点做作，但心跳还是加速，血往上涌，恨不得从出租车上飞下去。内心里安晓刚对帕斯机并不服气，他觉得自己一定有机会把输掉的钱赢回来。输钱很大的原因是他每次都是先赢钱了，但看看表时间还早，不想回家，回去也睡不着，这时人又有点犯迷糊，后半夜便把钱输掉了。这么一想，他又开始有点怨恨起前女友来。结果，货是跳了，但人并没走，而是又把那些钱送给了金银岛。

安晓刚知道自己在劫难逃，趁喝醉之后，把钱藏在家里的犄角旮旯，甚至米箱子、换季的衣服里、旧皮鞋里，这儿塞点，那儿塞点，但当需要钱的时候，他总能不费吹灰之力就准确地找到那些钱。安晓刚想用酒精麻醉自己，但效果并不理想。跟朋友喝完酒，打车都到家门口了，咬咬牙，又让司机掉头，去金银岛。语速极快，生怕自己反悔似的。他们管这叫拍醉机。

整个黏稠的夏天，安晓刚就是在金银岛的冷气中度过的，像个单位里来的新同志，每天早来晚走，市场都不去了。安晓刚以为，按自己的性格，赌输了钱是绝对不会找人去借的，他做生意刚起步阶段，那么需要钱都没跟人张过口。大不了在市场给朋友打打工，等赚够一定的钱寻机东山再起。可等他真的输到光屁股时却丝毫没有停下来的意思，甚至最后几天已经寻思找谁借钱了，为此安晓刚感到深深的羞愧。安晓刚借钱是有套路的，他的社会关系很简单，无非三种人：大学同学、电视台同事、市场做生意的。安晓刚插着花借，这样别人一时难以察觉他当下的处境，但最终还是败露了。有些急用钱的人催他还钱，他躲着他们，而更多的朋友则像躲瘟疫似的躲着他。

这次安晓刚被逼得没招了，趁一个做生意的好朋友出差之机，去找朋友媳妇借钱。朋友的媳妇挺着大肚子，快临盆了，安晓刚竟厚颜无耻地编出个主意，说自己女朋友的父母今晚来他家，意义重大，东北话叫会亲家，但他在附近商场买东西时，兜里见面礼的钱被小偷偷了。他翻开之前割开的裤兜给朋友媳妇看，还适时地挤出几滴眼泪，吧嗒吧嗒掉在朋友家洁净的大理石地面上。朋友媳妇安慰了他几句，二话不说穿鞋下地，跟他一起去银行取钱。路上走几步歇一歇，伴着大喘气，又排了很长时间的队，取出一万五。

朋友媳妇说："这笔钱是生小孩用的，你先拿着。生小孩还得一段时间，你这么大了娶个媳妇不容易，好钢要用在刀刃上。"

"还钱的时候，我连利息一起给。"

"这怎么行，你要这么说，这钱我就不借了。"

安晓刚生怕人家反悔似的，紧紧把钱藏在身后，汗都下来了。

朋友媳妇笑着说："跟你开玩笑呢，看样子你是真的着急用钱。"

安晓刚连家都没有把人送回去，就径直打车回了旅馆的地下室。路上，他反应过来，但已经来不及了。他觉得自己太操蛋了，简直不是个东西。

二明呼小个子，小个子隔了很久才回电话，态度不冷不热，好像他并不急于赚这笔钱。双方约好晚上七点在红旗广场的主席塑像下见。他们三个去得早了些，广场上灯光昏暗，行人寥寥。他们围着主席像的底座慢悠悠地转了一圈，算是放松下心情。二明在主席挥手的正面站定，双手合十、神情肃穆，深深鞠了三个躬，口中念念有词。

“你们也来，求毛主席他老人家保佑我们，顺利买到解码器，赶紧赢大钱，早日脱离苦海。”二明说。

“拜这个灵吗？”李立双手插在裤兜里。

“毛主席不灵谁灵？你没看见出租车里都挂着毛主席的照片。毛主席是咱们的大救星，是救我们于水火的神仙。”李立鞠躬时，在黑暗中发出哧哧的笑声。

“你他妈的能不能正经点，重来。”二明很生气。

小个子的身影鬼鬼祟祟地出现了，他冲二明略微晃晃头，然后独自闷头疾步走下台阶，消失在灯火通明的小吃街，在喧闹的人群中一路闪转腾挪，好像他正急于甩掉身后的三条尾巴。他们只能紧紧跟随，呼哧带喘地随小个子围着友好宾馆绕了整整一圈，小个子即使是在宾馆大堂的电梯口，也不看他们，眼睛望天，滴溜转。

房门虚掩着，小个子带他们进去，与屋子里梳背头的壮汉低声耳语了几句，重新打开房门，兔子般敏捷地闪了出去。三个人面面相觑，不知道他俩在作什么妖。装钱的皮包夹在安晓刚的腋下，他感到一阵心慌，生怕一会儿一开门，呼啦啦闯进来一帮人把他们抢了。安晓刚身体紧贴窗台站定，向楼下望了一眼，同时腋下的皮包夹得更紧了。这里是三楼，苏式结构，举架高，三楼顶一般的四楼。安晓刚打定主意，万一真的遇到了劫匪，他会毫不犹豫地破窗而出，哪怕摔个稀巴烂。

来之前，他们商量过带不带家伙什儿，李立主张带，二明、安晓刚不同意，他们从没动过刀子。李立说：“万一他们是劫匪呢？到时候我们就得束手就擒，乖乖地把钱送给人家了。”二明说：“带刀得你带。”李立就扭捏着不说话了。安晓刚说：“要是没把握，我们干脆不买解码器了。我们是去做生意，不是打架的，也不是打架那块料。再说我们是三个年轻人，一般人轻易不敢来横的。”

壮汉坐在沙发上，自顾自地点了根烟，让都没让他们，抖了抖放在茶几上的报纸看起来，二郎腿翘着，轻轻地打着节拍。他们三个站在局促的空间里，你看看我，我看看你，都很紧张。最后还是二明说话了：“你们这是玩的什么套路啊，生意还做不做了？”声音干涩，不透亮。壮汉抬起眼皮。“兄弟，别急，来，喝杯茶。”壮汉起身给每个人倒了杯茶，随之脸上有了点笑容，像便秘，挤出来的。壮汉的目光在他们三个人身上打转，一上一下的，突然站起身猛地关上窗子，高大的身影挡在窗台前。三个人的心又重新被提溜起来，谁都不说话。想瓮中捉鳖？

“咚咚咚”，一阵杂乱的敲门声，震得房门的墙皮都快掉下来了。安晓刚想伸手推开壮汉，破窗而出，但脚不听使唤，挪不动步。壮汉拍拍安晓刚的肩膀，说：“兄弟，放松点。”说完从他身边绕过去开门，进来的是小个子。“一切正常，可以交易了。”小个子贴着壮汉的耳边说。

“你们干吗一惊一乍的，心脏病都快被你们吓出来了。”还是二明。

“这是我们约定的信号，对不起，让各位受惊了。如果他小声敲门，恐怕我会比你抢先一步跳下去的。哈哈哈。”壮汉递给安晓刚根中华烟，点上。“钱带来了吗？”安晓刚点点头。“我们要先见钱，后验货。”“不行，一手交钱一手验货。”

壮汉盯着安晓刚，坐回到沙发上，不再说话。双方僵持了好一会儿，谁都不肯让步。“既然你们对我们不信任，这笔生意我们不做了。”壮汉冲小个子摆摆头，示意他送客。

“别价呀，我们好不容易才凑够了钱，咋能说不做就不做呢。有事好商量嘛。”李立一个劲儿地给二明和安晓刚使眼色。

“我们商量商量。”安晓刚说。

三个人来到洗手间。李立说：“你们感觉到没，这屋子瘆得慌。比我们住的地下室还阴森。”二明点点头。

“我就是感觉不大对劲，说不出具体原因，只是一种感觉。”安晓刚说。

“那怎么办？”

“该死该活屌朝上吧，实在不行就跟他们拼了。到时候谁都不能跑啊。”三个人摊开手掌，紧紧握在一起，摇了摇。

安晓刚做了个深呼吸，率先走出来，拉开皮包，把六万块钱掏出来，递到壮汉面前晃了晃，壮汉看都没看，直接按住安晓刚的手将钱塞回他的皮包。“我只是考验一下你们的诚意。”壮汉递了个眼色给小个子，“给他们验货吧。”小个子俯身掀开床板，从里面抱出一块电路板和帕斯机的显示屏，又从洗手间的水槽掏出用油布紧紧包裹的解码器，开始组装。

壮汉打开电视机，音量调得挺大，然后让小个子为他们演示。

“看好了，先用刀片在备牌键的红白两线划出个豁口，再将解码器两端红白颜色的铁夹子分别夹在裸露的铜线上。记住，千万不能弄反了。备好牌以后，解码器的指针偏右拍大，偏左拍小，如果指针竖在中间不动，就表明这手牌解码器也难以辨识大小，赶紧上分。这种解码器是日本索尼公司新近研发的，识别率高达百分之八十九。我还要提醒你们，出了大牌赶紧上分不要犹豫，小牌拍三五手也要适可而止，切不可贪大，那样会引起上分员和周围人的注意。要学会在神不知鬼不觉中赢钱。每晚赢个四五千就撤，换个地方玩，积少成多，一个月下来赢个十几二十万，轻飘飘。”小个子语速极快。

他们三个频频点头才能跟上他说话的节奏。

小个子备好牌，问李立：“指针偏右，拍什么？”

“大。”

“拍一手试试。”李立拍了手大，成了。

小个子又备上牌，指针还是偏右，李立又拍了手大，又成了。

二明说："我也过过瘾。"

再次备牌，这回指针偏左，二明抡起巴掌，拍了一手小，嘴里喊了一声："成。"果然成了。二明和李立紧紧拥抱在一起，又蹦又跳。

"兄弟们，我们就要发财了。"

"还有什么疑问吗？"

"没了没了。"李立说。

"那就成交。祝你们早日把输的钱捞回来，赢大钱，过好日子。"壮汉递给李立一把开电路板的万能钥匙。

坐出租车回地下室的路上，二明、李立还沉浸在忘乎所以的喜悦中，安晓刚默默摇下车窗，风一吹，发现有什么不对头："你们说，这玩意儿真的会这么容易赢钱吗？我咋觉得哪儿不对劲呢。""都到这份上了，你就别疑神疑鬼了，他们又不是克格勃。你太多疑了，是你的性格问题。"李立说。"反正一碰面，我就有一种不祥的预感，感觉他们是故意使用各种花招吓唬我们，为的是转移我们注意力。""你别什么事都往坏处想，好事都被你想坏了。还是集中精力办点正事吧你。"

三个人回到地下室，李立在门口张罗买几瓶啤酒庆祝一下。

二明说："屁都没见着呢，你庆祝个屁呀你。"

安晓刚也说："我们要冷静，把具体的步骤、手法多演练几遍，然后眯一觉，养足精神。后半夜行动。"

三个人分工：二明负责实施操作，李立在一旁打掩护，安晓刚的任务是引开上分员的视线。他们苦等到半夜三点多，才等到一个靠墙角的家伙输"立"了，骂骂咧咧地起身走开。二明一屁股坐下来，高声喊："服务员上分。"安晓刚皱着眉头给他使了个眼色，同时一只手做了个下压的手势，二明点点头。李立跟旁边的人商量，说："哥们儿，能换个地方玩吗？我们是一起的。”旁边的人犹豫着看了看李立，李立抽出三百块钱，那人接过钱，麻溜下分离开了。

二明上了四百分，小棒儿溜着玩，趁上分员打着哈欠上洗手间的工夫，二明在李立的掩护下，用钥匙打开电路板。里面红黄白三色的电线密密麻麻相互纠缠在一起，眼花缭乱。二明忙碌了好一会儿，才理清头绪，汗都下来了，滴滴答答落在电路板上。

二明终于颤抖着双手找到了红白两线，然后掏出刀片，屏息静气，一点点划破电线的表皮，刚要用铁夹子夹，上分员回来了，脸上挂着水珠，湿漉漉的双手一上一下地甩动着。安晓刚认识她，其实说认识有点勉强，就是在金银岛说过一些话。女孩个高，精瘦，肩膀很单薄，像一对风一吹就能飞动起来的翅膀，两只眼睛格外显大，水汪汪的，一副随时准备大哭一场的样子。整体看像孟庭苇。这姑娘一天到晚不跟赌客说一句话，收钱上分，然后就躲一边的角落去了。当时孟庭苇的“冬季到台北来看雨”在丰城正流行，大街小巷，不绝于耳，躲都躲不开。心情好的赌客就跟她开玩笑：“什么时候带我们去台北看雨呀。”她不气不恼，面无表情。

有一次，一个赌客喊她上分，她动作慢了点，上完分，赌客掐了她屁股一把，女孩回身就是一个嘴巴，那叫一声脆。赌客刚站起身想挥拳，被人从背后一个锁喉，“老实点，玩就好好玩，别找不自在。”是便衣警察，枪就在裤腰带上别着。那人老实了。后来听说，她姑父好像是这个院子的公安局局长。别的女服务员都穿着统一的显腰显臀的粉色制服，只有她一身休闲的打扮，清清爽爽。像当班经理，但肯定不是。

安晓刚问她：“几点了？”

女孩说：“别没话找话，你没脚啊，自己不会看去。”挂钟在侧面的墙壁上，必须转个弯。

“你对我的态度可不怎么友好啊。”女孩白了她一眼，没说话，头转向一边。“你不想挽救我这个失足青年了？”

女孩哼了一声，说：“你没救了。”

“干吗对我这么绝望？”

女孩上下打量了他一眼，道：“你真该好好照照镜子。”

安晓刚撩了撩头发，动作很潇洒，一股头油的馊味弥漫开来。女孩厌恶地掩鼻走向另一边去了。

安晓刚玩帕斯机不久的一天深夜，女孩上分时轻声说：“别玩了，你不是玩这个的人。”安晓刚愣了，抬眼看着她，手里握着最后的一百块钱。女孩等了一下，说：“还上吗？”安晓刚说：“上，你怎么知道我不是。”女孩上分后说：“你早晚会倾家荡产的。现在戒，还不晚。”

早上，安晓刚在金银岛对面吃早点碰见了她。安晓刚说：“你看着也不像会关心人呐。”女孩说：“别不识好歹，我只是看你跟他们不太一样。有的人赚了点臭钱就开始烧包，你不是。”安晓刚说：“我也是烧包。”女孩摇摇头：“你赌博肯定有别的原因。”安晓刚不说话了，闷头喝豆浆。

女孩说：“我哥吸毒，后来吸死了。他也不是吸毒的人，他是感情受了挫折，一时想不开，明白了吗？”安晓刚摇摇头，说：“吸毒跟拍帕斯机有什么关系？”女孩说：“你自己慢慢悟吧，话多无益。”说完女孩就走了。

之后一段时间，安晓刚喊她上分，她都比别的服务员动作慢一些，眼睛瞪着他，像是他在输她的钱。安晓刚对她有点动心，觉得有戏，想约她出来，但狠狠心，打消了这个不吉利的念头。情场得意赌场失意，是赌客的一大忌讳。

安晓刚扭头看见二明正虚掩着把电路板盖好。时间在一分一秒地流逝，眼看天快亮了，女孩靠在墙上，眼皮耷拉着，头一点一点地打起盹来，安晓刚这才示意二明开始行动。二十分钟后，二明、李立面色凝重、沮丧，冲安晓刚甩了下头，三个人匆匆走出金银岛。

“我们被人家耍了，解码器是假的。”二明说。

“你能肯定吗？”安晓刚的身体摇晃了几下。

二明拖着哭腔说：“无论我怎么备牌，解码器的指针都竖在中间，纹丝不动，像只呆鸟。就是说它永远也无法识别拍大拍小。”

“会不会是你太紧张，把红白线夹反了。”二明摇摇头，“我尝试了各种夹法，黄线都试过了，根本不起作用。”

“走，我们赶紧打车去友好宾馆，看能不能堵着他们。”李立快步朝路边停靠的出租车跑。他们知道这是徒劳的，骗子得手后怎么会等在原地束手就擒呢？但他们现在必须干点什么，就像一个溺水待毙的人，明知一根细弱的稻草无济于事，但仍想拼命抓住它，将其当成援手相救的绳索。

他们冲进友好宾馆，在总台一问，值班经理说：“那两个人下楼送完你们后直接就退房了。”三个人瘫坐在大堂的沙发上，一言不发。

天亮了，他们拖着疲惫的身体带着解码器在宾馆附近找了个家电维修部，维修人员说：“这不是什么解码器，是万能表改装的。”

“怪不得我看着眼熟呢。”李立说。

“你他妈的给我闭嘴。”二明说。

维修人员说：“这种骗术很简单，只要手心里放一块吸铁石，你想让指针偏左就偏左，想偏右就偏右。”

“那为什么偏左拍小成，拍右偏大成？”

“他们事先设定好了程序，拍小拍大都成。如果你们当时多长个心眼，反其道而行之，就不会受骗了。”

二明、李立像两个死脑瓜筋的中学生，欣慰地发出一声长长的哦，脸上的表情像哭又像笑。

现在让我们回到小说的开头。抢劫并不只需要一股子蛮力，抢什么？怎么抢？抢完之后如何脱身？都是个事，得细琢磨。三个人坐在地下室的塑料地板上，一边喝酒一边不断强调当下的经济窘况，听上去像是在给接下来的抢劫做一个迫不得已的铺垫。很显然，去街头抢劫是不明智的，虽然出事的概率小，但很难抢到像样的钱，不值得去冒险，而他们目标高远，一把不弄个十万二十万的根本不在他们的考虑之列。所以这就需要寻找认识的有钱人，做买卖的不行，这些人赚的是血汗钱，弄不好会跟你玩命的。

就在不久前，光天化日之下太原街发生了一起抢劫案。一个开时装店的女人拎着皮包准备到工商银行存钱，在路边被两个小青年劫持，一个用刀抵住脖子，另一个持枪，顶在女人腮帮子上，让女人松开手里的皮包，女人坚决不从。歹徒情急之下开了枪，女人的腮帮子被打穿，但仍然死死抓住皮包不肯撒手，持刀的又在女人手上砍了十几刀，手筋都砍断了，血肉模糊，也没能抢下女人的皮包，只能落荒而逃。事后，才知道女人皮包里只有六千元。女人镶牙、做手术就花了一万多。美容的钱还不算。这就是做生意的人，要钱不要命。所以，要找就找那些来钱容易、有头有脸的公众人物，只有抢他们的钱才最安全，他们惜命，钱来得容易，也在乎来之不易的名声，只要不把他们往死里逼，报案的可能性都小。

聊到这里，安晓刚想起一个人，一个女人，他原来在电视台工作的搭档，出镜记者赵小兰。如今的赵小兰已经出落成电视台王牌栏目《观众点播》的主持人，安晓刚在电视上看过她，不止一次。听说她主持一场婚礼就要两万块钱，赶上忙的时候，一天主持两三场，不知是真是假，但可能性很高。两人在一起工作时，赵小兰就对安晓刚有点意思，经常跟他打情骂俏，动不动就捏捏安晓刚棱角分明的胸大肌和手臂上的腱子肉，但安晓刚不喜欢她这样八面玲珑的女人，觉得假，在一起靠得近都不自在。

安晓刚试着呼赵小兰，结果没一会儿就回了。两人在电话里闲聊了几句，安晓刚主要是想试探一下她的态度，赵小兰很热情，还说什么时候有空一起吃个饭，叙叙旧，她请，声音嗲嗲的。一旁的二明、李立很兴奋，不停地搓手，说就是她了，定了。赵小兰是女人，单身，知名度高，完全符合他们预先的构想。但怎么约赵小兰出来？约在哪儿？找什么理由？更重要的是，如何从赵小兰那里弄到钱呢？这些都是问题。计划一定要圆满、周密，不能出半点纰漏。

《观众点播》早期是从观众来信中选播一些时下的流行歌曲，以港台为主，很受年轻人的欢迎，渐渐发展成由企业出钱包办，主持人在企业领导的引领下，到各个车间走访，让那里的骨干、先进工作者点播歌曲。他们决定以企业出钱包一期《观众点播》为由，把赵小兰约出来。这就涉及在哪儿见面的问题。公共场所肯定不行，没办法下手，他们又没有真正的企业。

李立建议订一间宾馆的房间，让安晓刚以洽谈生意的名义约赵小兰出来见面，二明、李立躲在附近，安晓刚想办法跟赵小兰上床，然后发个信号，二明李立上楼，推门而入，一个把刀架在她脖子上，另一个给赵小兰拍裸照，然后逼她用钱赎买照片底片，要价五十万，到时候看赵小兰怎么还价，但绝对不能低于三十万。这么一条大鱼可不能轻易饶过她。那时候有许多皮包公司都在大宾馆办公，包房包车，以显示公司实力的雄厚，然后借此进行坑蒙拐骗。安晓刚和二明认为这个计划可行。剩下的问题是，得尽快找一笔钱，一个是住宾馆的钱，一个是安晓刚得弄一套像样的“叶子”，就是从头到脚换一套行头。

安晓刚现在身上穿的也是名牌，但已经磨损过度，就差打补丁了。大利来的鞋跟磨偏了，胶也开了。少说也得准备四五千块钱。还需要借一台照相机，照相机很多人有，现在的情况是，谁敢借他们？况且他们得借那种比较高级、清晰度高的，还要学习一下简单的摄影技术，别到时候拍模糊了，就白忙活一场。

李立说他父母有一台照相机，德国造的，是他父母的定情物，一直锁在炕柜的底层。借肯定不行，他们不会相信我，只能强攻，直白点说就是抢。“你们跟我一起回趟家吧。我一个人怕应付不过来，也怕万一跟他们撕巴起来出意外。”二明、安晓刚有些犹豫，毕竟这是人家里的事，外人不好掺和，但想想李立是为了大家，最终还是勉强点了头。

李立家有一股强烈的尿臊味，李立的父母依偎在床上，披头散发，他们深知来者不善，用既惊恐又可怜巴巴的眼神看着李立。李立进屋招呼都不打一个，直奔炕柜，二明、安晓刚负责伸手阻拦二位老人。场面一度有些混乱，也挺残忍的。二老的身体拼着命往前扑，但他们的努力是徒劳的。二老哭得昏天黑地，但只是不停地抹眼泪，并没有发出一点声响。估计是怕邻居听见。

李立手里攥着照相机，一脸漠然。“老头子，教教我这玩意儿怎么用？”李立说：“我真的就是借出去玩玩，不骗你们。反正你们也活不了几天了，你们死了后这里所有的东西都是我的，我没必要。”李立的父亲擦干眼泪，点点头道：“好，我教你。反正留着也用不着了。”李立的父亲侧头看了一眼老伴儿，老伴儿的眼睛闭着，像是睡着了，头靠着墙，栽歪着。李立的父亲教他如何对焦、调焦、上胶卷，然后轻轻拍拍照相机的外壳，自言自语道：“拿去吧。这东西又不能伤人，大不了你卖了换点钱。”李立抿了下嘴唇，但什么也没说。

三个人脚步飞快地下楼，来到户外，二明、安晓刚看见李立的眼泪在眼圈里滚动。

二明说不弄到一笔像样的钱，他是没脸回去见老婆孩子了，他辜负了老婆一直以来对他的信任，说着说着眼泪都掉下来了。二明想孩子，几次一个人偷偷摸摸去幼儿园扒着铁栏杆看儿子，儿子不合群，别的小朋友集体拉着手做游戏，快快乐乐的，又是拍手又是唱歌，只有儿子孤零零地蹲在地上看蚂蚁搬家。当时他死的心都有。

安晓刚决定独自筹集那笔巨额费用，他虽然没结婚没有孩子，但他理解二明的苦衷。傍晚，安晓刚去了姐姐家，这是他借钱的最后希望了，也是最有把握的。二明、李立也跟着去了，说："我们在外面等你，不进去，省得影响你临场发挥。"安晓刚说："不到万不得已，我是不会给我姐添麻烦的。"安晓刚的姐姐是残疾人，小儿麻痹，天生的，但不严重，不仔细看看不出来，就是走路有点"踮脚"。他姐打小学习好，脾气倔，爸妈不想让她上学，她偏不。安晓刚挨欺负都是她姐护着他，挡在安晓刚的身前，双手张开，牙咬着，宁愿那些男孩子的拳头撇子落在她的头上身上，从不抱委屈。每天放学，她都在安晓刚的教室门前等着，然后一起回家。上中学以后，安晓刚的个子长高了，身体强壮了，安晓刚的姐姐就不再念书了，好像她当初念书是专门为了保护安晓刚似的。安晓刚和姐姐的感情一直很好。以前安晓刚经常去他姐姐家串门，没什么事，就是想。

安晓刚的姐姐住平房。安晓刚推门进去，屋子里灯光昏暗，眼睛得适应一会儿。姐姐家的灯泡都是十五瓦的，这个屋开，另一个屋的就得关上。一向如此。安晓刚几次生气地说："换个亮一点的灯泡能咋的？你就差那几个钱？"姐姐说："也不是，主要是习惯了，太亮晃得慌，刺眼睛。"

姐姐和姐夫都下岗了。当时正赶上丰城的第一个下岗潮，也是全国的第一个下岗潮。丰城是全国最著名的重工业城市，也叫共和国长子。当年有这样的说法：上海是轻工业重镇，重工业就是丰城了，并被亲切地称之为“老大哥”。那里的工厂有上万职工跟玩儿似的，有两三万职工的就有十几家。先是没有奖金，渐渐变成了只发百分之七十工资，所谓国企改革就是让职工下岗走人，说好听的叫为国分忧，说不好听的就是卸磨杀驴。榨干最后一滴血汗，一脚踢开。丰城的厂子大，人多，但机器设备大都是日本人战败遗留下来的，几十年没怎么更新，光顾着自己跟自己人斗了。工作十几二十年的，给个两三万就打发回家了，说是买断工龄的钱。从此各谋生路，自求多福。

工人觉得憋屈，就闹，堵在厂门口喊口号，或顶着大太阳在交通岗的十字路口静坐,但只不过影响一些交通,屁用不顶。开始只是个别厂子，后来发展成大部分，如多米诺骨牌，哗啦啦差不多都倒了。一时间，这座城市死一般的沉寂，叹息连连，反倒是没人闹了，安静得吓人。虱子多了不痒，大家终于不分彼此了，我不好，你也比我强不到哪儿去，咱们谁也别笑话谁。丰城尤其是铁西区一带的人们，个个灰头土脸，凑在一起，纷纷想出路，找活儿干。鲁迅公园、方形广场成了车钳铆焊打零工的聚集地，脖子上挂着工种牌子的人，像罪犯。

擦皮鞋、蹬倒骑驴拉脚的在街头巷尾明显增多，半夜推个小车，找个十字路口，支起馄饨摊或在烟熏火燎中卖烤串、盒饭。就这，也不得消停，城管拎着棒子，满大街追。刘欢的那首著名的歌曲《从头再来》就是这时候每天早晨准时在央视《东方时空》唱响的，说是为下岗工人打气助力。一天天一遍遍，不厌其烦。但下岗工人烦了，重来你妈个头，都四五十岁土埋半截子的人了，上有老下有小的，你重来个试试，合起伙儿来骗我们。

那段时间，丰城发生过多起出租车抢劫案，抢劫杀人焚车，一条龙。你想想，一个出租司机身上能有几个钱，顶多五六百。为了这点钱就可以要一个人的命，不留活口。用刨根，从后面，照着后脑勺或太阳穴，一刨一个准。不逼到一定份儿上，无冤无仇的，谁会这么残忍。但残忍的背后呢？偏偏这时候丰城的帕斯机如雨后春笋，开遍大街小巷。哪个娱乐城的人都不少，给外人的感觉，这座城市也是高楼林立，人走如疾风，一个个活得还挺他妈来劲儿。

安晓刚的姐姐在家附近一所小学前摆地摊，卖儿童玩具、学习用品。姐夫在很远的九路家具城蹬倒骑驴拉脚。每次安晓刚到姐姐家最高兴的是姐夫，快弄几个菜，我要跟小舅子好好喝两盅。平时姐姐不让他多喝，只容许喝二两。用得着你说，他是我弟弟还是你弟弟。姐姐也高兴。姐夫最大的爱好就是整两口。夏天帮人拉完活，回九路家具城的路上，见到卖散啤酒的大排档就停下来，站在路边喝上一杯，小菜都不要。姐夫说他是当水喝，大杯便宜，一杯相当于两瓶的量，才合一瓶的价钱，当解渴了。姐姐抱怨道，喝水不花钱，大杯怎么也得从自己兜里掏钱吧。姐夫真正喜欢喝的是白酒，每晚回家二两，雷打不动。理由是，喝白酒解乏，喝完睡觉特别香。

此时，安晓刚的姐夫一脸衰相地躺在床上，姐姐正在他的头上一圈圈地缠纱布，肩膀一耸一耸的，眼里有泪。“咋的了？被谁打成这样？”姐夫咧咧嘴，拍拍床沿让安晓刚坐下。原来，姐夫因为在九路家具城抢活儿，被两个同行暴打了一顿，鼻口出血，头上缝了十几针。那两个家伙非但不给看病，还扬言，从今往后，不许他上九路拉活儿，否则见一次打一次。这也太怂人了。

“他妈的，难道现在拉脚的也加入黑社会了？不行，我去找他们算账。”

姐夫说："你去找他们行，但千万别惹事，你就帮我说说好话，只要他们能让我进市场就行，看病的钱我自个儿掏。"

安晓刚说："这个狗屁社会,你光忍是没有出路的。姐夫嗫嚅着嘴唇，轻轻叹了口气。姐姐问他吃饭没。安晓刚没好气地说："我吃气就吃饱了。"喘了口气，安晓刚说，"我今天是来借钱的，急用。你别问干什么，能借就借，不借拉倒。"

姐姐问："多少钱？"

安晓刚想了下道："四千。"姐姐犹豫着，面露难色。

姐夫说："我这里有五千，你都拿去，但什么时候还，得给我个期限。我怕你外甥今年上高中用，择校费。"

安晓刚说："三五天，顶多一礼拜。"

临走，安晓刚说："明天我就去帮你收拾那两个混蛋，病养好了，你接着上市场。"姐姐叮嘱他："可别惹出什么事呀。"安晓刚没说话，转身下楼了。路上，安晓刚跟二明、李立讲了事情的经过。三个人一致认为，应该好好修理修理那两个王八蛋，就当提前练兵了。

第二天中午，二明、李立到胡同里的理发店理了个秃瓢，这样看上去显得凶狠些。二明的头上有道伤疤，脑型也是坑坑洼洼的，有点瘆人。李立不行，皮肤太白了，跟头皮靠色，尽管他努力让自己的眉毛竖起来，但还是差点意思。安晓刚也要理，他俩说不行，你还有更重要的任务要完成呢。说的时候很严肃。

三个人中午喝了酒，白酒，老龙口，一人半斤，打车直奔九路家具城，很容易就找到了那两个一脸猥琐相的家伙，二话不说，掏出准备好的链儿锁，兵分三路，包抄过去，劈头盖脸一通猛抽猛踹，打得那两个家伙血流满面，捂着头，像两个蒙着眼睛拉磨的驴子，围着近前的几辆倒骑驴打转转，好一会儿，才醒过神儿来，杀猪般"嗷嗷"叫着，往九路家具城里面跑去。打完人，他们并不急于脱身，而是等气喘匀了，镇定自若地相互点了根烟，然后，二明、李立摇着链儿锁，安晓刚走在中间，围观的人自动闪开一条通道，三个人从容地在九路家具城大门口拦了辆出租车。

坐在车上，三个人哈哈大笑。“过瘾，真他妈的过瘾。打架比拍帕斯机还刺激。”“怪不得有人一听打架，后脑勺都能乐开花呢。”他们越说越激动，下车后，在街边的许家鸡味抻面买了点拌菜和啤酒，准备带回地下室喝，庆祝一下。许家抻面在丰城有很多，按现在的话来说，叫连锁，当然是以抻面闻名，颜色重，味道不错，但主要还是便宜，大碗两块五，小碗两块。尽管他们很饿，但他们真的不想再吃这家的抻面了，最近他们一直在这里吃抻面，一天三顿，打嗝都是一股鸡屎味。实在是够够的了。

赵小兰在电话里说：“就凭咱俩的关系，给你打个折。别人一期十五万，我给你十万，够意思吧。”安晓刚说：“够意思，够意思。”赵小兰说：“我们哪儿见？”安晓刚说：“在我公司办公的地方吧，中兴宾馆，怎么样？”赵小兰说：“你混得不错呀，都跑宾馆办公了，还中兴，五星级，丰城唯一的一家。我真后悔，要知道你成了大款，我应该管你要二十五万，好好宰你一把。”安晓刚说：“我们好久没见了，晚上一起吃个饭吧。”“好啊，我要吃海鲜。”“中兴楼下就有个海鲜馆，咱们在餐厅吃还是叫他们送我房间？”赵小兰说：“听你的。你想怎么样都随你。”安晓刚说：“那就在我房间吧。安静，也好说说话。”赵小兰压低声音说：“你不会是想图谋不轨吧？”安晓刚怔了一下。

赵小兰说：“你可真不经逗，跟以前一样，傻乎乎的，一点幽默感都没有。”安晓刚看看表，才下午两点，说：“那你先到二楼，我们喝杯咖啡再上去，那里的咖啡不错。”这个是他们三个之前商量过的，为了彻底解除赵小兰的戒备，要像个做大生意的人那样，把前戏做足，切不可操之过急，方能稳稳地一举拿下。赵小兰说：“我也听说过，既然去了，正好尝尝。”当时丰城开了许多咖啡馆，但只有颜色没味道，清汤寡水的。哪儿有好咖啡，成了人们相互寻找、打探的时髦玩意儿。

安晓刚西服革履，端坐在咖啡馆靠窗的位子。刚在楼上房间洗过的头发没来得及吹干，有点支棱，他不得不对着玻璃窗抹抹，但刘海、两鬓还是有水滴时不时地滴落在茶几上，分不清是水滴还是紧张所致的汗水。西服是灰色的，带不明显的暗红色条纹，国产的，没啥名气，但也花了三四百，买完当场就剪掉了商标。

安晓刚刚做生意不久，托广州的老板从香港买过一套登喜路西服，四千块，笔挺、型正，为他泡妞提供了不少便利。衣服还在，但袖口早就磨飞边了，衣襟上有几个窟窿，是拍帕斯机时思考过度烫的，一直没舍得扔。左衣袖的商标也保留着，只是其中一边已经开线了，风雨飘摇般耷拉着，仿佛是在向主人昭示着昔日有过的荣光。

窗外有许多新建的高楼大厦，大多尚未完工，铲车在空中摇摆，烟尘很大。太阳雾蒙蒙的，像毛边玻璃，但晃得人睁不开眼睛。赵小兰的车缓缓驶进停车场，米黄色的，尾号四个8，是跑车，敞篷，像趴在地上匍匐过来的。牌子没见过，但肯定价格不菲。赵小兰戴着宽檐草帽，大墨镜，几乎看不见脸。路过的人不自觉地停住脚步，看看车，又看看人。赵小兰仰着头，旋风般刮进了旋转门。等了好一会儿，不见赵小兰上来，安晓刚心里有点发毛，几次走到咖啡厅门前向左右两侧的走廊张望，无由来地担心有什么意外发生。他甚至想下楼去迎一迎赵小兰，干脆不让她上来喝咖啡，也别去他楼上的住处了，而是领赵小兰去多年前他俩采访结束后常去的李连贵熏肉大饼，好好大吃一顿，叙叙旧，然后就地分手。

但安晓刚知道，他只是这么想想，事情已然走到了这一步，甭管前路有多少艰难险阻，他也要硬着头皮走下去。

赵小兰终于出现在他面前。安晓刚暗自长舒一口气，双手交叠，拘谨地站起来。新西服让他很不舒服，感觉像被夹板夹着，动一动浑身扎得慌。赵小兰在离他一步远的台阶上，停下，头歪着，看了一会儿，才手腕一抖，五指并拢，朝下，呈四十五度。安晓刚伸出手，赵小兰又调皮地抽回来了，说：“咱俩换个位子。”赵小兰头冲墙，怕被人认出来。“你让我找得好苦啊，楼上楼下折腾好几个来回。这里面有两个咖啡馆，我去了另一个，找了一圈，也没看见你的影子。打你房间电话，接电话的是个男的，是他告诉我你在这儿。”安晓刚说：“对不起，我的大哥大坏了，正在修。抱歉。”之前他们通电话，赵小兰没问过安晓刚的电话号码，可能在她眼里，每个人都应该有手提电话吧。

赵小兰说：“这也就是你，换个人，我早撤了。”但听她的口气并不生气，“看看我有什么变化没？”

安晓刚说：“没啥变化，更漂亮了。”

赵小兰说：“行啊，刚批评完你，就进步了。”服务员问：“喝什么？”安晓刚看一眼单子，抢着说：“意式咖啡太浓，美式的又太淡，中国人都不大习惯，我来杯卡布奇诺。你呢？”之前他来了解过美式、意式咖啡的几种类型和口味。赵小兰说：“我跟这位先生一样。你现在混得行啊，对咖啡这么了解。”安晓刚靠在沙发上，跷着腿，道：“做生意嘛，得接触各种人，跟人家学的。”

赵小兰喝了口咖啡，唇边留下一圈白色的泡沫，然后一点点破灭，剩下一圈粉末。说话时一张一合，看上去很性感。赵小兰用纸巾慢慢擦掉，就又恢复了她之前的样子。什么样子呢？安晓刚其实也说不大上来。印象里，赵小兰瘦瘦高高，长胳膊长腿，人挺干瘪的，胸脯还没有他的胸大肌大。他从没觉得赵小兰性感过。安晓刚喜欢那种有肉的女人，但不能太多，得适度。

赵小兰当出镜记者那会儿，风风火火的，什么事情都冲在最前头，有股闯愣劲，但只要一面对安晓刚的镜头，就换成了另一个模样，忸怩作态，声音嗲嗲的，好像镜头是她热恋的情人。赵小兰是那种看见镜头就亢奋的人，甚至会联想到千家万户都守在电视机前翘首以待地等着她的出现。换了一般人可能不注意，但安晓刚不行，他们每天在一起工作，时间久了，安晓刚一扛起摄像机对准赵小兰就有一种烦躁的感觉。如今赵小兰主持娱乐节目，总算是找对了自己的定位，演电影也行。

两人喝完咖啡上楼，进了房间。赵小兰说："你的办公室不错呀。"安晓刚他们买了笔、纸、文件夹，还有鲜花、花瓶，使之看起来温馨又不失为办公场所。安晓刚说："还行，一般般吧。"房子是套间，里屋跟一般的宾馆房间没啥区别，就是多了个客厅，能摆一对沙发，带茶几的那种，有个办公桌，还有转椅。电视机也在客厅，房间里只有并排的两个衣柜，显得很宽敞。本来按照他们最初的设想是把二明、李立藏在衣柜里，试了，没一会儿，二明就憋不住放了个长长的响屁，为了稳妥起见，才临时更改了方案。

安晓刚叫了姜葱炒蟹、白灼基围虾、白斩鸡、咸鱼茄子煲，都是他在广州做生意常吃的正宗的粤菜，啤酒是科罗娜，小瓶的。两人坐在厅里的沙发上，安晓刚说，他在丰城给鳄鱼服装做总代理。需要说明的是，鳄鱼商标分左右，鳄鱼嘴巴冲右是法国产的，冲左是新加坡的。他代理的是法国货。鳄鱼虽然在中国名气很大，是有钱人穿的品牌，但一般人暂时还分不清什么左右口。

安晓刚说："我代理的法国鳄鱼上《观众点播》的目的，就是想告诉观众我的鳄鱼才是正宗的，是国际名牌。而新加坡的鳄鱼是仿制品，不入流的。”赵小兰说：“我明白。我的节目老少皆宜，有点像咱们的西塔冷面店，有钱的没钱的都看。每个周末的晚八点，丰城的广大人民就坐在电视机前等着，不看完不睡觉。”

安晓刚说：“我也是你的忠实观众。”

赵小兰脱掉风衣，露出里面的羊绒衫，开领的，开得还比较大，胸前的两坨圆滚滚的，随着她身体的扭动而变化，像果冻，颤颤巍巍，呼之欲出。安晓刚一直想不明白，是什么人肯往自己的胸脯里打硅胶，下手太狠了。就为了那个东西大一点圆一点，手感好一点？不值得吧。

安晓刚想让自己尽快冲动起来，然后像个老手那样在两个人碰杯的时候，顺势抓住赵小兰的手，试试反应。但他的精力集中不起来，临了，他的酒杯总是率先弹回来，收到胸前，像是怕赵小兰一时冲动抓住他的手。安晓刚只能拼命喝酒，举杯即干，赵小兰的速度也不慢。他想把自己赶紧灌醉了，却越喝越清醒，邪门了。赵小兰的脸红扑扑的，挺妩媚、挺撩人，感觉整个人都热烘烘的。

后来还是赵小兰走过来，绕到安晓刚的背后，一只手搭在他的头上，轻轻揉搓着，说：“你一点没变。”安晓刚顺势在赵小兰的手背上亲了一口。赵小兰弯下腰，捧起安晓刚反面的脸，从上面堵住他的嘴。两人的舌头在口腔里搏斗了一会儿，双双直起身，摔跤似的跌跌撞撞来到里间，扑倒在床上。安晓刚的手在空中犹豫了一下把窗子关上。他是在给二明、李立发信号。这就意味着他们可以行动了。

此时，二明、李立正坐在中兴宾馆对面的一家小吃部喝酒。从他们坐的角度正好可以看见安晓刚房间的窗子。两人碰杯，干掉手中的啤酒。二明说：“我他妈的怕什么，什么都不怕。不就是一条命吗？脑袋掉了碗大个疤瘌。钱咱挣过，也挥霍过，值了。说实在的，我就是觉得对不起我媳妇和儿子。我媳妇跟着我一天福没享过，一直过穷日子，我儿子才不到三岁，爸爸都叫不清楚，说话晚。我要是进去了，他们娘儿俩往后可怎么活下去？我发愁的是这个。”

李立说：“你好歹有老婆孩子，能传宗接代了。我活了这么大，连自己的亲生父母是谁都不知道，你说我冤不冤？其实我一直想找我父母，就是没腾出空。如果这次咱们出事了，我这辈子恐怕都见不到他们了，一想到这个，我心里就难受得受不了。”李立的眼圈红了。

两人仰脖又干了一杯。二明说：“我媳妇从来对我没有二心，我即使穷得要饭，她都会陪我。你信不？”

“我们家老头老太太虽然不是我的亲生爹妈，但这些年对我不薄，我是在蜜罐里长大的，没吃过苦。我也想为他们养老送终，他们这辈子活得不容易，也没有别的亲人。”李立说。

两人同时看见安晓刚的窗子关上了，相互对视了一眼，但他们并没有马上起身。二明又叫了一瓶老龙口，62 度的。两人各自倒了一满杯，李立说：“这可能是咱们兄弟最后一次喝酒了。”李立举杯站起来的时候，桌子上的照相机碰掉在地上。李立赶紧捡起来，一连摁了几次快门，没反应。“坏了。”“这可咋整？”“我马上去修,边上就有修理照相机的。”“来不及了。”二明抬头看了看安晓刚的窗子。李立摁闪光灯的键，还闪，光线很强烈，说：“一会儿，我就用闪光灯一顿照，她不知道我的相机按不动。万一我们掉了，罪可能还轻点。”

二明说：“你说的也是。干脆我把我的菜刀也磨钝了，这样一会儿顶住她脖子，就不会误伤。脖子是大动脉，听说划个口子血就止不住，滋滋蹿，会要人命的。”“赶紧，你赶紧找个地方磨磨。”两人鬼鬼祟祟地找个台阶磨起菜刀来。二明在手指肚儿试了试，又在脖子上割了割，啥事没有。“走。我们上去吧。”

安晓刚、赵小兰脱掉衣服，蹬掉鞋子。赵小兰躺在下面，问：“怎么回事？”安晓刚的脸悬在她的上方，红红的，说：“可能有点紧张。”赵小兰笑了：“我就喜欢你害羞的样子。”赵小兰吻他的脸颊，冲他的嘴巴吹气，说：“不急，慢慢来。我今天的时间都是你的，人也是你的。”

安晓刚想着二明和李立随时可能破门而入，心头一阵阵地抽搐，拧麻花似的。一旦二明、李立一个拎刀，一个挎照相机出现在赵小兰面前，她会不会受到惊吓？甚至昏死过去，也不是没有可能的。刀架在脖子上，男人也受不了，照样得尿裤子，况且身边还伴随着前后左右咔嚓咔嚓拍照的声音，太残忍了。这么一想，安晓刚的心里就很难过。他不想看见赵小兰在自己面前遭遇如此情况，也许还有乞求怨恨的眼神，毕竟在一起工作过几年，感情上接受不了。万一从此赵小兰害下病根，精神失常，她的一生不都毁了吗？换句话说，不就是生生毁在自己手里了吗？这些是安晓刚之前从未想到过的。

现在赵小兰赤身裸体活生生地躺在他身边，他的想法不免就多起来。再有，就算他们的抢劫一时成功了，拍了照，拿了钱，难道就能永远逃脱得过法律的制裁吗？他、二明、李立的一生都要在惶恐不安中度过，不会有片刻的宁静。一旦他们三个人中某人今后犯了违法的事，被抓住，谁敢保证不交代出他们这次的抢劫呢？时间一分一秒地过去，安晓刚的身体还是没有反应，甚至更加萎缩了。

赵小兰说：“你到底行不行啊？”安晓刚默不作声地平躺身体，一只胳膊挡在脸前，胸脯剧烈地起伏着。“要不，今天就算了吧。改日。”赵小兰叹了口气，一根手指戳着他的太阳穴道：“没用的东西。”安晓刚像得到了大赦，腾地跳起来，迅速穿好衣服，他见赵小兰慢吞吞地穿着胸衣，不甘心似的，说：“快点。”赵小兰说：“你猴急什么呀？”声音有点大。安晓刚跪在床上，从背后帮她挂上胸衣的挂钩，又把帮她把内裤套上。赵小兰说：“你怎么了？是不是外面有人等你？”安晓刚说：“没有，没怎么呀。”

嘎吱一声，外面的房门开了。赵小兰警觉地说：“好像有人进来了。”随即跳到安晓刚身后。安晓刚冲她做了个“嘘”的手势，一个箭步冲出去，带上房门。二明、李立站在门前，身后的房门欲关还开。二明的菜刀揣在裤兜里，手在里面剧烈地抖动着。李立靠在墙上，挎在脖子上的照相机，摇摇晃晃，好像他随时都可能顺墙根儿出溜下去。

三个人僵在原地，谁都没说话，安晓刚既没有伸手阻止他们进入，也没有做出进一步行动的手势，而是把双臂环抱胸前，怕冷似的。赵小兰探出头，手里的大哥大贴着耳边。安晓刚说：“是朋友，找我谈点生意。”

过了一会儿，赵小兰走出来，坤包夹在臂弯，说：“你们聊，我还有点事，先走一步。”

安晓刚说：“那……我们的事哪天约时间再聊。我送送你。”

赵小兰说：“不必了，劳驾。”赵小兰挺直身板，从半垂着头的二明、李立中间从容穿过，头高高地昂着，步伐稳健，咔哒咔哒，踩着高跟鞋消失在走廊尽头的转弯处。

安晓刚一屁股坐在沙发上，闭上眼睛，一只手在眼窝处不停地揉搓着。李立小声问：“怎么回事呀？就这么让她跑了？”安晓刚说：“你们咋才上楼？我还想问你们呢？”李立说：“出门的时候，相机掉地上摔了，卡壳了，快门摁不下去。我这个急呀。不信，你问二明。”二明点点头。安晓刚说：“那你怎么不拿刀把她逼住？”二明说：“她穿着衣服，立立正正的，我逼她没用啊。”安晓刚说：“你不会让她再脱下来。”李立说：“看她那个高傲劲儿，像个敢玩命的，恐怕不好惹。”

三个人好一会儿没说话。李立说：“接下来该怎么办？”二明说：“我们弹尽粮绝了，能怎么办？等着喝西北风吧。”李立说：“我们赶紧去外地躲一躲吧。弄不好，她很可能去报案了。”“可不是嘛，她好像看出来我们要抢她。”二明说。两人看着安晓刚。安晓刚拍拍屁股，往外走，说：“我不管你们，我今晚就住这儿，不然钱白他妈花了。这辈子我可能再也睡不着这么好的地方了。”“你去哪儿？”“我出去买点啤酒。住这么好的酒店，不喝酒白瞎了。”安晓刚走出宾馆，在街角的小卖店买了一箱啤酒，二十四瓶，分两个塑料袋提着，拎回房间。

三个人默默地把茶几、椅子和之前没怎么动过筷子的菜，搬到宽大的露台上。对面写字楼的格子间亮如白昼，在建的高楼脚手架上，工人们戴着墨镜，手持焊枪，上上下下地忙碌着。火花闪烁，分外妖娆。

他们各自用牙齿歪头咬开酒瓶盖，啤酒泡沫喷涌而出。他们悲壮地站起身，酒瓶碰在一起，发出清脆的响声，与不久前他们在旅馆地下室酒瓶相撞发出的声音，一模一样。凉风习习，衣摆飞扬，从楼下行人的角度看上去，他们像三个春风得意的大款，此时此刻，正在为什么可喜的事情举杯庆祝呢。

红　门

一

老明从街口的出租车上下来的时候，我们正在谈论他。当时是春天，我刚学着做生意，来南一服装批发市场三天了，但还没有开张，哪怕零卖也没有，我的心情可想而知。我原以为卖男裤是天底下最简单易学的生意，别的不好说，两条腿的裤子有什么难的呢？何况还是男裤。裤子从广州运回来，就坐等数钱呗，唯一的区别是数钱的时间长短，也就是赚多赚少。结果我失算了。周围床子的老板都是过来人，他们同情我的处境，又不知如何劝慰。他们说服人拿货时伶牙俐齿、口若悬河，但说服人如何走出焦虑的困境，显然不是他们的强项。他们就对我讲实例，而鼓励人奋发向上最好的实例莫过于同一市场人的发迹史。

当时是上午十一点不到，市场上拿货的人已经走得差不多了，道路中间的人稀稀拉拉的，市场上的老板们看见老明走过来，自动侧身，点头微笑，像是在向老明致意。小戴努努下巴说："我们刚刚说的就是他。"老明的脖子上挂着拇指粗的金项链，手腕上的金手链发出哗啦啦的声响，胳膊肘夹着大哥大，天线是铜头的。在明媚的阳光下，老明通身闪着金灿灿的光，的确是一副成功人士的打扮。这个老明我认识，但刚才他们嘴里一次次提起老明的名字时，我压根儿没想到是他。老明也认出了我。他的嘴巴张了张，拿大哥大的手在额头上轻点了几下。"你……你什么时候来这里批裤子的？"他还是没有想起我的名字。我笑笑说："他们正说你呢。”老明没接话，走到我的床子前，问：“这是你的裤板？”“刚上的，从广州。”裤子是倒挂的，裤脚朝上，用铁夹子夹着，裤腰穿着皮带，这样熨烫过的裤子看上去平整、洁净，有下坠感，显得高档些。我们管挂在床子上的裤子样品叫裤板。老明轻捻裤子的面料，后撤一步，一只眼眯缝着，头歪着，像画家那样，端详了一小会儿，但没说什么，头一甩道：“走，到我那里坐坐。”我不想去。我的货还一条没批呢，心里着急。但我不能拒绝老明，因为身边的人已经闪出了一条通道。我只能迎着旁人羡慕的目光，随他向市场的另一头走去。

老明的床子上只挂着几条裤板，里面空荡荡的，也没人看摊，但他有一套房子，在床子后面，旁边是工商所。就是说，老明批裤子是在屋子里，和其他人不一样。上三步台阶，推门进去，门对面是一把古香古色的太师椅，墙上挂一幅“财源滚滚”的书法画，是隶书。茶几上摆满了茶具，像我在广州档口看到的那样。老明在太师椅上坐下，我坐在他侧面的藤椅上。“小玲，小玲。”一个女孩从侧面房间跑出来，额上挂满细碎的汗珠，脸上也是。她摘下手套，揣进屁兜，洗了手，开始沏茶。汗珠顺着下巴继续滴，她的下巴有个好看的弧度，不尖也不圆。“你就不能洗把脸？”老明皱着眉头。女孩抱歉地笑笑，冲老明，转身去水池子洗脸。女孩脖子细长、白皙，像天鹅一样的。女孩熟练地洗杯、泡茶，一转身，人又进了屋子。整个过程，始终没看我一眼。老明也没有给我们相互介绍。老明举杯在唇边，示意了我一下，茶在他的口腔里盘旋了一小会儿，徐徐咽下，嘴闭着。我照猫画虎。我不会喝功夫茶，也没喝过。

老明告诉我，房子是租的，一年八千。“也就是个遮风避雨的地方。顺便存点货。”南一市场的小户都是十来个人的货，存放在一户附近的人家里，平均一个月三十块钱。

小戴在门口敲窗子。老明招呼他进来。“有人要拿货。”小戴的床子和我的挨着。我刚要起身，老明按住我。“拿哪种？”

“银灰色的。”小戴说。

“你打算批多少钱？”老明问。

“六十。”这个我早就想好了。货是三十五在广州拿的，合到家四十。一条裤子批发赚二十，不少了。

“批一百。不讲价。”

我犹豫了一下。

“听我的。”老明冲我摆摆手。

拿货的是两个人，之前来过，问过价。当他俩再次问我批价的时候，一听一百，两人同时怔住了。“你不是说六十吗？”

“大哥，你们听错了，旁边那个绿色的批六十。”两人不说话。“你们是拿货的，我怎么能随便要价呢？”我的反应还不错。

两人到一边小声嘀咕了几句，又过来讲价，我赔着笑脸，但头摇得像拨浪鼓。

“你有多少货？”

“现在只剩下四十条了，刚才批了很多。”其实，这种银灰色的裤子我只上了这么多。

“后续还有货吗？”

“有，有。”

两人不再多说，点货付钱，走了。

我捧着那一小摞钱，手有些发抖。四十条裤子转眼净赚两千四。要知道，那时候，一般人一个月的工资只有一百多块。小戴看着我笑，我不好意思地转过身，跑着去了老明的屋子。

二

我连说带比画，向老明讲述这次不同寻常的批货过程，老明面带微笑，喝茶望天。我挺失望，也有些尴尬。一个高个子推门而入，一屁股坐在我对面，自己给自己倒了杯茶。高个子的意思是他想多拿点货，身上的钱不够了，想赊五万。老明拍拍他的肩膀，说了句粤语“没问题”。

送走大个子，老明重新坐下，说：“哈尔滨的，大户。”大户是有钱人的意思。

老明从皮夹子里拽出一张大票，看着我，又拽出一张，递给我。

“你干吗？”

“还钱。还有利息。”

“哎呀，都什么时候的事了。算了算了。你刚才帮我批货还让我多赚一千六呢。”

“一码是一码。”他的表情有些严肃。

我不再推托。

老明是欠我钱的，但的确是多年前的事了。老明大我三岁，我们并不算朋友，只是知道彼此住在一条街上，认识是因为打篮球。他毕业的时候，还有上山下乡一说，只是没人当回事了。不下乡就只能待业，靠家里养活。年轻人精力充沛、荷尔蒙旺盛，打篮球是发泄渠道之一。我是我们那个中学篮球打得最好的，没对手，就跟他们大孩子打。老明不大会打篮球，但他喜欢赢，总是跟我一伙。为了一个球犯没犯规，他与人争论不休，甚至动手。赢球了偶尔请我坐在马路牙子上吃根冰棍。没多久，我毕业了，我们自然就断了联系。几年后的一天，他突然把我从家里叫出来，管我借一百块钱。一百块钱可是大数目。我一个月只挣二十几块钱，不够半个月花的。当时我正准备买一台双卡录音机，女朋友借给我一百，但前不久我们吹了，是她甩的我。我就决定不还她的钱，算是出口气，雪个耻。钱借给朋友是个不错的理由，也是事实。我毫不犹豫地把钱借给了老明，连干什么都没问。谁知道，从此再没见过他。我去他家找过，他父母说他与家里断绝了关系，人不知道跑哪儿去了。时间久了，加之钱越来越不值钱，就忘了。

“你明天赶紧去广州。”

“我一会儿就去买火车票。”

“不，坐飞机。”

我一听，差点跳起来。我从没想过自己在有生之年能坐上飞机。往好里说，那是一个美好的愿景。什么时候实现，完全没有时间表。

“我上的货只批了这一种，我已经来市场三天了，今天是第一次批货。”

“你总共上了几种货。”

“四种。”

“你带多少钱去的广州？”

“四千。就这个货上得多，其它的都是二三十条。”

我虽然第一次做买卖，但不能把鸡蛋放在一个篮子里的道理，我是知道的。至于为什么，并不懂，只是听人说。

“你把剩下的货‘兑’给小戴。押给他也行，等你上货回来，再把钱还他。”

“机票贵不贵？”

“八百。街口有个机票代售点，赶紧去，别磨叽了，然后去找亲戚朋友借钱，能借多少借多少。到了广州，有什么事打我手提电话。”

从头到尾，老明没说借我点钱。我想张口，觉得已经没有必要了。想借，他会自己开口，咱别找不自在。小戴同意“兑”我的货，当场点了现金。我又走家串户从亲戚朋友那里七拼八凑借了七八千，加一起一万五。深夜，我骑车走在满天星空的回家路上，心里热乎乎的，时不时地伸手摸摸裤兜，生怕钱长腿儿跑了。

三

坐一趟从丰城到广州的飞机，需要三个半小时，机票的费用相当于我上班时候半年的工资。在飞机上，我想了很多。一条裤子批发赚六十，那么一百条就是六千。如果是一千条呢？我不敢再往下想了。在这里，我有必要提及一下这个故事的年代背景，是一九九〇年的初夏，五月上旬。万元户虽然不像八十年代中期那样惹人注目，但也是凤毛麟角。

空姐弯下腰，提醒："先生，请您系上安全带。"我点头。我不知道什么是安全带，也不知道安全带在哪儿，后来发现在屁股底下，因为硌得慌。但我不知道怎么系。旁边坐的是个女孩，靠窗，头也冲着窗子，我只能看见她的后脑勺。另一边是个老家伙，看他的威严劲儿，像个领导。见我求援的眼神，他故意闭上眼睛假寐。空姐站在前面，拍拍手，大声提醒"请大家系好安全带"。在我听来，她是专门说给我的。我的额头在冒汗。我感到胳膊肘被人碰了一下，扭过头，女孩在系安全带，动作很慢，像示范。我明白了。安全带系上的声音真好听，随着一声"咔哒"，我的心终于放回到了肚子里。我的钱用一条女士丝袜绑在腰间，有一百的五十的五块十块的，绑了满满一腰，加上安全带系得有点紧，身体很不舒服，又不敢动。我想对女孩说声谢谢，可该如何说起呢？人家表面上并没有帮你什么。女孩打扮得有些妖艳，妆化得很浓，长得一般。这样的女孩，平时我是不会多看一眼的，但现在不一样，是她化解了我的尴尬。空姐发放食品或饮料，我都会碰碰她的胳膊肘，把东西递给她。

一路上她都在照镜子，画眼影，描眉，偶尔看看窗外的白云，像是为了歇歇眼睛。我多希望她能跟我换个座位，这样我就可以一直看着窗外的天空，看飞机怎么升空，看飞机在云朵里穿行，看降落前一格格绿色的田野。在机场出口，我鼓起勇气追上她，说了句“谢谢”，拔腿就跑。

我打车来到高第街的档口，上次挂货的地方，换了别的裤子，心里咯噔一下，坏了。一问，果然，银灰色的裤子批光了。朱老板说：“昨天下行前，来了个人，听口音也是东北人，价都不讲，全包了。”我问朱老板：“厂里还有货吗？”朱老板生气地摇摇头说：“当时让你多拿你不拿。”

我坐在档口的台阶上，抽烟。天很热，湿热，皮肤贴在一起，滑滑腻腻的。烟在口腔里滚来滚去，又苦又辣。嗓子冒烟，但我懒得起身去对面的小卖店买瓶水喝。继续抽烟，一口接一口。有人拿货，进进出出的，有些碍事，朱老板没有撵我，只是眼神不大友好。我突然想起老明说的话，问朱老板：“你认识老明吗？丰城的老明，也是卖裤子的。”“认识，当然认识。广州做服装的谁不认识老明呢！”“我是老明的朋友。”“谁都是老明的朋友。”“能用下你的手提电话吗？”朱老板点头。我打老明的手提电话，老明接了。老明说：“你让朱老板接电话。”他俩用鸟语聊了几句。老板放下电话说：“你下午跟我一起回阳江。但我只能给你挤出厂里一天生产的货，四百条。”千恩万谢，我手里的钱刚好够。

下午，我坐朱老板的丰田去阳江。他直接开车进了工厂。我对生产车间很好奇，但一会儿就厌倦了，轰轰隆隆，咔嚓咔嚓，耳朵受不了。晚饭是在海边的船上吃的，船很稳，感觉不到晃，窗外就是波涛汹涌的大海。席间，朱老板给老明打电话，又是一通鸟语，大概是在邀功。老明让我使劲吃，跟老广不用客气。朱老板用一杯啤酒陪到底，我本来想一醉方休，但看他这么个喝法，实在提不起情绪。朱老板一再叮嘱我，发了财可不能忘了他，有什么裤子需要加工，一定找他，他会给我最公道的价钱。“我们共同发财”，临走时，他豪爽地把养鱼那么多的啤酒干掉，还亮了亮杯底。三天后，我押着四百条裤子坐火车回丰城，四个大包，分别放在不同的位置，每到一站，我都要查看。两天两夜几乎没合眼，一路辛苦自不必多说。

若干年后，当有人听说我是改革开放后第一批下海的弄潮儿，总是会发一句这样的感慨：“你们是赶上了好时候，现在的钱可难赚多了！”我觉得有必要做一番澄清。一是那个年代钱还被太多的人称之为“铜臭”，唯恐避之不及，不管你因为什么原因当了个体户，逼上梁山也好，命运使然也好，敢为天下先也好，你是要接受周围人的白眼的，冷嘲热讽更是少不了。所谓“弄潮儿”，既是时代的产物，也是个人奋斗的结果。其二，我敢说，那个年代赚钱，几乎所有人都是当牛做马，汗珠子摔八瓣，甚至死里逃生。以我为例，我最多的一个月从丰城去广州，往返了五趟，一趟在火车上就是四天四夜，还是坐硬板。就是说，我一个月光在火车上就待了二十天。车厢里臭气熏天，白天顶多靠在椅背上打个盹，晚上见缝插针睡在地板上，头枕一双旅游鞋，脸上盖一张小报，半夜爬起来上厕所得踮脚尖，稍一不慎，踩着别人，很可能招致一顿臭骂，赶上对方心情不好，一场恶战在所难免。腿是肿的、透明的，一摁一个坑，整个人蓬头垢面、目光呆滞。这份苦，不是谁都吃得消的。

当然，差不多每隔几年，你都会听到类似的陈词滥调：“那时候赚钱，可比现在容易多了！”那时候是哪时候？那时候赚钱真的容易吗？现在赚钱真的很难吗？我只能说，你要是没有一个上天入地的爹，哪个时候赚钱都不易。

四

南一服装批发市场是L型，竖街长横街短。竖街聚集的床子是我们横街的三倍，整天人乌泱乌泱的。卖衣服裤子的，卖衬衣皮带的，品种繁多，这条街早年是丰城第一家批发市场，后来被五爱市场取代了，真正搞批发生意的都去了五爱，竖街的批发市场只剩下个名头，基本靠零卖。“给你个批发价”只是说说而已。真正让竖街红火的是刚刚时兴的时装屋，大多开在床子后面过道的平房，一家家一户户，鳞次栉比，音乐放得震天响。年轻人喜欢逛，也舍得花钱，挤不开挪不动的。横街，也叫裤子街，即使是早晨，相比于竖街人也不太多，但成交量并不小，比五爱的裤子区有过之而无不尽。五爱的裤子大多是周边城市加工的，横街是从广州拿货，高低贵贱，不辩自明。简单说，拿低档裤子去五爱，拿高档裤子去南一。那时的东北勉勉强强还算个老大哥，经济衰退，工厂倒闭，是几年后的事情。况且，东北人好面子，尤其是男人，没有条裤线笔直的广州西裤，怎么出去见朋友呢？就是说，横街虽然不长也不大，但名声在外。男人会为了买条裤子专门来一趟横街，买了就走，绝不闲逛。逛横街的都是真正买裤子的人，且很少讲价。卖一条是一条，利润优厚，我们不靠走量。

我打出租车拉货到市场，小戴告诉我：“市场上有两家上了跟你同样的裤子，只是标牌不一样。”朱老板特意为我做了个新的标牌，以示区分，表明我的这批货不是从他那里上的，怕得罪人。“一定是他们追你的货了。”追货就是你的货在市场批得好，别人就在电话里把你的裤子颜色描述给在广州上货的家人，然后去高第街，或几个小市场，四处踅摸。那时候还没有白马、世纪城，所以很快就会找到。除非你是在海印布料市场包了某个品种的布料，我们称之为独门货。所谓独门货，一是你要有足够的资金，二要有独到的眼光，三是要有舍我其谁的勇气。“什么时候的事？”“你走的第二天。应该是发的空运。”“批多少钱？”“也是一百。”“货走得怎么样？”“一般吧，起码没到‘红门’的程度。但能动，还不错。”现在纯夏料还没有上市，是青黄不接的淡季。

我去找老明。老明说：“批八十。赶紧把货批了。别听他们叫唤，说不定他们私下里八十也批。他们有老客户，你有什么？”“那不是搅行吗？”“没几天天就热了，你的货说不定就得跳楼。你赌不起。”我点头。货批得不错。我每天下行前把圆领衫用皮带扎紧，所有的批货款从领口塞进去，骑车回家的路上，我一只手不停地顺着皮带一圈圈地摸，生怕稍一疏忽，圆领衫的下摆露出来，钱撒一地。到家之后，双手一拽，钱哗的一声，纷纷飘落到地上。那种兴奋让人恨不得在地上打滚。可惜，我家屋太小。

五天后，我的货批光了。果然如老明所说，天气说热就热了。丰城没有真正的春天，地一开化，三两场雨过后就是夏天了。一批批颜色浅、料子薄的新货陆续登场，铺天盖地。我看见那两个追我货的床子前，挂着“挥泪大甩卖”的纸壳。在微风的吹动下，像一个人在垂死挣扎，看上去很解气。

五

上午老明的屋子总是人来人往，快晌午的时候才清静下来。老明就让一个叫刘冰的人来床子上找我。刘冰是给老明打工的，光头喜欢背着手，走路像捡钱。他媳妇在市场上，早晨卖茶水，中午卖盒饭。茶水装在滴流瓶子里，是最便宜的花茶，颜色倒不错，黄灿灿的。冬天卖酸菜粉条炖白肉，锅下面是液化气罐，热气腾腾，推着车沿街叫卖。平时是炒菜，品种不少，味道也不错。刘冰媳妇面善，个子高挑，白白净净，围裙干净。人不爱说话，也很少笑，怎么看都不像卖盒饭的。头一次听说女人是刘冰媳妇的人，都免不了一拍大腿，发出一声类似于“鲜花插在牛粪上”的长叹。

刘冰媳妇每天往老明的屋里送十瓶水，中午是十个盒饭。水和盒饭是给那些客户的——小客户，大客户老明领着去鹿鸣春、海鲜楼吃。有一次，老明点着刘冰的额头，道：“你们两口子都是我养着的，你知不知道？”“不，不，连我儿子也是你养的。没有你养着我们俩，我儿子的饭从哪里来呢？”老明被他气笑了。“你还有点良心。”刘冰也笑了。见我进来，刘冰忙沏茶倒水。老明摆摆手，道：“把你的脏手拿开。滚后面干活去。”刘冰深深鞠一躬，跑了。老明说，刘冰见今天客户来得少，端过来九个盒饭，报账却写的十盒，气不气人。“这你都能发现？”“我进来的时候，他正往外倒垃圾，看见我，故意侧过身，我觉得不对劲，饭盒比平时少一个，一看账本就明白了。他妈的那点小心眼都用这上面了。”刘冰是老明的同学，从小学到中学，一直同班。老明是“蓝道”上的人，所谓蓝道是指赌博，也就是打扑克。从初中时，老明就横扫周边的学校。刘冰靠打架出名，手黑。谁欠老明的钱，刘冰负责要，也分一些，谁敢欺负老明，刘冰就替他出头，有点像搭档。多年之后，他们之间的地位变了，也可以说颠倒了。过去刘冰是老明的保护神，现在老明是刘冰的财神爷。两人前后脚进过监狱，但不是同案。出来后，老明不再赌博，而是做起了生意，刘冰也不打架了，每天闷头发货取货、打包货物，脸上的汗水淌啊淌，后背像背了块世界地图。但只要一扭脸，离开老明的视线，刘冰就变了个人，骑着倒骑驴在市场穿行，人立在车座上，像骑一匹高头骏马。“闪开闪开，不想被撞死的都他妈的给我闪开！”“好狗不挡道。”逛市场的人是来买裤子的，犯不着跟他置气。刘冰也从来不把我们这些小老板放在眼里。他老婆的盒饭不愁卖，他老婆的盒饭不来，别的卖盒饭的开张都难。他老婆的手推车停在老明屋子前，先给老明送完，才开始卖。这时候的人都围在手推车前，去掉老明的十份，只剩下四十份盒饭，三两分钟就抢光了。刘冰让他老婆多做点，这样用不了多久他就能赚足本钱自己当老板去广州上货了，而不是永远打工。刘冰媳妇不肯，说忙不过来，雇人又怕不能保证质量。“一天到晚辛辛苦苦就赚那点一脚踢不倒的钱，一辈子没出息。”刘冰抱怨道。午饭后，刘冰晃晃悠悠地来到我们身边，找张小板凳一坐，讲他当年为了保护老明的钱财，如何浴血奋战，杀出一条血路的，讲老明是多么的胆小怕事，总是藏在他的身后，拽着他的衣襟。末了，刘冰说：“但那都是小时候的事情了，真正的英雄还得是老明，雄才大略，不愧为一个时代的传奇。”

如果说我们这些小老板是改革开放的暴发户，那么老明无疑是这个群体的翘楚，按照刘冰的说法，“一个时代的传奇”并不为过。关于老明的发迹史，有多个版本，市场上每来一个新人，就有人主动为他们讲述，但说法不一、前后矛盾。我当面求证过老明，他未置可否，老明的笑像蒙娜丽莎一样神秘。下面的故事，是我根据多个版本梳理出来的，同样没有权威性，但起码听上去合理些。两年前，老明身揣一万块钱，南下广州。在此之前，老明从没做过生意，进监狱也是因为赌博，更别说服装生意。钱是小玲的哥哥的。在市场，我们叫他舅哥，我至今不知道他的名字，但你只要说舅哥，我们就知道是指他。他们一行三人，在广州转来转去，不知怎么就转到了海印布料市场，偶遇了从石狮来此经商的李老板。李老板抱怨他遭遇了水土不服，石狮的休闲裤面料在广州根本走不动，这里是西裤和牛仔裤的天下。“难道全中国只有我们福建人穿休闲裤？”李老板坐在一捆布料上，大声抱怨。大概正是这句话提醒了老明。老明让他起来，李老板说这是捆染花了的布料，老明端详了好一会儿。李老板说我可以把这捆布料白送给你，前提是你得在我的厂里加工。老明不顾小玲和舅哥的劝阻，掏出所有的钱拍给李老板。“我就提一个要求，裤兜的开口，一定要加一条仿皮边。”以突显休闲裤的特点，高档。两人谈妥，一条裤子加工费二十元。几天后，老明押货来到南一市场,货一挂上,瞬间抢购一空。批价一百。老明带着小玲匆匆飞到石狮，订货一万条。“我对这种货充满信心，但我现在的钱不够，我特意把女朋友带来，押在这里。如果我日后欠你一分钱，我的女朋友随你处置。”仅半年，老明挣到了一百万。如果你认为这里面有偶然性，缺乏说服力，是运气好，那么接下来的故事你就不得不承认老明的胆识和魄力了。入夏后，老明成为南一市场第一个拥有自己品牌的个体户，牌子叫哥达曼。是激光吊牌，据说一块吊牌的成本便高达三元钱。裤子在市场上一挂，在微风的吹动下，五彩斑斓，迅速吸引了拿货人的目光。那时候市场上裤子的吊牌都是纸质的，基本没有什么成本。裤子的主色调是绿色和灰色，夹杂着浅红色浅灰色的条纹，批价一百五。所有的拿货人都看上了，但价格太高，回家没法卖。大家联合起来向老明压价，老明不为所动，转天，还涨了五块钱，接着每天涨价五元钱，一直涨到一百七。那些人挺不住了，一天时间，积压在库房的货一扫而光。一个夏天，老明又挣了一百万。

六

除了陪客户去酒店，老明的晚饭基本在他租的房子客厅吃，人也经常住在那里，他家在铁西区，城市的另一端，远，太折腾。晚饭后老明很少出门，顶多坐在夏夜的台阶上吹吹风，抽烟望望天。晚饭是刘冰媳妇做，中午卖完盒饭，到丰城唯一的海鲜市场买海鲜，顺便把明天盒饭的料也备齐了。老明每次给她三百块钱，去掉来回打车会剩一些，算小费，也是工钱。清蒸鲈鱼、姜葱炒蟹、清水煮虾、葱爆海参，都是粤菜做法。我看见她边做边看菜谱，调配材料，当然也有一些家常菜。虽然我已经去了很多次广州，但还是不习惯吃粤菜，主要是太淡，碟子里倒点酱油，吃什么都要蘸一下。我的生意不好不坏。我不是老明那种做生意的天才，我很平常，但我也承认，我是幸运的，除了头几个月去广州坐在臭烘烘的车厢里，后来一直坐卧铺，偶尔飞机。钱还是用丝袜绑在腰间，时不时要到厕所放放风，但身上还是起了许多红红的疹子，奇痒无比，一挠一片。我去广州还是拿现货，我没有足够的实力上布料加工，太冒险。现货的好处是灵活机动，可以多拿几个品种，按照东方不亮西方亮的原则，就算看走眼也赔不了几个钱，赚也是同样的道理。厂家在高第街的档口费用很高，他们也是自己选布料加工，卖不出去只能认赔，所以批货的价格自然就高。我们小门小户，要懂得知足常乐，这么干总的来说很平稳，只要不想一夜暴富，小日子挺滋润的。但要想快速致富就得自己选布料加工，风险是很可能让你一夜回到解放前，赔个底儿掉。这样的事例在市场屡见不鲜。只要我看中的裤子朱老板档口有货，我尽量拿他家的，价格会比别人便宜个三四块钱，来回一趟的费用就省出来了，我每次在广州待的时间都不长，顶多三五天。我能吃惯的粤菜只有咸鱼茄子煲、烧腐竹、炒河粉、煎饺，就这么几样，很单调。大酒店很少去，除了赶上老明在广州，他住在海珠广场的广州宾馆，每天呼朋唤友，都是广州的老板，我从没见过南一市场别的老板在场。老明平时在丰城就不与同一市场的人来往，更别说广州了。在街上碰见也就是站下来闲聊几句，打打哈哈，抽根烟。他在酒桌上从不谈生意，东拉西扯，我从来都不知道他上货的渠道，他不说我自然不便问。老明对我拿什么货也是不闻不问，只是吃喝叫上我。有时候我想让他就我上的货帮忙出出主意，他总是哼哼哈哈，不说好也不说不好。

刘冰媳妇做好菜，在厨房垫巴一口就匆匆离开，因为第二天天一亮还要送茶水。我、老明、小玲坐在客厅吃饭，头上是呼呼作响的电风扇。小玲一起身，她的头发就被吹起来，抽打在我的脸颊上，麻酥酥的。舅哥、刘冰在门前摆个小地桌，但他们的下酒菜只有家常菜，酒是当地的老龙口。我和老明喝茅台，每顿一瓶，再一人一瓶绿牌，按老明的话说，算是漱漱口。在这种微醺的状态下骑车回家，人是很舒服的。老明柜子里的茅台，码得整整齐齐、满满当当，感觉永远喝不完似的，所以喝起来并不心疼。赶上老明心情好，喝到一半的时候，他会喊一嗓子刘冰，刘冰心领神会，屁颠屁颠地端着盘子过来。老明让小玲拨一些虾、螃蟹给他们桌。刘冰吃得津津有味，两只手忙个不停，小拇指翘着，壳里的肉丝被他嗦得干干净净，酒喝得也不再鲁莽。他剥虾有一套，剥完的虾外壳还是完整透明的，一只只摆在桌面上，像一支庞大的虾兵蟹将队伍；但我从没见过舅哥吃我们的剩菜。舅哥的眉头总是像上了把锁，时间长，锈死了，他上眼皮厚，往下耷拉着，有时候他使劲睁，但还是撑不开，显得很沉重的样子。喝酒也是一口口抿，不爱说话，但人还算客气，见谁都点头。市场上的人最多说这人有点闷，别的说不出什么啥来。舅哥早几年在北行农贸市场卖鱼，媳妇跟另一个卖鱼的好上了。他没打媳妇，也没跟对方拼个你死我活，只是没法再在市场待了，就把摊位兑了出去。媳妇也是讲究人，两人赚的钱都给了他。感情上的事谁也说不清。老明当初去广州赚的第一桶金就是用的舅哥的这一万块钱。老明赚钱后给了他两万块钱，让他自己出去闯荡，舅哥去倒腾外烟，赶上点儿背，不久就被海关罚没了，血本无归。舅哥想从老明手里借点钱，干点稳当的买卖，开个饭店什么的，老明说你先留在这儿干吧，赚足了开饭店的钱你就走，也没说具体一个月多少钱。舅哥一直干到现在，一年多了，老明一分钱没给，也不说什么时候给，给多少，就这么拖着。舅哥什么都不说。钱都是老明把着，小玲说的不算。小玲对我说过，有个人在这里干得挺好的，肯吃苦，就是因为说不清一条裤子的钱的去向，那人拿老婆孩子指天发誓，不是自己昧了钱，但还是被老明当天就轰走了，老明还扣了他一条裤子的工钱。“谁拿了钱谁生孩子没屁眼！”那人撂下这句话，当月工资都没要就流着泪走了。后来证明是老明把账算错了，冤枉了人家。小玲想把那人请回来，老明坚决不同意。

大多时候，老明都是喝完酒让刘冰把剩菜倒进垃圾桶里。刘冰打扫卫生时，一边咽口水一边心疼得直摇头，道：“可惜了了。唉，有钱真好，可劲儿造。老子一定要成为有钱人！”

七

七、八、九这三个月份是我们卖裤子的淡季。淡到什么程度呢，比如旺季大户人家一天批五百条裤子，淡季谁家批一百条就算红门了，起码差五倍的数量。像我这种小门小户的，批个二三十条就不错了，大多是补号的，很少有人拿新货。零卖像抽风，说不准，有时一天卖个四五条，有时几天不开张。价格也不像旺季，一条赚个百八十块钱，比批发价高一点就卖。自己有床子的可以办歇业，但不多，毕竟谁家都有一定数量的存货，这时候正好抖落货底子，所以许多人家的床子都挂着“挥泪大甩卖”的牌子，泪是用红色墨水涂上去的，看上去已经不是挥泪了，简直是在卖血。像我们这种租床子的，钱都是一年或半年一交，出也得出，不出也得出。一是你要保持做生意的状态，二是在家待着也是待着，冷不丁闲下来还不适应。我们七八点钟晃晃荡荡过来，吃个早饭，才把裤子挂出来，吃完午饭就收摊。其间都是围坐在谁的床子后面打牌、聊天，有买裤子的，就探头随口说个价，爱买不买，很少磨叽。

大户人家还是挺忙乎的，不是忙着卖货，而是忙着去外地催款，床子上只留一个人看摊。催款一个是夏天，一个是春节前。春节前好办，每个欠钱的货主都要来市场上货，你不还钱就别想拿新货，说出大天来也不行。如果说一年之计在于春，那么我们做服装生意的要想赚钱，一年到头最火爆的就属春节前这一个月了，那时候还有过年穿新衣的讲究。老明家分两组催款，男客户归舅哥和刘冰，女客户小玲负责。主要是去一些大的城市，哈尔滨、大连、长春、鞍山、呼和浩特，当然是以考察市场的名义，直接要钱，好面子的丰城人张不开口。小地方去不起，太折腾，欠钱也不多，抽空打个电话，叙叙旧聊聊天，七扯八扯，对方就明白了，会主动提还钱的事。你会客气地说，我打电话没别的意思，秋天来上货带来就行。

老明中午打电话喊我过去吃饭，我一天的批货任务就算结束了。吃完饭，我帮他码货倒货、清点库存，老明站在一旁指挥，用他端着紫砂壶的左手，把我指使得团团转，好像我是他的马仔。被人使唤来使唤去，我心里很不舒服，也怕小戴他们背后笑话。毕竟我也是个小老板，即使他们不说什么，我自己也过意不去，有时候就找借口不去。一次两次还行，次数多了，我又担心背上个忘恩负义的骂名。老明帮我批过货，帮我在广州找过老板，在广州吃吃喝喝从没让我掏过一分钱。偶尔一天，他没叫我，我的心就会忽悠一下，下行回家，干什么心里都不踏实，觉得是不是把老明得罪了。第二天早早收了床子，去老明的屋子，见老明忙得满头大汗，就叫他歇着，我来。老明也不客气，坐下来小茶喝着，烟儿也叼上了，不一会儿气也喘匀了。我心里一块石头落了地，但又心有不甘，觉得自己有点犯贱，每天就这么七上八下的，没个踏实时候。

老明的前后门在原有的防盗门基础上，又加固了一道更厚更重的防盗门，所有窗子的铁栏杆，也加了密实的钢筋横梁，影子投在地上像棋盘。老明还神秘地说，他有防身的武器，想找死的就来偷来抢吧，我猜最大的可能是自制的五连发，我知道我们市场有几个人手里有，是从广州带回来的。

白天还好，门敞着，有阳光漏进来，晚上吃饭的时候，天渐渐地黑下来，门前路过的人很少，他就把前后门锁死，窗户也插上插销，窗帘拉得严严实实，整座房子阴森森的，感觉像座监狱，吊扇在头顶上呼啦啦地转着，听上去撕心裂肺、鬼哭狼嚎的。我俩只好光膀子，脖子上搭条湿毛巾，但他还是觉得不放心，喝着喝着酒，腾地站起来，在屋子里走来走去，左瞧瞧右看看，眉头皱着。晚饭还是刘冰媳妇去海鲜市场买回来做，只是量小了点，样儿也少了点。我喝完酒骑车回家，出门的时候，每次老明只嵌一条缝，让我先探头往外看看，周围有没有形迹可疑的人。等我出去，迅速关门，但声音很小，只两声“咔哒”。喝多了，我就睡在客厅的沙发上。我喝多的次数越来越多，住的次数也就越来越多。过去我俩一瓶茅台，现在是各把一瓶，不喝多才怪。老明说，当初他之所以管我借了钱之后没了音讯，是因为那阵子点子太背，逢赌必输，身边的朋友、亲戚的钱借遍了，家里父母的钱也都让他败祸了，家里时不时有人敲门来要钱。父母一气之下，把他赶出了家门。谁知道，从此老明的命运改变了，赢得盆满钵满。一九八三年“严打”，他们聚众赌博，警察破门而入，人赃俱获，老明被判刑五年。由于刑期短，他被分到了“农改”，终日与农田水稻打交道，春夏秋三个季节，面朝黄土背朝天，冬天从早到晚的军训，折腾得人困马乏。在监狱的时候，家里没人去看他，所以出来之后，老明也没有回家。他找了个建筑工地给人当小工，风餐露宿，居无定所，日子过得不比监狱好多少。没活儿的时候，就住在皇姑屯火车站的票房子里，他一门心思想赚到一定数量的钱，寻机东山再起，继续自己的赌博生涯。老明就是在这时候认识的小玲，小玲与家里赌气，离家出走。两人相依为命，一路流浪到广州。身无分文，小玲只能求救于哥哥，也就是我们通常叫的舅哥，之后，才有了老明的奇迹。“你赚钱之后就没有再赌过吗？”我听说赌博和沾染毒品一样，沾上了就是一辈子的事。“我现在的生意比偷比抢来钱都快，我还赌什么博呢！”

有一天夜里，我在老明的沙发上睡得迷迷瞪瞪，听见噼噼啪啪的声音，紧接着是一阵急促的脚步声，一个模糊的身影在我的眼前飘过，打开门，冲了出去，门都没关。借助微弱的路灯，我看见是个女人的背影，确定无疑。随后老明蹑手蹑脚地走过来，在我身前稍作停留，看了我一眼，把两道门轻轻锁上，又回屋了。这是之前从没发生过的事情。我怀疑女人是生气了,不然她应该走后门,而不是走前门。后门虽然黑咕隆咚，没有路灯，路也窄，但有老明护送，走到大路上并不很远，也就三两分钟的工夫，怎么也比被我看见好。就是说，她不想让老明送，可能也是故意想让老明难看。老明从不找小姐，在广州最能看出谁好色，我们市场的那些有钱人，除了老明，每个人都包小姐，吃饭唱歌都带着，一点儿不避讳。肯定不是小姐，也不可能是小玲，那么会是谁呢？刘冰媳妇？我越想越像，但不能肯定。想起刘冰媳妇平日里羞怯、爱脸红的样子，更是在心里极力排斥自己的这一想法。尤其是觉得如果果真如此，老明吃窝边草的行为，是万万不可原谅的，也是被人唾弃的。我们东北有句话叫兔子不吃窝边草，是比偷比抢还丢人的勾当。

早晨我睡醒了，故意不起来，直到天蒙蒙亮，刘冰媳妇敲门送茶水。我打开门，我希望能从刘冰媳妇的脸上看到一丝红晕，或躲闪的眼神，但又希望我的判断是错误的，以还这个漂亮女人的清白。刘冰媳妇像平时一样，冲我礼貌地点点头，闪身把茶水一瓶瓶地摆在桌子上，转身走了。我开始怀疑自己是否真的看错了，可我越是这么想，越是觉得不可能。我的直觉从来没错过。如果夜里出去的女人是她，时隔几个小时之后，还能表现得如此镇静、从容，那只能说明她演技的高超。她应该换个更适合她的工作岗位，比如从事日进斗金的演艺事业。

八

上秋的时候，小戴拉我一起去广州上布料，找厂家加工，准备赌一把大的。我也正有此意。我俩豁出去了，押上了全部的身家性命，他出十万，我出八万。之前小戴明确说，上什么货让我拿主意。小戴虽然在南一市场混了四五年，但他去广州的次数屈指可数，还没有我多呢。小戴人缘好，平时他都是代卖朋友的货，谁的货好卖，卖谁的，市场上一直有些人做生意靠代卖，但大多是新人，他们不敢冒险，等对市场熟悉一些，就坐不住了，自己开始跑广州。只有在元旦、春节前后，小戴才随大流去广州上一两次货，跟我一样，拿现货。如前所述，南一市场从规模上看并不大，但历史悠久，也可以说远近闻名，这就给了小戴这些代卖货的人乘虚而入的机会。

我俩在广州看上了两种货，一种颜色比较浅，米色的，布料柔软，价格有点贵，但看上去很高档，是现货。另一种颜色深，布料也相对厚一些，是在海印布料市场看中的，许多档口都在卖这种布料，就是说，这种布料可能成为秋季的流行色。我倾向于拿前一种现货，现在正是青黄不接的时节，拿回去就可以卖，如果运气好，短时间内就能批出去，价格也不会低，我俩可能大赚一笔，风险是一旦天气突然变凉，这种颜色的裤子很可能迅速过季，只能跳楼。小戴嘴上说全听我的，可又说，尽量少冒风险，我们小户人家经不起折腾，跳不起楼。我说，那可不可以这样，用一半的钱拿现货，剩下的一半订布料加工。小戴说，我们加工三千条裤子，比一千五百条要便宜两块钱，一趟的路费就出来了。他在我耳边絮叨个没完，这就让我很为难，举棋不定。我知道他的心理，小戴既不想承担万一货批不好的责任，又不甘心跟我出来一趟，自己只是个配搭。合伙上货就这点不好，表面上一个人说了算，但你怎么可能不听你搭档的建议呢？一个人的性格只有在一起合作时才能真正看清楚，我后悔不迭。我想说我拿我的钱上现货，你用你的钱上布料，咱俩分开上货，但说不出口。明明说好一块儿出来上货的，合作一把，可货还没上呢，就分道扬镳了，无论如何也说不过去，而且外人知道了会笑话。况且小戴在市场为人很好，曾经帮过我不少的忙。我去广州上货，家里的货都是小戴帮我批，等我回来，把记好的账本拿给我，一笔笔账记得清清楚楚。我实在不忍心。后来我俩拿了布料，去朱老板的厂家加工。货虽然是我决定拿的，但同时也满足了他的想法。如果货批得不好，我是负主要责任的。

我俩拿到货，迅速返回丰城，市场上已经有好多家在批同一种货了。有一家床子拿的是我看上的浅色布料，批得很好，一天能走一百多条，一条裤子的利润能有四十块钱。十天八天货就批完了。看得我直眼馋，小戴也是，但我俩什么都没说。我能从小戴的眼神里看出他后悔了，但现在说什么都晚了。与其相互抱怨，还不如什么都不说，不然往后朋友都没得做了。我们的货一天也能走个百八十条，但利润只有十块钱。我们的货便宜，一条裤子合到家才六十块钱，上了整整三千条，照这个速度，最快也要一个月批完。表面上看，我俩会赚三万块钱，但这显然不可能，裤子的批价只会越批越低，去掉有磁点的、跳线的，能剩一万五就不错了。就是说，我忙忙活活一个多月，按投资比例，只能落到手七千块钱。唯一让人欣慰的是，这种布料颜色深，一时半会不会过季，不用担心跳楼的事，只是钱押在货里，走不开，我不能去广州再上货。秋季是除了春节前后批货最好的时节，这个时候不多赚些钱，本身就是亏。所以我的心里还是很着急的。

小戴自知理亏，每天天不亮就上行了。白天也是在床子前一站一天，虽然已经入秋了，但站在大太阳底下还是很晒人的。有零买的，他也绝不错过，抱着裤子追着人家卖。我从未见他卖货这么不惜力过。他的行为让我大为感动，心中的抱怨渐渐熄灭，还时不时地跟小戴开开玩笑，给他减压。

九

老明要去广州上货，走之前，叮嘱我，每天下午到他屋子帮忙照看照看生意，有重要客人时帮忙沏壶茶，随便说说话。“与那些大户交往对你是有大大的好处的，你今后生意做大了，这些都是用得着的人。我不会给你亏吃。最重要的是，你每天五点前必须陪小玲到十字路口对面的工商银行把钱存进去，路上一定要注意安全，多加小心，要时刻留意前后左右的人，发现有可疑的，赶紧往人多的地方跑。”平时每天都是老明和小玲在快下班的时候去工商银行存钱。老明警觉地一只手插在裤兜里，貌似不经意地左右观瞧，与小玲保持一步的距离，见人照常打招呼，但小玲始终在他的视线之中。

小玲中午会打我手提电话，让我过去吃午饭，我都以卖货忙为由，礼貌地拒绝了。老明不在家，我总觉得过去吃饭不大合适。我下午一点钟吃完午饭去老明的屋子转一圈。小玲还是一如既往地忙，连跑带颠，没个消停的时候，戴着口罩、手套，库房里有一股发霉的气味。只有来到客厅她才把口罩、手套摘下来，坐在椅子上，喘口气，喝杯水。有老明说的比较重要的人，我就坐一会儿，给他们沏杯茶递棵烟。那些人一个个牛哄哄的，鼻孔朝天，对我爱答不理的，大哥大在手里颠来倒去，要不就是一通“喂喂喂”，然后跑到马路上，扯着脖子打电话。那时候我们用的都是模拟机，还真不是故意显摆。我不喜欢和他们打交道，这一点小玲看得出来，她叫我下午不用来，该忙什么就忙什么。“想喝茶他们自己沏，想喝水自己倒。”小玲说：“这些人就那么回事，没必要惯他们臭毛病。你家的货好卖，他们天天往你家跑，推都推不开。货差一些的时候，你想让他们帮忙代卖点都推三阻四的。”“你们家的货也要找人代卖？”“那当然，谁家都不可能每一把货都是‘红门’的，谁都有看走眼的时候。只不过这些大户不好意思在档口让客户把货拉走，当着市场人，面子上挂不住，而是在床子后面事先把货打包，或直接从汽运站发货。”怪不得，刘冰和舅哥有时候说去汽运站，但回来的时候并没有拉回货来。想不到服装生意看似简单，也有这么多道道。

小玲有时候抽烟，坐在客厅里，关上门。只是偶尔。她抽“长箭”，白嘴的。她叼烟的样子有点像不良少女，头歪向一侧，烟和嘴也朝着一个方向歪着，眼神涣散。

“老明不让我在外面抽。”

“那你平时在哪儿抽？我怎么没见过。”

“卧室和后门的楼口。”

“你什么时候学会的抽烟？”

“我很早就会抽烟，跟我爷爷学的，但没瘾。我只在烦的时候和太累的时候抽，解乏。”

“这说明你的烦心事还不够多。”

“其实也不少，只是你还没看出来。”她笑了，抿着嘴，憋不住又笑了，露出一小排洁净的牙齿，她看上去比实际年龄更小一些。

无论多忙，四点钟，小玲都要回到卧室锁上门，把腰包里的钱统统倒在床上，按面额大小逐个清点，一沓沓码好，实在忙不过来就喊我帮忙。我数大票她数小票，小玲动作飞快，用猴皮筋捆好，装在一只书包里，在另一个同样的书包里放上一捆捆票面大小的白纸。我俩“敬钢锤”，也就是石头剪子布，谁输谁背真钱，另一个背假钱。小玲说这样就不能形成规律，即使被人盯上了，想抢劫，也很难分清谁书包里的钱是真的。

小玲说她平时和老明也是这样。我问她是谁出的这个主意，真是心细如发。小玲笑笑没答话。其实，这个点每家大户都要去工商银行存钱，我觉得完全没必要搞得这么紧张。小玲说，你是不知道，就在你来市场前不久，这个工商银行门前发生了一起抢劫案。被抢的是横街的一户开时装店的女人。抢劫的人一个拿枪一个拿刀，拿枪的顶住她的腮帮子，拿刀的把刀架在她的脖子上，让她把拎皮包的手松开，女人死活不肯，拿枪的二话不说，一枪打穿了她的脸，满口牙都打碎了，钱还是让人家抢跑了。

我和小玲一前一后出门，街上熙熙攘攘，要是哪天我书包里放的是真钱，我还是紧张的，一只手紧紧抓住书包带，手心冒汗，直打滑，感觉从身边经过的每个人都像抢劫的。虽然小玲早就告诉过我，万一有人抢劫，要什么给什么，千万不要做无谓的反抗。不就是钱嘛，再去赚好了，命咱们可只有一条。在街上，小玲故意与我有说有笑，看上去表情很放松，至于心里像不像我一样打鼓就不得而知了。存了钱，我俩就赶紧回屋，绝不在外面停留一分钟。我心中的一块石头才算落了地，烟抽起来格外的香。晚饭还是刘冰的媳妇给做，但没有海鲜了，只是买附近菜市场的菜，四菜一汤。伙食也不错。晚饭我们五个一块儿吃，我、小玲、刘冰、舅哥，再加上刘冰的媳妇，围坐在茶几前，每人搬一把小板凳。刘冰的媳妇和小玲挨着坐，两人有说有笑的，刘冰媳妇也喝一点酒，主要是陪小玲。小玲喝什么她就喝什么，但能看出来，刘冰媳妇挺能喝的，脸越喝越白，走的时候，还要跟小玲干一杯。刘冰要是没事，也跟着媳妇一起回家，赶上需要倒货，或是第二天一大早去汽运站拉货，就留下来住。和小玲熟了，她人还是挺和气的，话不多，一说话眼角下弯，笑眯眯的，像夜空清透下的月亮。偶尔也有点孩子气，遇到什么不开心的事，鼻子就皱着，小嘴嘟着，与老明在的时候判若两人。舅哥一如既往，但对我还好，起码不耷拉着一张长脸，像谁欠他八百吊钱似的。刘冰照样没心没肺，大大咧咧的，招人讨厌。

十

老明出门之前跟我提过，是否愿意把我租的床子退了，用他的床子批货。反正闲着也是闲着，不收我一分钱。唯一的条件是我的货不能放在他的房间里。这样我可以每个月省下五百块钱，一年下来就是六千。不得不说，这是个挺诱人的建议，但我很犹豫："等你回来再说吧。"我的床子是按年交的租金，现在还差两个月到期，退是不可能的，所以我不着急，我得想想。用老明的床子批货当然好，但这就意味着我们相隔咫尺，要整天相处，低头不见抬头见。也意味着他家有什么事情需要帮忙，不用叫，因为我就在边上，甚至会成为一项我应尽的义务。而他家的事情又多，加之老明喜欢指使人的性格，我怕我到时候受不了，万一有一天两人翻脸，发生不愉快就不值当了。可以想见，他之所以无偿让我使用床子，正是有此意的。同时有我在身边他放心些，多个帮手，何乐而不为呢？不然他图什么？生意场上的朋友可以远交但不可近处，这句话不是随便说说的。只是话又说回来，我一年能赚几个六千呢？

小玲希望我过来。"你在，屋子里会热闹些，会有一些人气。"她又笑了。的确，虽然老明屋子里每天人来人往，走马灯似的，但很少有人说话，更少有人吵嚷。冷不丁一个人进来大声嚷嚷一句什么，显得格外刺耳。那个人会用手夸张地捂住嘴巴，臊眉耷眼地坐下来，闷头抽烟。屋子会在接下来的时间里更加安静，只剩下踢踢踏踏的沉闷的脚步声。每天从早到晚在这样的环境下生活，可想而知，人的精神是何等的紧张、压抑，简直毫无乐趣可言。

小玲的眼神里有一种撒娇的意思。我的心一软，咬咬牙，点了头。

因为白天忙，舅哥、刘冰大多晚上去汽运站接货或发货，有时候饭吃到一半，电话一响，两人放下碗筷，就骑上倒骑驴出发了。一人手里抓个馒头，掰开，夹点咸菜，一扣，路上吃。屋子里只剩下我和小玲。出现这种情况，我不可能直接走，那样会显得太刻意了，不好。当然我也不想待时间长，这样也不好。小玲在他俩走后迅速关上两道防盗门，转身又拿出一瓶老龙口，没跟我商量，就擅自启开了。明显是想继续喝。孤男寡女，坐在一起，怎么都有点别扭，小玲倒显得没什么，看上去甚至更放松了，烟叼着，腿翘着，还端杯跟我碰了碰，干了。那一杯，得小一两。我劝她慢点，她摇摇头。“我酒量大着呢。你也干了。”我只好干了。小玲笑了，一只手捂着嘴。

小玲问我什么时候认识的老明。我说：“他没跟你说过？”“老明从来不跟我说他朋友的事，好像他也没什么朋友，起码没有交心的朋友。你明白我的意思吧。”我点头。我大致说了与老明的交往，主要是通过打篮球，讲了老明在篮球场上的争强好胜。我没有提老明管我借钱的事。

小玲说，我认识老明的确是在票房子，我不爱上学，是跟家里赌气离家出走了。那天我走了很远，天快黑了，才走到皇姑屯火车站。那个火车站停靠的都是跑短途的火车，还有跑通勤的铁路工人。天一黑，就只剩下蹲票房子的人了。灯光昏暗，每人占一个长排座椅，一个个眼神阴森，座椅就像是他的家，生怕别人抢占了。我当时很害怕，想走又来不及了。只有老明人看上去还算和气，我就把屁股搭在他的座椅的另一边，不敢动。后来老明躺在座椅上睡着了，腿蜷着，给我腾出了个可以靠背的位置，我在座椅上坐了一宿。第二天天没亮他就起来了，他洗脸刷牙，我实在熬不住了，就在他的那个位置上睡了一觉。等我醒了，他递给我一个馒头，里面夹着咸菜，我狼吞虎咽地吃了，就这么的，我俩聊了起来。他说他也是离家出走的。我看见他脚上穿的是军用胶鞋，书包是军挎，就问他是不是当过兵。他说没有，但他家是军人家庭，父亲是我们省的军分区司令。他父亲想让他当兵，他不肯，他不想受约束。让他去市政府上班，他又嫌板身子。我问他为什么离家出走。他很严肃地看着我说，为了自由。这句话深深打动了我。我的眼泪一下子流了下来。从此我死心塌地地跟了他。说到这里，小玲喝了一大口酒。“不久后我知道他是骗我的，但我不在乎。让我伤心的是，当初他把我押在阳江，整整三个月，对我在这期间发生了什么，不闻不问。头一个月，我被关押在一间五楼的杂物间，窗门紧闭，每天只有一个小时可以出来放放风。看我看得比监狱的犯人还要紧。窗子上都是铁栏杆，我想死都死不了。我甚至不知道老明在干什么，他连个电话都没给我打过。他来阳江，也是与我匆匆见上一面，提了货之后，就一走了之。我每天以泪洗面，眼睛差一点哭瞎了。过后他就像是什么都没发生似的，我等他给我一个解释，可他黑不提白不提。赚钱之后，钱成了他的唯一，任何人他都不放在眼里。我哥当时借给他的一万块，可是很大的一笔钱，事后他赚了那么多钱，我哥又跟着他忙前忙后跑了半年，却只给了我哥一万块。说实话，我现在就想回到学校好好读书，什么都不想。当年因为逼我上学，我爸妈为我操碎了心。你说人是不是很奇怪？”小玲的眼圈红了，嘴角抿着，很委屈的样子。这时候的小玲真的像一个不谙世事的小女孩。

刘冰从外面回来后，见我还没走，明知故问：“我以为你早就走了呢。就你俩，一直喝到现在？”“想喝酒你就老老实实坐下，不想喝赶紧走，少废话。”舅哥瓮声瓮气地说。刘冰说：“喝，当然得喝。他一个外人都能在这里喝，我凭什么走呀。来来来，喝酒。”

十一

老明订了五种颜色的裤子面料。老明关上房门，把打回来的裤板展示给我看。面料柔软、克数高，风格是大小统一的块状，但颜色丰富，看上去价值不菲。这种风格的裤子在十年前流行喇叭裤的年代曾风靡一时。我把我的疑问提出来，老明不以为然，笑笑道："这正是我想要的效果。怎么样？你觉得应该批多少钱？"但没等我回答，他转身又把裤板锁回了衣柜的抽屉。我问哪种颜色是主打。通常同一种面料，上几个颜色都有主打，即主打的颜色上的货最多，甚至是其它几种颜色面料的总和。老明闭上眼睛，摇摇头道："都是主打。这是我见过的最好的面料，荷兰产的，哪一个我都舍不得放弃呀。让他们想追货都找不着庙。"

没几天，老明的货回来了。一车车一包包，源源不断地拉进他的库房，之后，房门紧闭，只有想拿货的熟人才能从后门进去，搞得神神秘秘的。但去看货的人很多，拿货的很少，都是转一圈就出来了。从大家议论的话里，我听出来，裤子的质量、风格没得说，就是价位太高。拿货的基本是开时装店的。时装店是新生事物，同一种裤子，时装店卖得比一般档口贵一倍甚至两倍。但他们走的量太小，相对于老明的货杯水车薪。我把拿货人的意见反馈给老明，老明说："嫌贵？明天我就涨价。"老明沿用去年的套路，从批发价一百五开始，老明每天涨五块钱，一路涨到二百块。许多观望的人非但没有找老明商议价格，反而去他库房看货的人也越来越少了，转而拿了别人家面料差一些但价格低很多的货。那时候，丰城这座全国最重要的重工业城市，已经急速衰退，大型企业纷纷倒闭，好一点的也在开始减员。丰城的消费能力可想而知，甚至整个东三省都好不到哪里去。

库房堆得满满的，他睡觉的房间也堆满了，走廊过道也是。老明扛不住了，把老顾客招呼到一块儿，请客去海鲜城吃饭。一次性把价格降到一百三，还是没人接茬。一百二？一百一？老明急了，一百，不能再低了。当晚，一车车的货，从老明的库房里拉出来，奔向汽运站。

许多拿货仅仅一周的顾客不干了，凭什么我们在你的忽悠下拿货这么贵，拿我们当冤大头吗？这些人都是各自城市时装屋的客户，专卖高档西裤的，老明也不好得罪，尤其是在这个时间节点上。一条裤子差五十块钱，一百条就是一万块。大家合起伙来找老明，堵在他的库房门口，要求退货。在他们看来，老明这笔货赔定了，也许往后该走背字了。照理说，货已售出，概不退还，老明怕贻误批货，面子上也过不去，最后双方商定，各退一步，把差价款折算成裤子，事情才算平息。

但老明的眉头并没有舒展开来，他知道更麻烦的事在后头呢。库房的货刚拉走一半，后续的货运又来了，重新填满了库房。

我的建议是，不要再降价了，这么好的裤子留到来年开春卖，批一百应该没问题。你的裤子从面料到裤型、做工领先别人一个身位，不会过时的。你现在拿钱去上货即使遇到红门，也未必能赚得比这多。况且，市场上冬季的裤子已经饱和了，广州也不会再有什么新货了。老明揉搓着脸颊，轻轻点头。旁边的小玲白了我一眼道："做生意的人最怕闲下来，不去上货还是生意人吗？一冬天窝在屋子里，人都待发霉了。"老明站起来，又坐下，一拳砸在茶几上。几个茶杯跳了几跳，其中一个跳在地上，摔成八瓣。"跳，继续跳。我他妈的就不信邪了。怎么赔的就要怎么赚回来。"

裤子一下子降到了五十，呼啦啦形成了抢购潮。五天的工夫，批了五千条。只是他的幸运没有持续多久，气温骤然下降，老明的裤子显得单薄了，相比新到的厚料的裤子，薄得像一张纸。多少钱都批不动了，只能死死压在库房里安睡。

刘冰找老明结账，说不想干了。“你就不能在这时候再坚持一下。”“不能，一天都不能。”刘冰斜抖着腿，伸出一只手，“拿钱。”“你想要多少钱？”“少啰唆，一万。”刘冰把钱揣进兜里，鼻子哼了哼，“风水轮流转。谁都不可能一直有好运气。”老明气得一声不吭，嘴唇紧咬着。

早晨，我打车去市场，路上接到老明的电话，让我直接去他的库房，从后门。老明的声音在颤抖，像是冻着了。“你知道小玲去哪儿了吗？”老明穿着睡衣，蓬头垢面，嘴里叼着烟。我一愣，摇了摇头。“小玲跑了。”我还是不大懂。“她把老子的钱都偷走了，分文不剩。”老明蹲在地上，说完，他自己也像不相信似的，起身推开卧室的房门，又推开库房的门。库房里积压的货还剩下大半屋子，整整齐齐地堆着，塑料味扑鼻而来。他甚至推开了厕所、厨房的门。所有的门敞开着。“怎么回事？”老明摇摇头，又点点头。“我怎么知道！”他看着我，眼睛红红的，“小玲一定是昨天把所有的钱都提出来了。”昨天下午，老明和舅哥一起到汽运站发的货，弄到很晚，两人在饭店喝完酒才回的库房。“这件事你不能告诉任何人！任何人，懂吗？”“你报案了吗？”“报案有个屁用，她一定是什么都准备好了，退路早就安排好了。我连她家在哪儿都不知道。到时候警察一来，市场上准保闹得鸡飞狗跳，我可不想成为别人眼里的笑话。”“接下来，你打算怎么办？”“封锁消息，这件事不能让任何人知道。我要把所有的货一次性跳完，然后去广州。”我最近听老明说得最多的一个字是“跳”。老明的货一炮点给了那个哈尔滨的大户，三十万，一万条。

老明飞去广州，还是坐头等舱，还是住广州宾馆，还是在宾馆二楼的餐厅吃早茶，谈生意，一坐半天。小玲兄妹俩从市场突然消失，在商户间引起了不大不小的议论，说老明与小玲分手了，老明为人慷慨，分给了小玲一半的钱。老明留下个讲义气的好名声，也算为他保留了些许颜面。此说法是我按照老明的授意放的风。只是他的生意从此再没有缓过来，不温不火，不上不下。这期间，许多新人冒出来，他们依靠自己的胆识、才智取代了老明在南一市场的霸主地位。老明的库房退了，像我们一样，租了一间胡同里的居民房当库房。床子上也开始挂货了，卖货的换成了他年迈苍老的父母。褪去光环的老明很少来市场，来也就是转转。老明还是在街口下出租车，头仰得高高的，衣服裤子照样笔挺，还是戴着金项链、金手链，大哥大的天线还是铜头的，但整个人看上去是发旧的，尽管那时候他才不到三十岁。老明就像他的生意一样淹没在芸芸众生之中，不再显赫。没有人给他让路，背后也没有了追随的目光，更没有人再提他的“传奇”。老明坐在自家的床子后面，但待不了一会儿，就拍拍屁股一声不响地走了。有时候我过去跟他打个招呼，站下来闲扯几句，抽根烟，就不知道该说什么了。我张罗着请他吃个饭，喝点小酒，他微笑着摆手拒绝，也不解释原因。至于老明是不是暗中找人抓小玲，他一直没有跟我说，我当然也不便问，尽管我很想知道。

十二

老明消失了，或者说，他离开了南一市场。我是过后才知道的。他的床子在市场东头，我的在西边。一头一尾。至于他去了哪里、干什么去了，没人知道，也没人在乎。那段日子，我忙着赌帕斯机，简单地说，我迷上了赌博。没什么特别的原因。我的生意还那样，一般般，我也没有失恋。要说原因，是那一年丰城突然一下子冒出许多霓虹闪耀的娱乐城，你只要推门进去，那些娱乐城唯一的娱乐项目就是帕斯机。具体点说，帕斯机是一种赌博工具。我想，我有必要简单介绍一下帕斯机及其玩法。帕斯机是英文的译音，据说是赌城拉斯维加斯的舶来品，其外形与时下的银行自助提款机相似，只是个头稍矮些，以便于赌客坐在椅子上自如操作。帕斯机静态时屏幕是蔚蓝色，它会让你想起《深深的海洋》这首歌。

上分后，你只要一按机器左侧的开牌键，屏幕上就会闪出五张牌，所以有人也称它为扑克机。如果其中有一对相同的牌，它的分数正好与你所上分数相等，两对相同的牌则是所上分数的翻倍，三张相同的牌叫三同，是所上分数的三倍。乱顺，即花色不一，但数字相连的牌，翻四倍。同花，即花色相同，但数字不挨着的牌翻五倍。同花顺，即花色相同且数字相连的牌，翻十倍。四同，即四张相同的牌，翻四十倍。五同为最大的牌，即四张相同的牌，加一张大王或小王，也可能是一个大王一个小王，加三张相同的牌，翻四百倍。按规定，一次最多能上四十分。另外，大小王可以与任何牌配花配色配对，相当于人体的O型血。出现以上牌面，你都可以选择上分或拍牌。上分好解释，你只要摁一下上分键就好了，最大的学问在于拍牌，也就是摁大摁小。拍成，台面上是分数翻倍，然后，你还可以选择上分或继续拍，拍折了，台面分数归零，你要重新上分。除了上述牌花，出现其它牌面，我们叫乱牌，即牌面上的分数自动消失，就是说，你上的分数被帕斯机吃掉了。而所谓上分就是上钱，一元钱为一分。

丰城没有春天。到了四月份，乍暖还寒，土地一开化，三两场雨过后，道路一片泥泞。这就是丰城的春天。树枝一抽条，就该穿衬衫了，所谓春暖花开，在丰城应该叫夏暖花开。那年雨水多，午饭后，市场上总会出现几个穿白色佐丹奴绒衣、打花伞穿雨靴的女孩，她们是娱乐城派来发票的，个个浓妆艳抹、香气袭人。一张票相当于二十块钱，每人只发一张。我和小戴就把不去的人手里的票集到一起，凑足五张，去金银岛，那里机器多，“亮”大。开始我俩下行后只用票玩，赢到两百就下分，喝酒去，输了抬屁股走人。这样很好，既可以缓解一天的疲劳，又可以喝喝酒散散心。后来越玩越大，有时候三五把没给亮，还没拍牌过过瘾呢，分就没了，心又痒痒，忍不住掏钱了，从此一发不可收。有一天，我隔壁的机器出了四同，这本没有什么大惊小怪的，大多数人出了四同会上分，只有少数人会选择拍牌，但一般只拍一手，见好就收。那人正在犹豫，一个人伸手挡在帕斯机前。“你要是不拍，我兑一手。”是老明。老明手里攥着一摞钱，少说也有两万，分为一个个小摞，每小摞应该是一千六。所谓兑牌，是机主出了一手大牌，而最大的就是一千六了，又不想拍，你要给机主同样的钱数。拍折了你走人，拍成了，无论几手，机主下分，牌面上所有的钱都是你的。

那人起身，伸出手，老明把一小摞钱递过去，眼睛盯着牌面，缓缓坐下来，点上一支烟，双手托腮，浓浓的烟雾在他的脸前环绕，遮住了他整张脸。老明的左手放在屏幕上分析走势，口中念念有词。突然老明的右手好似不经意间在大的摁键上轻轻一抹，音乐响起，是催人奋进的贝多芬的贝九，成了。不等音乐结束，老明的左手又抹了一手小，音乐继续，又成了。围观的人越来越多，这时候，牌面上的分数已经升至六千四百分，所有的人屏息静气，看看牌面又看看老明。老明的头轻点，像是在打节拍，身体轻轻摇摆着，脸上的表情仿佛也轻松了些，他又用右手的食指轻点一手大，又成了。再有一手就爆机了。按规定，超过两万分就算爆机，爆机还要另外奖励一万元。下手牌，老明要是拍成了，他就可以得到三万五千六百块钱。

老明深吸一口气，双手支撑着台面站起来，摇了摇脖子，双手搅在一起，发出嘎巴嘎巴的声响。老明怒目相视，仿佛对面的帕斯机就是他的拳击对手。身边的人自动伸出手臂，示意后面的人退一退，以便给老明留出一块更大的空间。老明的手扬起来，五指张开，所有的人都不自觉地捂着嘴巴，但，老明的手只是缓缓地往下压了压，接着抬起来，又压了压，他就像是一个乐队的指挥。老明的一只手遮住显示屏的牌面，另一只手握成拳头，狠命地照着大的摁键砸下去，是哀乐，就是说老明的最后一手牌砸折了。大家围着老明久久不愿散去。老明直愣愣地冲我说："给我点支烟。"我把烟给老明点上，没有说话。我实在不知道这时候说点什么好。广播里传出一个甜腻腻的声音：恭喜二楼某 ××× 号台中了四同。老明一个急转身，双手扒开广大的人群，疯了一样地向二楼跑去，后面的人呼啦一下随着他一拥而上。当晚，老明输掉了手里所有的钱，空着手消失在泥泞的夜色中。

没多久，我又看见了老明，他还是兑牌，但输赢只兑一手，大牌小牌都兑，再后来，他像我们一样乖乖地坐在帕斯机前，一手手地拍牌，分数也是越上越小。他的金项链、金手链不见了，大哥大也不见了，头发油腻，浑身上下光秃秃的，散发着一股令人作呕的馊味。有时候，他会来到我玩的帕斯机旁边，拽把椅子坐下来，指指点点。我讨厌玩的时候有人在身边喋喋不休，就表现出很不耐烦的样子。老明知趣地闭嘴，不说话了，默默地抽烟。我知道他又没钱了，想借钱，又不好意思张口。之前，我借过他几次，有时一千，有时四五百，但我也在输钱。况且，牌桌上借钱是很不吉利的。我心情好的时候问过老明，有没有小玲的消息。他怔怔地看着我，像是我在问一个他不知道的人。他想了好一会儿，然后摇摇头。有一次，我出了把四同，拍一手，成了。算一算，那天赢了五千，下分准备走，老明出现在我面前，用哀求的眼神紧紧盯着我，我扔给他二百，不是递到他的手里，而是扔在帕斯机的台面上。老明接过来，边双手作揖边动作麻利地一屁股坐下来。我从洗手间出来，听见老明正站在椅子上大声喊："谁兑机器？这台机器刚出了一手四同。"他的样子像个急切的拍卖师。许多玩帕斯机的人很迷信，喜欢玩出过大"亮"的机器。我匆匆走了出去。

第二天，我和小戴去了广州上货，从此以后再没有见过老明。无论是金银岛还是别的娱乐城。

段 落

上篇：无雪的冬天

老曹往我单位打电话，说他爸住院了。我问："什么病？"老曹说："还没确诊，估计没啥大事。"我又问："住哪个医院？用我们过去看看吗？"老曹说："市传染病院。今天刚住，过几天再说。晚上来我家喝酒，你叫一下张立刚，烤牛肉。"

下班从单位出来，我顺护城河骑车回家。沿途河面脏污，冻结的冰面，像久未擦拭的玻璃窗，乌蒙蒙的，折射着刺眼的白光。太阳躲在云层里，偶尔露出来，探下头，像一个拿镜子晃你的坏小孩。往年，这座北方城市，十月末就开始下雪了。一下就是几天，飘飘洒洒，不舍昼夜。背阴的屋顶上、树杈间落着厚厚的积雪，一时半会儿化不了。走在路上，稍不留神，咔嚓一大块雪砸下来，掉脖子里透心凉。现在已经快到年底了，一粒雪星儿都没有。天气干冷，北风嗖嗖地刮，感觉脸上紧绷的皮肤都要被割出口子了，钻心地疼。没有人喜欢下雪，但东北的冬天不能没有雪，否则说不过去，人也容易得病。

我回家进屋洗把脸，我妈就知道我要出去，问跟谁。我说："老曹、张立刚。"我妈撇嘴道"就知道是你们三人帮，还能有点出息不？"挺不屑的表情。我妈内心里希望我能跟个女孩子出去吃饭，但又不好明说。我才十九岁，不知道她着得什么急，大概我是家里的独子吧。我姐二十四了，她还天天逼着我姐考大学呢，说现在正是较劲的时候，千万不能搞对象，以免误了大好前程。

我屁股坐在自行车鞍座上，单腿点地，在张立刚家大门口，双手围成喇叭状喊他。张立刚住我家斜对面，一条街上。张立刚头上抹了头油，湿漉漉的，裤线笔直，凑近一闻，脸上有雪花膏的香味。我边扇风边说："又不是去约会，你打扮得油头粉面给谁看？"张立刚说："这叫形象，懂不？"我说："你一个翻砂工人讲什么形象？""你从哪儿能看出来我是干翻砂的？"张立刚甩头，一只手虚摸着，道："只能羡慕，不能嫉妒。"

路上，张立刚说："老曹他爸住院，按说应该是个比较难受的事，怎么感觉我们像是去他家搞庆祝呢。"我说："老曹可能是想借机挽回点面子。"上个月，老曹跟他爸提出要把院子里的下屋改造成一间正式的房子，他爸说："咱家地方够住，你又不结婚。"老曹家两间房，属于比较宽敞的，院子也大。老曹说："我长大了，得思考一些事情，需要独立的空间。"他爸说："你想参加成人高考啊？"老曹说："也不是没可能。我先把房子盖起来再说。房子材料我自己备，钱也我自己出，手都不用你伸一下。"老曹在冶炼厂干装卸，上夜班的时候，我和张立刚在厂子大墙外骑倒骑驴等着，后半夜老曹他们架梯子把钢筋水泥沙子一袋袋抛下来，我和张立刚站在倒骑驴上接，死沉死沉的，还不能掉地上，怕摔破了。张立刚在建筑工地干过，负责把大角，我砌大面，老曹和他弟弟小军当小工，搬砖和泥。天黑了扯根电线支起大灯泡，挑灯夜战，星期天加上串休，三天完工。老曹他爸看着眼前拔地而起的崭新的房子，背着手，边检查边点头。

我出去到老牛小铺买了二斤牛肉，切成薄片，放在铁丝弯成的篦子上烤。院子里香气扑鼻，其乐融融。老曹他爸在我们的热情感召下，破例坐下来围着炉火跟我们喝了两小碗老龙口，牛肉没少吃。老曹他爸平时不喝酒，烟也不抽，唯一的爱好是养鸽子。每天一大早，站在房顶上，竹竿顶端绑根红色布条，嗷嗷地轰鸽子玩，然后心满意足地下房吃饭，上班。

后来因为老曹他妈做尖椒炒干豆腐，肉放多了，两人在厨房拌了几句嘴。老曹他妈说："孩子们辛辛苦苦干了三天，又是长身体的时候，况且牛肉还是人家买的。"老曹他爸说："牛肉有点哈喇，牙碜，嚼不动。"老曹他妈说："能有点正形不，就数你吃得多。"老曹他爸说："我要是不多吃，怎么能品出不对味呢。"老曹他爸还冲地上呸呸了两口。老曹他妈压低声音说："老曹，你别喝点猫尿就不知道自己是谁了。"

老曹他妈在饭店工作，胖墩墩的，脾气好，慢性子，没见过她生气，对我们小孩子说话也是轻言细语。上学的时候，我们在老曹家经常能吃到他妈下班带回来的馅饼，夏天饭店放一宿怕坏了，处理的，有的破皮了，有的形状不规则。馅饼有素的，还有一兜肉的，我们抢得你死我活。他妈就想出个主意，人造革皮包打开前，先坐炕沿上，叹口气："你说这东西有什么吃头，人这辈子啊，香嘴臭屁股。你们说是不？"我们听着膈应，脸上的表情像便秘患者的表情，拿不是不拿也不是。犹豫中，他妈说："儿子，快吃，使劲吃，一个都不给他俩剩。"说完，哈哈大笑。我们这才知道上了她老人家的当。所以，尽管老曹他爸黑眼白眼看不上我们，但有老曹他妈撑腰，他爸也不敢对我们太过分。

但那天老曹他爸喝多了，说话特别冲。"别以为他们为我们家干点活儿就了不起，二斤牛肉几个钱？我又不是买不起。多少钱，我现在就给他们。"声音很大，尽管他人在厨房，但门是敞开的，我们都听得见。老曹他爸在工厂是八级木型，比普通八级木匠挣得还要多一些。一个月一百三十多块。老曹他爸曾经骄傲地说过，咱虽然是工人，但我比我们厂长工资还高一大截呢。

老曹站起身道："放着好日子不过，纯粹是吃饱了撑的。"老曹他爸抄起擀面杖，嘭嘭敲门框：“小兔崽子你跟谁说话呢，啊！我是你爹知道不？”老曹说：“你嘴巴放干净点，你看你有个当爹的样子吗？”我们连忙起来劝，往大门外推老曹。这边老曹他妈拉着老曹他爸，老曹的弟弟妹妹也加入进来，场面一度很混乱。酒是没法喝了，我们在外面的马路牙子上坐着抽烟，劝老曹，待会儿回家少说几句。老曹说：“他就是个老混球，一点儿盐酱不进。他要不是我爸，我早削他八顿了。”

我和张立刚推大门进去，老曹正在院子里生炉子，单膝跪地，脸贴着炉子孔吹气，手握大蒲扇。浓烟滚滚，向上生长，像一棵树的形状。“我们帮你干点什么？”我俩把自行车贴墙根儿放好。“不用，有我呢。”房羽凡从新房子里探出头，扎着围裙，手里握着菜刀。“听说你们上次没吃好，今天给你们补上。”房羽凡也是我们同学，跟我一个班，老曹、张立刚在另一个班。说起来，我跟老曹友谊的建立，多多少少与房羽凡有一定关系。虽然我们三个在校篮球队，但平时我和张立刚与老曹并不往来，训练结束，各玩各的。直到我无意中听说，老曹和房羽凡住邻居，才主动往近了走。当然，这个秘密只有我知道，张立刚我都没告诉。

我们三个下午经常在老曹家打扑克消磨时间。按当时的叫法，我们校队的运动员叫体育棒子，天然拥有不上自习课的权利。张立刚有一副裸体扑克，只有玩钱的时候才拿出来。抓牌洗牌，三个人小心翼翼，不往手指肚上吐唾沫，屋子里安静极了。每当老曹哧哧地偷笑，牌捂到嘴巴上，身体后仰，我们就知道他抓着大小王了。大王看上去妩媚成熟，嘴唇干裂，像是从沙漠里刚走出来，渴得不行；小王长发湿漉漉的，挂着水滴，青春靓丽，造型别致。老曹说：“我一看见这两张牌在一起，就想给她们俩匀一匀，旱的旱死，涝的涝死。”但输钱的总是我。轮到我出牌，他俩就你一句我一句：“赶紧的，眼睛掉里面拔不出来了。”“看看看，下面有反应了，要不要我们出去待一会儿，你在这里倒个短，但别弄脏了裤子,那玩意儿不好洗。”倒短是手淫的意思。说得我耳热心跳，人脑短路，只能胡乱打一张牌出去，以平息他俩的嘲弄。

老曹和房羽凡家隔一道两米高的院墙，老曹家院子里有一棵槐树，我没事就跳起来立定摸高。能看见房羽凡家窗户，还看见过房羽凡在屋子里洗衣服，踩缝纫机。我们打篮球的到哪儿都喜欢蹦蹦跳跳，不知道他俩注意到我这个小动作没有。房羽凡管老曹家借东西，就直接搬把椅子，站在院墙对面喊，婶，借我头大蒜，或借我点咸盐。我试探着让老曹帮我带个话，说我对房羽凡有点意思，但老曹不接茬，好像我只是随口一说，并不是认真的。事实上我当时的确是笑着说的，甚至在说“有点意思”的时候，还用两只手指比画了一个小小的高度。老曹当即切换了话题，像是为我的玩世不恭害臊似的。

老曹用袖子抹了把脸上的炭灰，说：“我下班路过一粮库，刚打的白酒，还热乎呢，刚出锅的。你俩先斟上，就点朝鲜咸菜垫垫，我这儿马上就好。”房羽凡端着两盘牛肉，头拱棉门帘出来，说：“你们进屋喝酒吧，我给你们烤肉。锅里还有狗肉豆腐汤，正咕嘟着呢。”房羽凡拽了把小凳子坐下，大蒲扇呼呼地扇起来。老曹跺跺脚，招呼我们进屋，说外面冷。张立刚小声说：“她咋来了呢？还挺不拿自己当外人。”张立刚冲我吐吐舌头，我也很意外。老曹和房羽凡虽然住邻居，但平时从没见他俩说过话，甚至关系还不如一般同学。两家倒是走得挺近乎。老曹说:“昨天幸亏她，我爸在院子里摔倒，就是她扒墙头发现的。家里没人，一白天都是她照顾的。”我说：“传染病怎么会晕倒？”老曹说：“没一会儿又醒了。之前挺长时间一直说腰疼，让他去医院，他说没啥大不了的，扛一扛就过去了。后来实在顶不住了,到厂医院检查,医生给开了大力丸，光吃不见效。今天早上人还是迷迷糊糊的，走路打晃，自行车都骑不了，我弟弟就送他去了医院。”

老曹往炕桌上摆碗筷，说都上炕，炕头暖乎。我们脱鞋上炕，盘腿。张立刚的袜子顶出个洞，大脚趾头露在外头，趾甲很长，脏兮兮的，见我皱眉头，连忙藏在桌子底下。我说：“金玉其外。”张立刚问啥意思。我故意不理他，老曹笑着说：“我也不懂，但肯定不是什么好话。”我又说：“败絮其中。”张立刚说：“你有话能直接说不？别欺负我们没文化。”我们三个人里我学习算好的，毕业那年考中专差几分，主要是临场发挥失常，紧张过度，好几道白捡的题，被我答串行了。

透过窗子，我看见房羽凡的脸被炉火烤得通红，像化了妆，好看极了。我们在屋里喝了会儿酒，有点于心不忍。老曹敲窗子摆手喊房羽凡进屋歇会儿，先吃点。我觉得这是个机会，说：“我去烤，换她。”我跳下炕，出屋，说：“我来吧。”房羽凡抬头，搓搓手，端着烤熟的牛肉低头进屋了。我机械地扇着大蒲扇，心里空落落的。我多希望她能声音小小地说一句：我陪你，咱俩一块烤。干冷的天，两个炉火前的年轻人，通红的火，两颗燃烧、跳动的心。可惜，这么浪漫的想法，只能存在于我的想象中。

大院门嘎吱一声开了，老曹他妈和老曹妹妹曹娟走进来，头半低着，脚步迟缓，后面跟着几个穿白大褂的。其中戴眼镜的抢前一步，冲着新房子说：“家里人都在这儿吗？”我点头。眼镜进屋问哪个是你儿子？老曹他妈指了指老曹。眼镜拿出体温计甩了甩道：“赶紧量。”老曹问：“怎么了？”老曹他妈说：“听大夫的。”老曹说：“等我们喝完酒不行吗？”眼镜不耐烦地说：“没时间解释。”老曹把体温计夹在胳肢窝，说：“我爸没事吧？”老曹他妈没吱声。“小军呢？”曹娟说：“被医院留下住院了，说是发高烧，不让走，怕传染。”老曹说：“我爸到底得的啥病？”老曹他妈说：“大夫说好像叫出血热，听都没听说过。”眼镜说：“夹五分钟，一秒都不能少。”老曹另一只手举起白瓷碗冲我们说：“来来来，再喝五分钟的。”一口干了。老曹是要面子的人。我和张立刚没心思喝酒，碗举起来，对视一眼，又放下。时间到了，眼镜在灯光下看看体温计，37.1，正常。老曹说：“我们可以接着喝酒了吧？”老曹他妈突然带着哭腔说：“喝喝喝，都什么时候了，还喝。”

眼镜拍拍巴掌道：“所有人啊，拿好自己的东西，马上离开院子。这里的犄角旮旯都要消毒，之后贴封条，变成隔离区。”老曹说：“这么晚了，我们一家人去哪儿住？你给找地方啊？”眼镜瞪他一眼道：“少啰唆，自己想办法。”说完大手一挥，后面几个背着喷雾器的进里屋开始打药。吱吱吱，浓雾弥漫，很呛人。老曹说：“妈，要不你和曹娟去我舅家凑合一宿吧。”曹娟说：“舅舅家地方小，挤不下两个大人。”张立刚说：“那让大婶去你舅家，曹娟住我家，跟我妹妹一个屋。”我说：“老曹，你住我家，我俩在小屋炕上挤挤，对付一宿。”眼镜说：“你家里最好留个人。万一有什么情况，找也好找。”房羽凡的父亲站在院墙上，大声喊：“曹斌住我这里吧，方便。”人员安置问题就这么解决了。

张立刚驮曹娟，我单蹦，开始并排骑，风很大，带着呼啸的哨声，曲里拐弯的。按说张立刚骑的是二六斜梁凤凰，我骑的是红旗加重二八，曹娟坐我的车才对，但刚出门，曹娟就一屁股跳上张立刚的车。张立刚的车还没扶稳，一只脚支在地上，身子一栽歪。曹娟说：“瞧你个笨样。”张立刚嘿嘿两声，这才借脚力，一使劲，蹿了出去。曹娟的手抓住张立刚军大衣后面的布带，顶风，眼睛睁不开。张立刚放慢速度，示意我在前面带路，替他俩挡风，这样他骑起来能省些力气。我问曹娟：“你在哪儿上班？”“陶瓷厂。”“那不就在我家路口的怒江街吗？”“对呀。”“你每天上下班，我家是必经之路，我怎么从来没看见过你呢？”张立刚说：“那么宽的马路，上下班人又多，着急忙慌的，见不着正常。”

我想想，也是。曹娟说："那也不一定，咱俩就碰到过好几回。"张立刚不说话了，闷头骑车。

街灯清冷、黯淡，路上没有人，一个都没有。我没话找话："都年底了，丰城一个雪粒都不下，太奇怪了。你说难道这个冬天丰城就不下雪了？"张立刚说："不可能。什么季节就应该什么天气，不能违背自然规律。"的确，东北四季分明。这也是东北有别于其它地域的一大特色。

先到我家大门口，我停下车，说我到家了。张立刚并没有减速，骑过去之后，才抬高手臂，向空中摆摆，继续猫腰向前骑。曹娟没有任何表示，头藏在张立刚宽大的背后，一只手紧紧拽着棉大衣的领口，像睡着了。我望着他俩的背影一直消失在张立刚家的院门前。不久前，我下班去找老曹看电影，趁老曹出去上厕所时，曹娟塞给我一副毛手套，说是买大了。我不想要，就说，"给你哥呗。"曹娟说："他的手跟熊掌似的，戴不了几天就撑坏了。挺贵呢。"我问："多少钱？我给你。"曹娟说："给你你就戴，哪那么多废话。"听她这么说，我也就不客气了，随手把手套揣大衣兜里，谢谢都没说。过了几天，曹娟见了我问："我送你的手套，你咋不戴呢？"我说："那天看完电影，回家才发现，丢了。"从此，曹娟再没搭理过我。

回到家，见我妈正跟大院的三个老年妇女坐在炕上打一种叫四一四的扑克。我家的灯泡没有超过十五瓦的，从黑暗的外面进来不用适应光线。她们人手一把牌，凑眼皮子底下，眼睛眯缝着，都叼旱烟，吧嗒吧嗒地抽，烟灰弹得哪儿哪儿都是，烟簸箕放在炕中间。我爸在泡脚，双手捧着《参考消息》，戴花镜，像个离退休老干部，看得很认真。我妈抬头看见我，突然把手里的扑克往炕上的牌里一插，说："不玩了，我儿子回来了。"说完快速起身，提了提裤子，其中一个老太太愤怒地指着我妈说："老刘太太你耍赖，这把你指定输了。我手里俩王一二。"我妈边擦脸边说："老高太太你迸我一脸唾沫星子。我儿子最烦我玩扑克，耽误事，起码别让他看见，对吧，儿子？"三个老年妇女冲我嘟嘟囔囔，大意是说我回来得不是时候。我妈挥挥手，示意她们快走。

等她们走了，我妈问我咋回来这么早。我说："妈，不带玩赖的，输不起就别玩。又不是赢房子赢地的。"我妈说："她们也这样，不光我。在谁家玩谁就有随时解散的权利。"我大致说了下老曹家发生的情况。我妈说："传染病可了不得，你离远点，别往跟前凑。"我说："我不是也得过肝炎吗？也是住的市传染病院。"我妈说："那不一样，你得的是急性黄疸型肝炎，住几天院就好了。他这个没确诊，谁知道多严重？传染病的种类可多了。"我心说别吓唬人，活这么大还没听说谁得传染病死的呢。

等爸妈上炕睡觉了，我偷偷切一小片生姜在厨房对着水池子上方的小圆镜子用力擦胡子、鬓角，皮肤都擦红了。听说这样可以长出浓密的胡须、鬓角。我做梦都想让我的上唇长出坚硬的胡须，还有鬓角，如果有可能还希望长得长一些宽一些，像高仓健那样。生姜在脸上黏糊糊、火辣辣的。涂了两个月了，中间一天没断过，但效果并不明显。我把蓝色的假毛料裤子脱下来，叠好，平平整整压在褥子底下，然后身子慢慢躺下去，生怕睡姿不正，压出褶子。脸还是蛰得慌，不敢碰，只能强忍着平躺在炕上，瞪着一双大眼睛，死活睡不着，心里老觉得有什么事情不对头，但想不清楚到底是什么事情。

第二天一大早老曹就往我单位打电话，急匆匆地说："我爸恐怕快不行了，你赶快来医院一趟。"当时我正要出去。最近顾客反映粮店一等大米质量不好，碎米多，还有石子，有的人牙都硌断了。业务科林科长让我下粮店采集米样儿，然后送到市粮食局质检处。我们区粮食局只有我一个化验员，想找人替班都不行。一旁的林科长问我什么事。我说：“同学父亲生病了，在传染病院住院呢。”林科长说：“你什么意思？”我说：“我想去看看，明天抽样行不？”林科长说：“不行，今天必须到十家粮店抽样。”他还给我列了个名单。自从我被分到业务科，林科长就看我不顺眼，处处找我的毛病。

林科长三十多岁，还没处对象。他长着一张国字脸，大个儿，腰板笔直，梳背头，穿四个明兜的中山服，别两管钢笔，大眼睛，但仅限于右眼。左眼睛的上眼皮长了一串小疙瘩，葡萄刚长出来大小。可能是左眼皮负担过重，平时只有一条缝，但遇事的时候，会突然变大，甚至比右眼睛还要大一点，尤其他一冲我发火，左眼皮还不停地跳。我尽量不看他。林科长对找对象这件事很上心，遇到熟人总是适时地提出让人帮忙解决个人问题。他对女人的要求不高，这当然是他自己说的。他指着办公桌玻璃板下面的电影明星龚雪说：“就这样的，长这样就行，我就要找一个毛嘟嘟大眼睛的，别的不挑。”如果在外面，他就打开钱包边让人看照片边这么说一遍。

有一次，我姐来单位给我送感冒药，林科长一个劲儿地邀请我姐进屋歇歇。我姐不好意思，只能坐在林科长对面，林科长看看我姐，看看玻璃板下面龚雪的照片。我姐虽然是双眼皮，但眼睛比龚雪小一半。晚上，我们一家人正准备吃饭，林科长突然进来了。林科长一进屋就批评我说：“生病了就要卧床休息，你还年轻，要学会照顾自己，身体是革命的本钱，知道不？”他的态度很严厉，手里拎着两瓶水果罐头，还有一包茶叶。说是来看看他的兵，顺便看看老同志，也就是我爸。我让林科长坐在我家唯一的一把高背椅上，并给他点了根烟。他深吸一口说：“老石头子，喝上了，挺会享受啊。”

我爸退休前在区粮食局收发室，退休了，每天晚上都要喝两盅，炒五十粒的花生米，亲自数，两个一半的算一粒。我爸说："小林子上来，一起喝点。"林科长说："那我就不客气了。"我只好脱鞋上炕，把炕沿的位子让给他。林科长说："老石头子，身体还挺好吧。"没等我爸回答，我姐不干了，说："你这人有没有点礼貌，我爸多大岁数了，你张口闭口老石头子，在家也这么跟你爸说话吗？"林科长怔住了，左眼皮快速跳了几跳，讪笑着说："对不起，对不起，以前上班叫习惯了。"他起身给我爸鞠了一躬，道："石大叔好！"我爸说："咱们爷俩儿谁跟谁，坐，坐坐。"我爸拍拍炕沿。怕林科长尴尬，我也连忙说："坐坐，林科长。"我姐看了我和我爸一眼，气得饭都没吃，转身进了自己的小屋，砰地关上门。林科长推托有事走了。我和我爸趿拉着鞋，送到大门口，林科长头都没回。

尽管希望渺茫，但我发自内心地希望他赶紧找个对象，这样他的注意力就会转移到那个长着毛嘟嘟大眼睛的女人身上，而不是一天到晚总盯着我。林科长当兵出身，他爸是沈阳军区后勤部的领导，挺大一官。我去给他爸家送过大米，独门独户的房子，有葡萄架，还能养鸡种菜。进屋得脱鞋。地板打蜡，能当镜子照，我看见了我自卑的脸。六室两厅，有专门放电视机的屋子，座椅两排，都是皮沙发，客厅中间摆了架钢琴，亮得人直晃眼睛。

我边骑车边琢磨，光去十家粮店抽样就得花上一整天的时间。而所谓化验就是用铁探子在没开封的米袋子里插进去抽出来，然后数一共多少个米粒，再数出其中的碎米多少粒，黄米、石子多少粒，最后按照国家规定得出结论，是否达标。没什么技术含量，但很麻烦。我骑车到就近的一家粮店，抽样后，我让粮店的小姑娘帮我一起数米粒。我填完化验单，一看表，一个小时过去了。其实根本不需要到十家粮店抽样，三家足够了。林科长是成心刁难我。我抽了三家粮店的米样，分出十份，满头大汗噔噔噔上了市粮食局三楼的质检处交活，然后以百米冲刺的速度骑车向市传染病院疾驰。

打听到老曹父亲的病房已经下午三点多了。老曹、张立刚、曹娟、房羽凡站在阴暗的走廊里,神情沮丧,脸色都很阴沉。还有一些人不认识，应该是老曹母亲这边的亲戚，老曹他爸很早就死了父母，是姐姐一手拉扯大的，十几岁一个人从河北唐山逃荒到丰城，身边没有直系亲属。没有人跟我打招呼，感觉他们对我来得如此之晚颇有微词。我解释说单位事情多,实在脱不开身。没人接话。我问老曹："曹叔的身体怎么样了？"老曹说："情况不大好。"透过窗玻璃，我看见病房里老曹的母亲在跟丈夫说话，两人拉着手。"我能进去吗？"我问。老曹说："病房不让一次性进太多人。你换我妈出来。"

老曹陪我进去，说："小刚来了。"曹叔笑笑，道："小刚我还不认识？"曹叔鼻子上插着管子，想坐直一点，他的床呈 30 度角，老曹连忙托住他的头说："别动，医生不让。"我也说："躺着吧曹叔，好好休息，又不是外人。"曹叔点点头，说胸口有点闷。老曹解开他的病号服，我吓了一跳。曹叔裸露的身体像一张古旧的地图，蜡黄、薄脆，血管突显，粗的是深蓝色，更多细小的是紫红色，如一根根蚯蚓，随着曹叔的呼吸，仿佛在蠕动。还有几个大如玻璃球,红色紫色混杂,晃晃悠悠在里面滚动。我强作镇静，但身体还是不自觉地与床边保持着一点距离。"曹叔你的精神状态挺好啊。"曹叔说："今天不错，比昨天强多了。"曹叔笑得很慈祥，我从没见他这么笑过。

老曹他爸一向反对老曹跟我和张立刚玩，觉得他儿子没考上自己厂里的技校，都是我们拖累的。他当着我们面说过："人啊，跟啥人学啥样。再好的孩子，如果身边都是些不求上进的朋友，也学不了什么好。"我们很生气，但不能当面反驳，只能以沉默应对。事实是，老曹上小学底子就比较潮，经常旷课扒火车，到皇姑屯火车站货场偷瓜果梨桃，派出所没少让老曹他爸往回领人。我们三个好上以后，老曹先是带我们偷校职工食堂的白面馒头，后来学会了偷学校附近铜材厂的铜部件卖钱，我们就是那时候学会的喝酒。跟外校打比赛都是老曹与人家起争执，动手打架，我和张立刚只是出于友情，出手相助。

中学毕业前，老曹他爸问我们，想填报什么志愿。我们当然不敢奢望考大学，只能退而求其次，报中专、技校。我说："我想搞地质。"老曹、张立刚忍不住笑出了声。老曹他爸很生气，说："人家小刚有理想，这就是进步。"又问我："地质是干什么的？"我支支吾吾答不上来。过后，他俩说："也没听你说过想敲一辈子石头啊？"我不好意思地说："现在不是流行学李四光嘛，李四光不就是搞地质的吗？"

没一会儿，我从病房出来了，因为外面还有很多人在排队。我们几个先去吃饭，在市传染病院对面。老曹说："待会儿吃完饭，你们都回去吧，今晚我留在医院守着。"房羽凡说："你一个人怎么行，万一曹叔有点什么事呢？我也留下。"我说："还是我和老曹留下，我明天早起直接从医院去上班，单位事多，白天走不开。"房羽凡白了我一眼。曹娟说："明天白天我来护理我爸。"张立刚说："我白天也有时间，大不了串个班，公家的事再大，也没有我曹叔的病重要。"老曹说他爸的病是家里鸽子传染的，而鸽子是吃了外省进的苞米。家里的三十多只鸽子昨晚被防疫人员全部宰杀掩埋了。

之后就没人说话了，只有嘴巴咀嚼的声音。我想起老曹家有一只鸽子叫红领巾。脖子一圈红，喉咙往下也有一段红，像一把利剑的形状，是鸽子王。每天早晚都是红领巾领头起落盘旋，带着呼啸的哨声。老曹他爸逢年过节都要杀两只鸽子，或炖或用辣椒炒。原因是老了，飞不动了。

红领巾老的时候，老曹他爸舍不得杀，常常坐在房顶上，与红领巾对视。有一天，红领巾跳到老曹他爸膝盖上，在他的脸颊上叼了几口，然后围着老曹家的房子，飞了一圈又一圈，老曹他爸好像预感到了什么，站起身，仰着头，老泪纵横。红领巾从此销声匿迹，再无音讯。我心里也有点难过。

老曹母亲急匆匆地赶来，说："不行了，快快快，你爸不行了。"所有人撂下碗筷，争先恐后地往外跑，一路哭声。几个护士站在病房门外，老曹冲进去，喊了一声"爸！"护士说："没了一会儿了，你们赶紧去买装老的衣服吧，不然时间长了不好穿。"老曹母亲瘫坐在走廊的长椅上，哆哆嗦嗦地从棉衣里怀掏出一摞钱，默默递给老曹。老曹稍作犹豫，噔噔噔下楼了。护士说："谁给死者穿衣服？"老曹母亲要起身，房羽凡、曹娟一边一个摁着她的肩膀。我说："我来。"张立刚说："咱俩一起。"我看见曹娟悄悄拽了把张立刚的衣袖。曹娟说："小刚是化验员，懂一些医学常识，你就别跟着添乱了。"说起来，我这个所谓的化验员，还是得了我会打篮球的好处。局长是我们局的篮球队教练，看我人挺机灵，篮球打得又好，正赶上有这么个化验员的名额，一挥手，就给了我。没有经过任何的正规学习，只是在省粮食学校培训了一个月。化验室目前只有一个烘干箱，主要供局领导和业务科人员热盒饭。我的工作与医院唯一的共同点是我们都穿白大褂，戴白帽子。别的没了。

护士递给我准备好的一大盆酒精和一大捧棉花，叮嘱道："擦的时候，小心点，千万别把皮肤擦破了，容易感染。"我懵懂地点点头。房间里静悄悄的，曹叔的脸很安详，双手摊开，真的像是在睡一个松弛的午觉。擦拭曹叔身体的时候，我的手有些发抖，尤其那几个大的水泡，软软的，摇摇晃晃，我生怕稍有闪失，里面的脓血流出来。只有在擦拭曹叔的脸和干裂的嘴唇时，手才敢使劲。传不传染，我当时并没想。老曹回来了。我走过去，接过老曹捧着的寿衣，说："你也出去吧，我一个人没问题。”老曹不同意，执意和我一起给他父亲穿寿衣，说：“怎么说他也是我爹呀。”我说：“咱们谁跟谁，你还得办各种手续呢，医院一会儿就下班了，不然明天还得来跑一趟。”老曹含泪拍拍我的肩膀，点头出去了。

我们走出市传染病院的时候，已经是深夜了。街道上只有昏暗、混沌的街灯，天冷，风大，行人稀疏，老曹骑倒骑驴，上面坐着老曹的母亲，其他人推车或步行，拖拖拉拉，一大长溜。我们心情沉重，头埋着。月朗星稀，周遭只有杂乱的脚步声，偶尔有人控制不住悲伤，停靠在路边的树下啜泣，马上有人上前安慰几句，搀扶着继续走。

回到家，屋子里黑着灯，我摸黑进去想直接躺下睡觉，太困了。我妈发话了：“怎么这么晚才回来？”我低声说：“老曹他爸走了。”我妈揉揉眼睛，坐起来，拉了下灯绳，道：“这么快？”我爸也醒了，脸侧向我。我说：“是啊，谁都没想到。我下午看见他的时候，人还挺清醒呢。”我爸问：“那个老曹多大岁数？”我说：“应该不到五十，身体可壮实了，浑身肌肉块儿。”我妈说：“那更说明这个病不一般。”我说：“病名叫出血热。”我妈摇摇头，问：“谁给穿的寿衣？”我犹豫了一下，说是老曹。我妈长舒一口气：“传染病就得自己儿子穿寿衣，别人千万别近前。染上了，会要人命的。”我说：“穿个寿衣就能死人？你别吓唬人。”我妈说：“还记得不，你妈好歹在六二六工作过两年呢，也算懂点医。”六二六相当于现在的社区门诊，我妈的确在那里帮过忙，干勤杂。我妈是农村户口，一辈子没有正式工作，都是打零工。我难得听一次我妈的话，洗了手，又洗了脸，现烧的热水，手和脸烫得通红，有点痒，刺挠。直到我妈问我折腾啥呢，还不睡觉，才作罢。

我身子缩成一团，像母亲肚子里的胎儿。刚才在医院给老曹他爸擦洗身体的一幕幕，在我的眼前不断闪现。我双手抓紧被头，只露出半个脑袋喘气，感觉很冷，是身体内部发出的那种冷。七岁那年我第一次见过真死人，死者是我们院子里的老车太太。她丈夫在国民党部队当军医，后来逃到了台湾。“文革”初期，我们小孩子闲极无聊，经常往她做好的玉米面粥里撒沙子。老车太太患有白内障，看不清是谁，就坐在地上干嚎。有一天早晨，她上吊自杀了。晚上睡觉的时候，我不知怎么就想到了死亡的问题。当时老车太太已经七十多岁了，我在心里默算，再有九个这么长时间，我也会死，心里恐惧极了，眼泪不听话地流。我妈问我哭啥。我悄悄说给我妈听，我妈哈哈大笑，说：“你才这么大点，离死还远着呢。”但我还是倔强地哭个不停，被子都被我哭湿了。

我从家醒来，一看表，八点了，头不梳脸不洗，骑车去了单位，嘴里叼着块干面包，但还是迟到了。林科长堵在门口，怒气冲冲，左眼皮不停地跳。完了，一定是昨天我抽样造假的事情败露了。果然。他用夹香烟的手敲着我的额头：“说吧，怎么处理？”我不说话，头半低着。“扣除全月奖金。”我没犹豫点头说好。“你他妈的家里有钱啊？啊！赶紧去采样，你要是再敢‘抽条’，老子一句话就让你回粮店卖粮去。”我的这个化验员的工作来之不易，目前还属于借调性质，一年后才能转正。我连连点头，大赦般健步如飞地冲出去。我老老实实地挨家去粮店抽样，快六点了，才送到市局质检处。我打电话给林科长，说：“我明天无论如何得请假，送好朋友父亲最后一程。哪怕全年一天不休息都行。”林科长恼怒地说：“又不是你爸死了，用得着你这么尽孝心吗？”

我握着话筒的手在颤抖。那边的林科长过了会儿说：“下午必须来单位上班，听见没？”我嗯了一声。林科长撂了电话，啪的一声。我的眼泪在眼圈里打转，好一会儿才想起来屋子里只有我自己，委屈的眼泪簌簌地流了下来。

我到老曹家已经是晚上八点了。所有人都在忙碌着，我感到很过意不去，想解释，又不知道从何说起，只能不吭声。曹娟、房羽凡在屋里就着昏暗的灯光踩缝纫机，制作黑纱，白花堆了一炕，看见我，眼皮都没抬一下。我进灵堂对着老曹父亲的遗像鞠了三个躬。老曹披麻戴孝跪在炉膛烧纸，张立刚用炉钩子在旁边扒拉，以便火烧得旺一些。我说："你们忙活一天了，晚上好好休息，我来替你守灵堂吧。"老曹没说话，头低着。半夜，悼唁的人走得差不多了，外地来的亲戚朋友横七竖八地倒在炕上睡着了。剩下的人坐在角落，头枕手臂不停地打瞌睡。我独自守在塑料布搭起的灵堂，冻得瑟瑟发抖，只能不停地跺脚，用嘴巴冲双手哈气。天快亮了的时候，张立刚睡眼惺忪地出来撒尿，看见我，道："你一宿没睡？"我点点头，感觉身体其它部位已经僵硬了。"我去给你弄点白酒，赶紧灌几口，暖暖身子。"

老曹他爸约的是殡仪馆第一拨火化，因为是罕见的传染病，怕其他死者家属膈应，从而引发不愉快。所以老曹、曹娟、张立刚和我一大早从医院太平房把棺材抬上 132 汽车。整个过程很肃穆，没有人哭哭啼啼，怕耽误时间，就急着往王官屯殡仪馆跑。其余的人挤在另一辆大客车和面包车里。房羽凡跑过来非要上我们的车，老曹和我在车斗边，想搭把手拉她上来，但房羽凡把一只手递给老曹，抬眼看向老曹的同时，另一只手也递了上去。我只好尴尬地把手插回大衣兜里。

车一出传染病院大门，雪就毫无征兆地倾泻而下，伴着呼啸的北风，大而密集。我们五个蹲在车厢里，双手夹紧军大衣，本能地缩紧身体，头埋在两膝之间。过了会儿，我看见房羽凡的头死死扎进老曹的怀里，两只手插在老曹的军大衣袖子里。老曹的眼睛看向我，见我的头深埋着，就双手搂住房羽凡的脖子。接着我看见曹娟坐在张立刚的身前，两个人像两只袋鼠，一前一后，张立刚把曹娟包了个严严实实，密不透风。我不知道他们什么时候建立起来的这种关系，也许就是这两天，但之前应该有一定的基础。至于基础是如何打下的，什么时候打下的，我一无所知。

一种从未有过的孤单，围困着我，蹲着坐着都不舒服。我突然站起身，绕过老曹他爸的棺材，在汽车的颠簸中，摇摇晃晃地走到前方，双手抓住护栏，迎风而立。漫天的大雪模糊了我的视线。我使劲睁大眼睛，只感觉眼前白花花雾蒙蒙一片。雪越下越大，我脱下棉军帽，敞开军大衣。我想让风雪穿过我的胸膛，因为我的心里有一团火，我必须把温度降下来。落在眼睫毛上的雪开始眨一眨还能掉下来，渐渐结成了冰，封冻在一起。风在耳边盘旋嘶鸣。不知什么时候，我的眼里有一股温热从心底涌起，退下去又涌上来，冰封的世界终于逐渐解冻、融化。我的眼泪顺着这条突围出来的通道不停地往外涌。我不知道自己为什么流泪，但流泪总是有它的道理的。

下篇：多年以后

之后不久，我考入省粮食学校脱产进修两年。考试前夕，我多次拒绝了老曹和张立刚找我吃饭的电话，以“最后冲刺”的名义。多多少少也有躲避他们的意思，心里那股不太舒服的劲儿还没过去。我不擅长考试，总觉得考场跟我过不去，这次能被录取，对我意义重大。其一，我发现自己除了打篮球，并非一无所长，我也是可以成为好学生的。其二，我终于逃离了那个左眼皮跳个不停的林科长，他简直就是我的噩梦。其三，我有一种强烈的渴望，那就是逃离我的出生地，远离与我一起长大的同学、朋友。我想过一种全新的、未知的生活。

省粮食学校离我家很远，在远郊区，每个周末才回一趟家，跟老曹、张立刚见面自然就少了。接触的人层次高，心气也就水涨船高，想法和以前很不一样。渐渐的，对老曹、张立刚有点不屑，我觉得他们目光短浅，活得浑浑噩噩的。当然这些想法只存留在心里，我才不会傻到把心里话掏出来说呢。我觉得肚子里能存住话，是长大的一个重要标志。

两年后，我考取了北京师范大学。我犹豫着要不要把消息告诉他俩，但老曹不知从哪儿听说了，我们就在铜材厂对面的烤肉馆聚了一次。老曹和张立刚是下班直接来的，工作服都没换。上面印着醒目的“冶炼厂”，“重型厂”，都是鼎鼎大名的国有企业。过了会儿，房羽凡和曹娟也来了，挎着胳膊，穿得花枝招展的，戴着宽檐大草帽，像一对姐妹花，夏天嘛。我跟她俩很久不见，有些生分。她俩倒是不客气，盘腿坐在炕上，嘴里嚷嚷着，让大学生请客。我说：“本来就是我请啊，想吃什么，你们随便点。”

那晚的酒我们都没少喝。张立刚拍拍我的肩头说：“你行啊，越来越有出息了，也瞧不上我们了。”我说：“怎么可能，你误会了。都是一块儿长大的，谁不了解谁呀。”老曹拍拍我的另一边肩头，说：“你现在很少和我们见面了，叫你吃个饭跟求你似的。”我解释说：“主要是学习太紧张，抽不出空。你们又不是不了解，就凭我的那点基础，要是总出去玩，怎么可能考上北师大呢！”这么说的时候，我突然油然而生出一种自豪感。张立刚说：“鲁迅不是说过嘛，时间都是挤出来的。想见怎么都能见，不想见怎么都遇不到。咱们三个里头别看你年龄最小，但数你心眼多。”房羽凡、曹娟也适时地用筷子点我说：“数你心眼多。”说完两个人哈哈大笑。我心里不高兴，半天没说话。那顿酒，虽然当面没有发生争执，但言语上充满火药味是不争的事实，最后有点不欢而散的意思。

毕业后我留在京城，进了一家音像出版社，二十世纪九十年代中期，出版社被我承包下来，我成了老板。从事唱片制作、发行和歌手包装，也参与策划一些大型演唱会和电视台的综艺节目。姐姐也在北京，在中日友好医院当儿科医生。我很忙，一年到头飞来飞去。每逢春节，我就让司机开车把父母从老家接过来，一家人在北京过年。父母住不惯，想念他们的老同志老邻居，也想念打四一四的日子，过了正月十五，说啥也不待了。自打离开丰城在外求学，我很少跟老家的朋友联系，但也不是一点儿往来没有。老班长几次劝我加入同学微信群，我都以工作忙，占着个位置总不说话不合适为由，婉拒了。这些年做生意，我早已形成了自己的处事风格，那就是，与任何人交往都保持一拳以上的距离，既不过分亲密也不冷淡、疏远，既不让自己喘不上气，也给对方留一个自由呼吸的空间。

父母相继过世后，我每年回去给他们扫一次墓。我不是清明节回去，而是选在丰城下第一场雪后。雪后的早晨，空气总是清新的，天格外的蓝。墓园静谧肃穆，大地一片洁白，走在通往父母墓碑的小路上，我时常会想起“大地的恩泽”这句话。这样的场景让人心里少有悲戚，忆起来的往事温馨，带着旧时光的缓慢味道。出了墓园，我会开车去西塔冷面店吃一大碗冷面，那是我童年最真切的记忆，也是我至今最喜爱的食物。然后打包几样朝鲜拌菜，拌干豆腐、拌墨斗、拌明太鱼，留着回北京后早晨时就粥吃。

我就是在先后回丰城给父母操办丧事的时候，与老同学重新建立联系的。多年不曾谋面的同学都跑来帮忙，他们的热情让我感动，老曹、张立刚也来了，但此后我们三个的关系并没有重新变得紧密。跟其他同学也是，只是偶尔来往。有时候我扫墓回来，赶上心情好，就约几个同学吃个饭，一般当晚就走，很少住。我有一种莫名的感觉，丰城虽然看上去与北京、上海、深圳等大都市无异，也是高楼林立、人来车往，但总觉得这里到处飘荡着衰败、腐朽的气息，失去了记忆中朝气蓬勃的阳刚之气。有时候是他们听说我回来，打我电话，不让走，一约都是一群人，男男女女满满一桌子。我尽量安排张立刚、老曹坐在我的左右手，但这种闹闹哄哄的场面，我们并没有过多的机会交流，彼此间多少也有点回避深聊。有时候我想主动提及老曹父亲去世前后几天发生的事情，但话到嘴边，又不知如何说起，也怕引起不愉快。

我的这些老同学问我结婚了吗，有小孩了吗，之后就此打住，不再往下问了。他们知道我在北京做生意，开唱片公司，但从没人打听过，我的生意怎么样，赚钱还是赔钱。好像我只是一个过客，一会儿就要转身继续漂泊，我生活得怎样与他们无关。只有老班长问过我一句话，至今记忆犹新。他问："你在北京买房了吗？"我说："买了。"他说："能在北京买套房不容易，说明你在北京站住脚了。"然后使劲跟我碰了一杯。至于房子在什么位置、多大，都没细问。但我相信，他们不可能一点儿不关心，只是我的同学大多混得不太好，一旦问起来，他们的心态可能会失衡。东北有句老话：恨人有笑人无。看在你远在北京的份上，没挤兑你就不错了，想让我们当面夸你，做梦去吧。我的同学们可能会这样想。

再就是同学来北京，有的是出差，有的是一家人到北京游玩。只要在北京我都会尽地主之谊，请他们吃顿饭，但也仅限于此。除非有人主动提出，或暗示我帮忙安排一下住处，我也会解决，如家，或者我公司附近的酒店。相比于如家，酒店的条件略好一些。由于是协议价，二者价格相差并不大。钱自然是我掏，但见了面，他们总会手里攥着一小摞钞票，跟我推搡一番，末了，说一句："等你回丰城，我开铺。"就是"安排"的意思。

再多的我就做不到了。毕竟北京南来北往的人多，公司也忙，陪不起。就这，也有人回去有意见，安排某人比我的条件好，到处说。我听了有点烦，觉得都这么大岁数了，怎么还跟小孩儿似的。不愿意多见，也是因为在一起时间长了不知道说什么。关于学生时代的"过去"，翻来覆去就那么点破事，来一个重复一回，厌倦了。我的同学大多在工厂当工人，丰城是全国最著名的重工业基地，九十年代中期经济就陷入不景气，现在要么下岗，要么快退休了。他们关心的是退休金、低保、彩票，或怎么想办法换个大点的房子，而这些都离我太远，插不上嘴。我坐在他们中间，经常觉得我们不像是边儿边儿大的发小，甚至不是生活在同一个年代，无论面临的问题还是思考问题的角度。

我最多一次接待过六个同学，都是男同学，但每个人都带了老婆孩子，甚至孩子的男朋友或女朋友，加起来将近二十口人。是老班长张罗的，他在电话里说："老同学，之所以组团是我们几个前后脚办的退休，子女孝顺，想带我们出来放松放松。吃住，孩子都在网上安排妥了。我知道你忙，但我们班只有你在北京，不打声招呼说不过去。也怕你挑理，单纯就是想见见你，没别的意思。"我说："没问题，随时欢迎。"这么多人相当于一个小型旅游团，打车、坐地铁、公交，去哪儿都不方便，又不是一天，是三天。万一路上出点事，丢一个少一个，我也脱不了干系，就帮他们租了辆丰田大巴，让公司新来的小助理全程陪同。

他们到的那天，我在北京站出口等他们。好家伙，每个人都带着大包小包，行李堆起来像座小山，不知道的以为他们是来打工的。见了面，每个人都从老远冲上来与我热烈拥抱、摇手。拖拖拉拉，从出站口到新闻大厦，几百米的路，走了半个小时。他们见到大巴车，非常兴奋，说我想得太周到了。他们在火车上还在发愁，这么些人可咋办呢？小助理是个女孩子，大学刚毕业，南方姑娘，长得很秀气。她专门制作了小旗帜，三角形的，色彩鲜艳。一个人举着小旗帜走在前面，蹦蹦跳跳的，很活跃气氛。

晚上，我安排他们在老北京饭馆便宜坊吃饭，点的都是老北京特色菜。烤鸭先后就要了五只，一个个吃得满嘴牙子冒油，但炸酱面基本没动，说是比不上丰城的老四季，更不如西塔冷面顺口。开始他们到了饭店门口都不进去，老班长抬头看着招牌笑，说:“老同学你这是啥意思啊?这么大的老板，就带我们吃便宜的，也太小抠了吧。”我解释说：“便宜坊是老字号，是方便宜人的意思。”老班长说：“这个便字是多音字，容易让人产生误解。我们虽然不知道这家饭店的来历，但也知道你既然能领我们来，就肯定差不了。名字归名字，逗你呢。”

我上厕所的时候，老班长跟出来，说:“待会儿吃完饭还有啥节目？”我没想到他这么问，因为他们都是带老婆孩子来的，就说：“你们想玩什么，尽管说，我负责安排。”他说：“好不容易出来一趟，不玩玩白瞎了。钱各付各的。”他用手比画了一个话筒的形状，我说：“明白。”他拍拍我的肩膀，说了句粤语：“毛门台。”九点多，老班长拍拍手，说：“今天老婆孩子们一路舟车劳顿，都挺辛苦，你们回去休息，我们几个陪老同学再出去烤点串，叙叙旧，盛情难却呀。”他们媳妇嘴里向我道谢，眼神却并不友好。我心虚地率先出门，去结账。果然不便宜，两桌，干进去我五千多块。

包房是最大的，三个八，这里足够举办羽毛球比赛，那些服务员如果充当啦啦队队员，在旁边载歌载舞都没问题。老班长趴我耳边问:“北京的贵不贵？”我说：“还好，你不用管，放心玩就是了。”老班长啪地拍了我肩膀一下，说：“同学情谊是最弥足珍贵的。”我不知道我的老同学怎么都喜欢拍别人肩膀，满手的老茧，挺疼的。他们喝酒、掷骰子，麦克风一刻都没闲着。东北人个顶个是唱歌高手。这些年，东北贡献了大量的通俗歌手，从毛宁、那英到孙楠、孙悦。嗓门大，调门高，还喜欢在一首歌的结尾处加修饰音，一口气能“啊——”出很远。脸憋得通红，脖子上青筋暴跳，身体与地面呈 45 度角，双手握麦克风，像捧着一颗带把的心。

吃饭、唱歌、桑拿，一条龙，是我们生意场上陪客人的老三样，我早已厌倦透顶。我带客户洗桑拿，也就是搓搓澡，简单按个摩，不干别的。客户想干什么随他们的便，最后我付钱就是了。主要是不习惯，我受不了跟一个陌生女人在促狭的空间里黏黏糊糊，她就是长得像朵花也不行，没反应。不是装纯洁，这年头装给谁看呢？但也没有上升到道德尊严的高度。

我走出去，到外面透透气。道路湿漉漉的，洒水车正在经过，街灯璀璨，我沿着东直门外大街慢悠悠地踱到使馆区，又返回来，觉得时间过得很慢。回来的时候，屋子里还是吵吵闹闹，一个个东倒西歪，空气更加浑浊了，有点喘不上气。我悄悄对老班长说："明早我出差，得回去休息一会儿。钱已经结过了，明天的车也安排好了，有什么事让我的助理办，她全程陪同你们。"老班长送我出来，说："弟兄们玩得都很嗨皮，让你破费了。"我说："哪里的话，咱们谁跟谁呀。"我也顺势拍拍他的肩膀。这一拍，我仿佛回到了旧时光。

三天后，小助理回到公司，脸拉得老长，我问她是不是太辛苦。她说："辛苦倒是其次，讨厌的是，他们总是拿我的口音开玩笑，还有人偷偷掐我屁股。"我能说什么呢，只能说对不起。小助理说："每天我和司机按照约定的时间在宾馆前等他们，一等一个多小时，连句客气话都不会说。稍不满意就说，把你老板喊来，或者我马上给你老板打电话。特气人。"小助理问："老板，你跟他们真的是同学吗？"我说："是的，我们是从小学到中学的同学，一块儿光屁股长大的。"小助理气哼哼地说："这也间接验证了一个妈生的孩子，也是千差万别的。老板，这种事下次能不安排我陪吗？"我说："不会再有下次了。"

老班长在回程的火车上高声告诉我："这次出来玩得很尽兴，大家伙儿都很满意。我会把你的热情转达给同学们，告诉他们你在北京很成功，办事有里有面。你的深情厚谊比海深比蜜甜。”他的腔调像赵本山。接着每个同学都抢过话筒与我交流，分不清谁是谁，满嘴的车轱辘话，感觉他们在火车上正在喝酒。我想起北岛的一句诗：多年以后，酒杯与酒杯相碰，发出的都是梦破碎的声音。

一年后，张立刚打我电话，问我在北京不。我说："在，有事吗？"他说："最近准备去趟北京，带老婆孩子。"我说："好啊，欢迎。"上次那一大帮同学来之前，就是张立刚事先给我通风报信的。他说是同学聚会吃饭时闲聊起来的，有人张罗去北京玩，就自然说起了你。估计这两天老班长会打你电话。如果不想见，你就说人在外地，一时半会儿赶不回来。人太多，不好伺候。我说："都是发小，我怎么好意思撒谎呢。"张立刚沉默了一会儿，没有说话。我问："你怎么不跟他们一块儿来？"他说有点私事，比较棘手。等以后有时间，专程登门拜访。之后我打电话问老曹，老曹说抽不出空。

我想问张立刚，你来怎么不叫上老曹，你们两家人一起来多好。但既然张立刚没主动说，肯定有他的道理，就没多嘴。我问："你到北京想玩什么？可否提前告诉我一声？我好安排住处。"张立刚倒是没客气，说："主要想看升国旗，给儿子加强一下爱国主义教育。我儿子要出国了。"我问："去哪儿啊？"他说："坦桑尼亚，搞建筑，职务是总经理助理。年薪三十万。还想去趟故宫，再有就是转转鼓楼、后海、南锣鼓巷。"我说："那就住交道口附近吧。离你想去的几个景点都不远。"我告诉他出了北京站怎么坐地铁，我在哪个口跟他碰头。但张立刚说："我想先到你家看看。"我说："用不着，你们随身带着行李，不方便，改天。"他说："不不不，我给你带了点东北特产。"我说："那也不用这么着急。"他说："挺沉的。"我问他："什么东西？北京啥都有，犯不着特意带。"但他坚持，而且要当天送给我。我只好说："那好吧，你从鼓楼地铁站下。"

张立刚一家三口到的那天，我骑自行车去鼓楼地铁口接他们。我之所以没有去北京站接，是因为，之前别的同学来北京我都是让他们出了火车站坐地铁，然后在约定的地铁口外碰面，除了人多那次。东北人爱挑理，万一他们哪天见面说起来，怎么接他不接我，犯不着。张立刚一家人出地铁，看见我推着辆旧自行车，在台阶上怔住了。我笑着和张立刚握手，又冲曹娟点点头，说了声："嫂子好！"曹娟胖了，脸圆嘟嘟的，双手腼腆地叠在身前。他们的儿子也胖，肉墩墩的，大高个。张立刚让他喊我刚叔。小伙子瓮声瓮气地嘟囔了句什么，我没听清。

这辆车是我大学毕业那年买的，凤凰二八加重，现在街上已经看不见这种自行车了。当年我在北三环的音像社上班，租的房子却在南三环的道边，全程十公里，风里雨里就靠它了。那是段艰难的日子，许多说不出的委屈都是在骑车的路途中消化掉的，有感情，几次搬家都没舍得扔。车保养得很好，我时不时地用抹布擦擦，加点机油。我经常骑车到一公里外的菜市场买菜，方便，也不会有人偷。由于我住鼓楼旁边，是市中心，交通便利，各种口味的饭馆都有，朋友约饭都喜欢约在我家附近，离谁都不远。不想走路，我就骑车赴酒局。

我让张立刚把旅行箱放在自行车后架上，推车边走边说："就几分钟的路。"旧鼓楼大街很宽敞，但一拐进胡同，道路就变得狭窄、混乱，到处堆放着砖头瓦块，电动车、自行车胡乱停放。里面的门脸开着许多小店，配钥匙的、理发的、清洗油烟机的。进了小区，在我家楼栋口张立刚站住，四周望望，问我："你的房子多少钱一平方米？听说北京的房子挺贵。"我说："十五万左右。"之前有人来我家也问过，我尽量往少说点，尤其是从外地来的。我的邻居不久前刚卖的房，一平方米十六万，户型不如我的。张立刚、曹娟和他们的儿子同时张大嘴巴，疑惑地看着我。我知道丰城好的地段才一万出头。他们吃惊并不奇怪，换了我也一样。小区很小，只有四栋楼——两栋老楼、两栋新楼，都是六层。院子里除了车位，几乎没有绿地，楼与楼的间距不到十米，几棵孤零零的树，看上去很不起眼。但鼓楼一带几乎是北京最好的地段，按北京人的说法，我是住在龙脉上。

张立刚给我带的是西塔冷面，塑封的，但保质期只有三天。西塔冷面可以说是丰城为数不多的至今仍然火爆的老字号。张立刚带了十袋。我苦笑："我就是一天三顿也吃不完呐。"张立刚说："你可以跟你媳妇一起吃啊。"我说："我媳妇是南方人，吃不惯。"张立刚说："东北人实在嘛，带少了怕你挑理。"还有一大包明太鱼干，一打开行李箱就是一股腥臭味，我赶紧打开窗子。又找出塑料袋，足足裹了五层，还是不行，只能放进厨房的储物柜。张立刚一家在我的房子转了一圈，问："你家几口人？"我说："两口，儿子在外地念书呢。怎么了？"张立刚说："那我们干吗还要住宾馆？"我说："只有一间客房，我们夫妻住一间，另一间是书房，没法住人。"我家是三居室。张立刚说："我可以住客厅沙发呀。"我说："主要是怕你们不方便。住宾馆，你们想几点起就几点起。"我回丰城，同学也有人让我住他家，说住宾馆最不划算了，不就是睡一觉嘛，好几百块，不值当。在他们的观念里，吃饭穿衣花钱没问题，睡觉有个地方就行，但我不行。

我媳妇回来了，进屋就抽鼻子，问："什么味儿？"我说："明太鱼干，东北特产，下酒的。我同学特意从丰城带来的。"之前我告诉过她，有同学要来，但没细说，觉得没必要。我给他们做了简单的介绍。我媳妇热情地请他们落座，削水果、沏茶，然后问："你们一会儿家里吃还是去外面？在家，我这就出去买菜。"我说："去外面。"张立刚说："在家吃吧。"我说："你们坐车折腾一天了，太辛苦。改天再来家里吃。"

我媳妇说："你们慢慢聊，需要什么叫我一声。"转身去了书房。张立刚问："弟妹一会儿不去跟我们吃饭？"我说："不，她从不跟我的朋友一起吃饭。"事实的确如此。我跟她过了这么些年，她的朋友我几乎不认识，我的朋友她也一样不认识。她如果晚上在外面吃饭，事先打个电话就行了，我从不问跟谁、几点回家。我们不干涉对方的生活。她的朋友来我家，她会提前说，我把家收拾干净，洗好水果，在她们进门之前就出去了，碰上也无所谓，顶多打声招呼，但绝不坐下来闲聊天。我们的关系很和谐，平时各忙各的，也各玩各的。我们觉得这样很好，很舒服。一年到头，我们两口子难得吵一次架。在别人眼里，我们一直是模范夫妻，但我们并没有真正意义上的交流。她在政府部门工作，我甚至都不知道她什么时候提拔的处长。

我们去交道口的猜火车吃饭。我和张立刚每人拉着一只行李箱走在前面，穿胡同。张立刚说："这里怎么净是平房，丰城的平房全部拆除了。"挺骄傲的样子。我说："政府拆不起平房，一平方米三十万，人家都不走。你想想，一家也就十几二十几平方米，五环的房子都买不起。"他又问："怎么楼都是矮趴趴的？"我说："二环内不让建高楼，六层封顶。"他问我为什么。我说："这个我还真不知道。"

猜火车是餐吧，在京城文艺圈大名鼎鼎。老板贺州是我的朋友，北京人，早年混迹于音乐圈，写乐评搞乐队，五十岁了，头发还齐肩长，用一根猴皮筋扎着，但也就老鼠尾巴那么粗，跟我的公司有过不少合作，关系融洽。人能张罗，嘴甜，文化圈的大事小情没他不知道的。说起话来，喜欢撩头发帘，手势丰富，满嘴丫子冒白沫，有点口吃，但特别愿意在人多的时候表达。我之前打电话让他给留张靠窗的桌子。窗外绿草如茵，灯光璀璨。室内环境雅致，桌布雪白，婉约的花瓶里插着玫瑰花，淡蓝色碗碟，墨色竹筷。曹娟捂着胸口，情不自禁地说了句："太高档了，好浪漫啊！"语气像个不谙世事的小姑娘。张立刚说："咱们换个地方吧，我习惯大碗喝酒大块吃肉。"我说："他家的菜是云贵风格，尝尝吧，换个口味。"他们这才不说话了。

对面墙上挂着一幅画，是油画，一整面墙，说巨幅都不夸张。一个女人薅另一个女人的头发，薅人的泪流满面，被薅的充满歉意。差不多每一个头次来的人都要驻足观看，然后若有所思地离开，但很少有人发问。周六周日下午放电影也在这面墙，取而代之的是一块白布。电影都是文艺片，以欧洲为主，其次是中国的独立电影。文艺青年从四面八方赶过来，一人一个小板凳，肃穆安静，像小学生。看后，文艺青年并不在这里吃饭，吃不起，而是到胡同口吃麻辣烫。我几次想问这幅画是什么意思，又怕贺州说我庸俗。不是用嘴，而是用眼神，加以耸肩、摊手，那会让我羞愧难当。

我们刚坐下，张立刚的儿子就喊："那英，那个人是那英！"声音很大。果然是那英，那英也听见了，往我们这边看，也看见了我。这种场面最让人尴尬了，因为来的人，大多是见过世面的，相互之间甭管有多大名气，只要不熟悉，绝不主动开口。我硬着头皮走过去，那英夸张地给我一个拥抱。我说："老那，好久不见。"那英说："是啊，你公司还好吧？"我说："一般化。"孙楠也在，看见我，主动伸手握握。我说："你们忙。"摇摇手，往回走。

张立刚夫妻一直站在桌子前，说："你真的认识他们？"我说："也就是认识，好多年了，都是一个行当，又是老乡，但没什么来往。"张立刚说："能让我儿子跟那英合个影吗？"我说："等会儿我看看情况。"曹娟说："万一一会儿走了呢？趁他们现在还没吃饭。"我想想也是，就带张立刚的儿子过去，对那英说："打扰下，我朋友的小孩儿，要出国了，想跟你合个影。”那英说：“没问题。”我用手机给他们照相。一回头，张立刚夫妻站在身后。我说：“你们也来，一起吧。”合完又跟孙楠合。尽管我觉得很没面子，但也只能配合。

回到桌上，我刚点好菜，贺州穿着大裤衩，趿拉着拖鞋，笑嘻嘻地走过来，坐下，还用屁股拱拱我，手里拿着一张纸。贺州说：“我这儿新上了三江狗肉火锅。老那他们今天就是冲这个来的。”我问张立刚：“咱们也来一个怎么样？”张立刚说：“听你的。”东北人爱吃狗肉，但与贵州的做法不同。贺州说：“哥们儿刚写了一首诗，绝对牛 ×，我给你念念。”不等我说话，他清了清嗓子，旁若无人地站起来。“当时间成为灰烬，身体成为灰烬，不要一点儿人间信息，此刻，枯木逢春只是一种妄念。只有语言的微光，隐隐敲响，每一个念头上的睡莲。此刻，只要打开一扇窗户，我的身体就有一只鸟，飞向往生。”贺州边念边一只手在空中旋转、上升。高潮处，他跳到了椅子上。张立刚一家人身体后仰，捂住嘴巴，又不好意思笑出声。

贺州站在椅子上问我：“怎么样，牛 × 不？”我说：“我要是不说你牛 ×，你会不会一头撞死？”贺州说：“敢说我的诗不牛 × 的人，都是傻 ×。”然后跳下来，一甩头，说：“你们慢慢聊，我给别的桌朗诵去。”我说：“给老那吗？”贺州回头，站定，皱起眉头，一只手挡在嘴巴前，小声说：“她们唱通俗的，没文化。”然后，扭着屁股，故意走得很潇洒。张立刚摇摇头说：“这人没毛病吧？”我说：“他比猴儿都精。这样的人在北京多了去了，尤其是文艺圈。”张立刚说：“他真的是这里的老板？”我说：“是，你以为这里的老板就得是绅士？”张立刚说：“看不懂。”我笑着说：“不懂就对了，也不用懂。每个人都有各自的活法儿，高兴就好。这也是北京有别于其它地儿的一大特色。”

第二天晚上，我和张立刚一家约在安定门地铁出口见，七点半。张立刚一家从早晨起便看升旗逛故宫，然后到后海、南锣鼓巷，折腾一天了，我问他：“累不累？”他说：“不累。”我们去吃饭的地方在国贸附近，卓雅大厦的顶层，潮汕火锅城。二号线倒一号线，人很多，出地铁正赶上CDB的白领们下班，花枝招展的美女迎着我们，得不停地闪躲。卓雅离地铁并不远，但感觉远。

火锅城的视野很好，满眼高楼大厦，错落有致，高高低低。我让他们点菜，他们都摇头，让我代劳。我点完说：“不够，你们想加什么，随时。”我问他们：“今天玩得怎么样？”张立刚说：“挺好，比较充实。明天想去八达岭长城，儿子说不到长城非好汉。怎么也得爬一次。”我说：“路不近，但主要是堵车。要不你们开我的车。我明早把车送你们宾馆楼下。”张立刚说：“你有车？咋不早说，我以为你不会开车呢。”大概张立刚想到了我接他们的自行车。我说：“有啊。”张立刚说：“什么车？”我说：“奔驰，怎么了？”张立刚说：“那我们跑这么远来吃饭，你怎么不开？”我说：“平时我不爱开车，主要是周末去怀柔开。坐地铁比开车方便，北京的地铁很发达。我要是开车，现在还到不了呢。”张立刚问：“你在怀柔还有房子？”我点头。张立刚问：“什么房子？”我说：“别墅。”张立刚一家人有一会儿没说话，闷头吃饭。我看桌子上的菜吃得差不多了，问他们：“加点什么菜？”他们说：“够了够了。”边揉肚子边摆手。

张立刚说：“要知道你有空房子，还有车，我们一家干吗住宾馆啊，这不是糟践你的钱吗？”我说：“怀柔是郊区，开车往返很耽误时间，路你又不熟悉。有那工夫你们可以多玩几个景点。”张立刚说：“那也比住宾馆强啊。两个房间，一天一千多块呢，我跟服务员打听过。我们的时间不值钱，这扯不扯。”我说：“外地来的人都愿意住市中心，去哪儿都方便。”

打车到了宾馆，张立刚说：“我们在旁边烤点串吧。”我说：“你没吃饱？”张立刚说：“还差点。”张立刚幽默地用两根手指比了一个高度。“那你们也没吃饱？”我又问曹娟母子，他们不说话。我说：“你们怎么不点菜？菜谱我特意留一份放在你们身边。”张立刚说：“我们习惯一次性点菜，又是在北京，不好意思。”我说：“咱们谁跟谁呀，这不是瞎客气吗？”张立刚说：“现在不是都长大了嘛，又老不见面。多少还是客气点好。”

我只好跟他们下车烤串，在路边。尘土飞扬，地上到处是竹签，纸巾一团团地在地上奔跑、追逐。张立刚坐在小板凳上，挽起裤腿，又挽袖子，感觉他舒服多了；曹娟和儿子也放松，大着嗓门点菜。张立刚举起酒瓶子跟我撞了一下，说：“实不相瞒，我来过北京。”张立刚前几年在自家楼下开过一家麻将社，每个月给派出所管片的协警一条玉溪烟，但协警得寸进尺，越来越勤，两人吵了一架，协警打了张立刚两个嘴巴，张立刚当场倒地，口吐白沫。后来张立刚拿着医院证明告他，一直告到北京。一告就是三年，所以来过北京很多次。张立刚说：“一大帮同学来北京那次，我还是被限制来京对象呢。”

我说：“你来怎么不跟我说一声？”张立刚说：“我那时候比要饭的都惨，灰头土脸，兜儿比脸都干净。见你干什么？还不够丢人的。”我问：“告赢了吗？”张立刚说：“告不赢我跟你提这事干吗？钱刚拿到不久，赔了我三万，我才有心思带一家人出来玩一趟。”他笑了，挺自豪地干了一杯。

张立刚喝多了，摇摇晃晃的。我打着哈欠说：“我得回去睡觉了，明天一大早给你来送车。”我站起身，张立刚不让我走，拽我没拽住。我在街边拦了辆出租车跑了。

张立刚回丰城不久给我发来一条信息：我儿子说，三年后从坦桑尼亚回来，想去北京发展。也许那里才有他想要的生活。

我想了很久，回复道：三年是一段很漫长的时间，其中变数很大。到时候再议不迟。

走出丰城北站西出口，我看见老曹站在对面马路的桑塔纳车前，叉着腿，手指夹根烟冲我笑。老曹的头秃了，左侧仅有的几根打了发胶的头发，穿越头顶，紧贴在右侧的头皮上，像一道道铁丝网。我俩互相拍拍肩膀，没说什么。我坐副驾驶。老曹递给我一根烟，说："咱们直接去王官屯？"我点头。昨天早上，老曹打电话说："你不是每年下第一场雪都要回来，给你爹妈扫墓吗？"我说："是啊。怎么了？"老曹说："天气预报说，明天有大雪。你回来吗？"我犹豫一下，说："回，反正这段时间不忙。"老曹说："我开车去北站接你。"我不知道老曹怎么突然打电话给我，之前从没有过。感觉他事情找我，什么事呢？我有些好奇。

我问老曹："你每天忙什么？""我这把岁数还忙啥，我一天就干三件事，打麻将、喝酒、泡澡堂子。"老曹说完，又问，"你公司的生意怎么样？"我说："一般化。我现在是半退休状态，不太管日常工作。"老曹问："那你还是老板吧？"我说："是，有事吗？"老曹说："没什么，随便问问。"

快到王官屯墓地，我让老曹停车，想在路边小店买点纸烧。老曹说："我接你之前都准备好了，你啥都不用管。"车停在王官屯墓地门前，老曹打开后备厢，拿出两个大袋子，一手拎一个。我想接过来，说："你坐在车里休息，我一会儿就回来。"我不喜欢父母墓地有别人，别扭。老曹摇摇头，不说话，默默地走在我身后。我就不好再多说了。到了我父母墓前，老曹打开其中一个袋子，里面有小瓶白酒、罐啤酒，塑料盒里装着鸡蛋炒西红柿、香肠、芸豆炖猪肉和尖椒炒豆皮，把墓碑上下摆得满满当当。我都看傻了。我平时一个人来，只买些烧纸，然后在墓地的台阶给父母点上烟，我也点一根，在袅袅升起的烟雾中，我与墓碑上父母的名字对视，在心里跟父母说说话。我说："你这是干什么，多麻烦啊。"老曹说："没事，第一次来，隆重一些是必要的。"我在父母墓碑前蹲着抽了根烟，脑子一片空白，想不起要跟父母说什么。老曹在我旁边不停地拿手机拍照，前后左右，搞得我心有点乱。

随后，我俩去给我爸妈烧纸。老曹打开另一个袋子，掏出来的有三层的楼房、奔驰轿车，还有几个花枝招展的小人，当然都是纸糊的。老曹一边烧纸一边嘀嘀咕咕："大叔大婶，你们儿子来看二老来了。我是你们的大侄子，老曹，还记得吧。那边钱够花不？房子给你们造好了，三层的，别墅，独门独院，肯定够住。一个厨师，一个护士，一个打扫卫生的，还有一个是花匠。车是奔驰，敞篷的。没事开出去走走，别老闷在屋里。"如果不是给我父母扫墓，听到老曹这套嗑儿，我会憋不住笑出声。老曹问我："你说点啥不？"我抽着烟，摇摇头，心说，话都让你一个人说完了。老曹继续说："缺啥了给小刚托个梦，他是大忙人，北京又远，他没空，我给你们送。一脚油的工夫，不算啥。"

回去的路上，老曹笑着说："今天买酒的时候，突然想起来，我跟你爸还单独喝过两次酒呢。"我说："啥时候？"老曹说："好些年了。我下班找张立刚喝酒，带着鸡脖子、猪蹄，他单位临时加班得晚点回来。我馋啊，等不及。你家不是在张立刚家对面嘛，就去找你爸。我们爷俩儿喝。那时候你妈刚去世不久，你爸挺孤独的，看见我很高兴。你爸一直挺喜欢我的，记得不？"我说："记得，不太喜欢张立刚。"老曹说："你爸妈不愿意让你和他玩，但也不是完全不让，是觉得他油嘴滑舌的。我和你爸喝酒也没啥可唠的，各喝各的。我记得那两次去你家，天气都很好，傍晚的夕阳斜照进来，屋子里亮堂堂的，你爸气色挺好，侧逆着光，眼睛半眯着。酒喝得很尽兴，主要是我，你爸不多喝，一顿二两，怎么劝都不喝了。我就带着剩菜再去张立刚家接着喝，两次都是这样。你爸提起你，说你当年考到北京，有出息，很自豪，说他做梦都想不到，你怎么突然就读书开窍了呢？”

老曹领我去了一家烧烤店，以烤黄蚬子闻名。我俩进了个挺大的包间。我问：“还有谁？”老曹说：“就房羽凡和我儿子，没叫别人。大厅太吵，包房说话方便。”老曹看了一眼手表，叹口气说：“铁子，咱们都不是外人，实话跟你说吧，我和张立刚最近闹了点不愉快。”说完，看了看我，见我没反应，又低头看下手表，“我妈早就瘫痪了，这些年一直住我家，由我照顾。前些年动迁，我把房子卖了。钱，一个是给儿子去韩国读书用，另一个是我拿去抚顺开了饭店。老四季记得吧？”我说：“记得。便宜，碗大。一碗恨不得顶别人家两碗。”老四季的面是碱面，有嚼头，汤是乳白色的，真正的鸡汤。丰城面馆的汤一般都重色，使劲往里加酱油。老四季还有一个特色就是鸡架，也是白色的，纯鸡汤煮出来的，看着干净，与熏鸡架、烤鸡架不一样。蘸料是榨菜、香菜。老曹说：“老四季在丰城开了许多分店，咱没抢上槽儿，只能去周边发展，加盟店。这样，我妈才住在我妹妹家。饭店生意还不错，我整天没啥事，就偷摸在当地处了个铁子，被房羽凡抓了现行，天天跟我闹。又赶上我妈去世，就把饭店关了，回到丰城。我妈走得突然，没有留下遗嘱。剩了套房子，小两居，五十平方米。还有三万多块钱。我弟弟小军在云南倒腾茶叶，说财产怎么分，你们定，我怎么都行。话说的敞亮。我跟张立刚商量，把现金给了小军。我没地方住，就想要房子，我跟张立刚说，我开饭店赔了，就剩下十五万，全给你们，房子归我。这个要求不过分吧。我妈我照顾六七年，再说，咱们东北有句老话：老儿子大孙子，老太太的命根子。对不对？但张立刚说回去跟曹娟商量商量。商量啥呀，他们家的事，从来都是他做主，这不明摆着不同意吗？后来就闹僵了。现在还在法院打官司呢。当年他开麻将社都是从我这里拿的钱，我连眼皮都没眨一下，够意思不？我万万没想到张立刚能这样，不就是中间差几万块钱吗？至于吗？我想不开。所以那次同学去北京，我就没去，怕张立刚也去，碰上尴尬。”

房羽凡推门进来，身体后仰，双手一拍，冲上来给我一个拥抱，说：“你一点儿没变，还是这么瘦，像根灯绳似的。看看我，还能认出来不？”房羽凡站直身子，头歪着。一瞬间我竟想不起她当年长什么模样了。我顺嘴说：“你也没变，还是那么漂亮。”老曹脸绷着说：“你们这么亲热，作为男子汉大丈夫，我有点嫉妒。”老曹一向很幽默。

房羽凡的头发黝黑黝黑的，一看就是刚染过，脖子上围着花纱巾。后面跟着个大小伙子，一看就是老曹的儿子，大眼睛，也是水汪汪的。穿着肥大的卫衣，歪戴棒球帽。房羽凡说：“我儿子，来，叫刚叔，你爸最好的朋友，一起光屁股长大的。现在在北京开唱片公司呢，大老板。”我说：“哪里哪里，小本买卖。”老曹让房羽凡和他们儿子坐在我的左右，他自己坐我对面，我叫老曹挨我，老曹说：“我负责点菜。你们唠。”老曹对儿子说：“上学的时候我俩才是一个班的。真正的同学。”我说是。房羽凡说：“小刚小时候可腼腆了，他要是当时胆子大点，可能我们俩就在一起了。是不？”我笑笑。房羽凡对儿子说：“要是那样的话，现在就没有你了。你还不知道在谁的腿肚子里转筋呢。”房羽凡说完拍着老曹的肩膀，哈哈笑，老曹和他们儿子也笑。

老曹问我喝什么。我说：“啤的。”房羽凡说：“不行，这么多年不见了，必须喝白的，老龙口。你问老曹，我都多少年不喝酒了。”老曹说：“老同学发话了，你看着办。”我说：“好吧，喝白的。”房羽凡给我和她自己每人倒了一满杯白酒，给老曹到了小半杯。我问：“啥情况？”一到丰城，我的东北口音就出来了。老曹说：“我少喝点。心脏不好，去年搭过桥。三根。”我说：“那你别喝了。”老曹说：“你来，怎么地也得喝点，心意还是得到。”我说：“你儿子不喝点？”房羽凡说：“我们不许他喝酒，得保护嗓子。往后我儿子就指望这副好嗓子赚钱养家呢。”老曹笑着说：“别张口闭口我儿子我儿子的，他也是我的儿子。”房羽凡说：“你别打岔。小刚，你的公司都签什么类型的歌手啊？”我说：“主要签通俗歌手，现在 CD 不赚钱，只能靠演出，上综艺节目。”房羽凡说：“咱们都不是外人，我就直说了。我儿子长得溜光水滑吧，除了屁眼儿有个疤瘌，啥毛病没有。”房羽凡说得自己都笑了。

房羽凡跟我碰了一杯，继续说：“还有，我儿子从小就有音乐天赋，我们也定向培养，钱花老鼻子了。还上过丰城的春晚呢。学习不行，我们就送他去韩国，韩国音乐不是发达嘛。我儿子在他们学校有个组合，老师说我儿子的唱功比别人高出一大截，就让他单独出来发展。现在孩子马上要毕业了，想让你给指指方向。要是能签约你的公司，那就是幸福带拐弯了。”我说：“你有他演唱的资料吧？”房羽凡说：“手机里有，你听听。《我怎么哭了》，费翔的。人家都说我儿子长得像费翔。”

歌放完了，他们一家三口看着我问怎么样。我说：“挺好，真的挺好。”老曹儿子的嗓子不错，甚至可以说很好，但就是听不出独特的味道，这样的小歌手，北京一抓一大把。我对房羽凡说：“我回去想想，看他适合往哪个方向发展。你多给我发些资料过来。”我和房羽凡加了微信，也想加老曹，但老曹没有。

出了饭店，我走路有点打晃，看来是喝多了。外面在下雪，在明亮的街灯下，雪花舞动得很慢，很飘逸。房羽凡搀着我说：“就这么点酒，你没事吧？”我说：“没事，睡一觉就好了。”我看见街对面是希尔顿酒店，就说：“我今晚住这里，早点休息。”房羽凡说啥都要送我过马路，进了酒店，房羽凡一个箭步，抢着去服务台开房，老曹和他儿子一边一个拉着我，不让动，只能随她。房羽凡给老曹和儿子使了个眼色，让他俩在下面等，自己扶我上电梯。房羽凡说："咱们都不是外人，不怕你笑话，我和老曹这辈子已然这样了，就盼着孩子能有点出息呢。你能帮一定要帮我们一把，算我求你了。"房羽凡双手作揖，我拉住她。房羽凡抱着我，道："别的我就不多说了，剩下的你看着办吧。"房羽凡的眼泪流了我一脖颈子。我说："嫂子，我肯定尽力，你回去休息吧。"

我感觉又困又乏，浑身无力，躺在床上却怎么也睡不着。我索性爬起来，站在窗前，抽烟。

雪越下越大。我打开窗子，雪花飞舞着，蹦蹦跳跳地跑进来，伴着呼啸的北风。我想起三十年前的那场大雪，沿途颠簸起伏的道路，迷雾般的心境。

那时候的我们真年轻啊！

吞 咽

对方在电话里一说是影视公司的，我就明白了，忙说：“我正在公司主持例会，你等会儿再打来。”语速有点快。我的确在开会，虽然会议已接近尾声。放下电话，我挥手说：“没什么补充的，就散了吧。”大家走后，我打开中央空调，推开窗子，放放烟。街对面是北苑北地铁站上上下下的人流，我的心里不太平静。一个月前，我在一家大型文学杂志上发表了一个中篇小说，在业内反响不错。饭局上，有作家说：“你这个有戏。”我说：“怎么个有戏法？”“当然是改编影视剧！题材新颖、故事感人、画面感强，足够了。”同桌的几个作家都有过作品被改编的经历。我说：“我跟影视剧无缘。”我说的是真话，不是客套。之前我有几个小说被影视公司看上过，但临了，都没成，心里多多少少留下点阴影。有的已经付了订金，最后不了了之，倒也没找我退钱。有的几经谈判就差签字了，还让我指定导演，记得我选了路学长。我的小说以写小人物见长，和路导的电影一个路子。中影集团的项目负责人说没问题，后来告诉我，路导生病了。再后来，就没信儿了。有个小说被几家影视公司同时看上，辗转找到我，几乎形成哄抢的架势，一时间令我百感交集，甚至有种“哥们儿终于火了”的恍惚感，然后又都莫名其妙地消失了。

这么折腾几回，我烦了。尽管心有不甘，但的确没敢往深里想，怕受刺激。所以，影视公司的电话真的来了时，我并不淡定，需要喘口气。一小时后，电话再次打进来，她自我介绍说她叫关雪。她说：“看了您的小说《青春的剩余价值》，想请您抽时间过来聊聊，不知道方便吗？”

我说：“可以，但今天不行，安排事儿了。”其实我没事，只是不想马上答应。

“明天上午怎么样？”

我犹豫一下，说了声：“好”。

第二天，我到灿烂影视公司的前台，刚说找关雪，关雪就从后面的磨砂玻璃门探出头，说：“我就是，您是谭老师吧。”我点头。她领我到总经理办公室，让我在长条沙发上落座，自己搬把折叠椅坐对面，没坐大班台，显不出宾主关系。关雪沏茶倒水，动作麻利、轻快。我猜她不是总经理，这么年轻。短发，齐耳，闪着栗色柔和的光；精干，有些柔弱，眼睛大而明亮。“自我介绍一下，我是总经理助理，兼版权部经理。”果然。她说：“您的小说语言很有特点，故事讲得引人入胜，一下子就抓住了我们。”关雪看出来我对她不大信任，补充道：“这个项目老板确定过，具体由我负责操作。说我做主也行。”

“你们是想拍电视剧还是电影？”

“电视剧，我们只买电视剧版权。”她把水杯往我近前挪了挪，说，“开门见山吧，谭老师您看多少钱合适？”

“一百万。”这个是我咨询作家朋友之后的报价。朋友觉得不能报太低，因为影视公司压价压得厉害。

她的嘴巴半张，肩膀缩了一下，双手抱紧，好像突然遭遇了寒流。“您知道现在电视剧不好做，行业不景气，成本太高。”

我不说话。

“我开个价，五十万，不能再高了。谭老师考虑一下，尽快给我个回信。”

“我回去想想。”我站起身。我很高兴，但前车之鉴就在前面，不到签字那一刻，说什么都是假的。我开公司一年忙到头，辛辛苦苦都没赚过五十万。

几天后，我又坐在了关雪身边，签字画押。

“我们主要是想打怀旧牌。十几年前知青题材大热，按年代推断，下一个就该轮到个体户这个时间节点了，但没有。玄幻、穿越、古装，猛插一杠子，这段时间才有点降温，但风险还是蛮大的。所以，我们在投资方面很谨慎。明星是少不了的，年代戏要搭景，很费钱。”关雪说。

我的这个小说是写八十年代末，也就是改革开放后第一批年轻个体户南下广州搞服装批发的故事，内容涉及兄弟情义、恋爱、打斗、拼搏，挺热闹的。

我点头，表示理解。

关雪问：“您有没有写过剧本？”

“我不会写剧本。”我认识的编剧倒不少，有的专职，有的小说、编剧兼顾，说是为了活命。一部剧改十几二十遍是起码的。更有最后一稿，最后一稿之一、之二、之三的说法。我暂时还受不了别人这么作践，也没混到那么惨的份儿。

“三十集，一集三万，怎么样？”

我还是摇头。

“您做过服装？”

我说：“做过，七年。”

“怪不得您的小说写得这么结实。做我们的文学顾问吧，不必亲自动手，动动嘴皮子就行，主要是帮着出主意。现在的编剧大多是年轻孩子，没有您那样丰富的阅历。服装行业属于特殊群体，不像工厂、知青、学校，人所共知，怕写穿帮。”

我说这个没问题。

“十万。讨论会得参加，剧本整体也要把把关，毕竟原著是您的，咱得对得起自己。”

“只要不出差，没问题。至于剧本，只能算建议。”

她又拿出来一份合同，让我签。看来之前就准备好了。

“你实权在握呀。”

“都是老总的信任。一会儿出去庆贺一下。”

“好啊，我请客。”

“我请，”关雪又纠正，“公司请。”

我们去了安丽娜顶层，国贸对面，护栏之外只有天空，天气不错。天空比较空，也够蓝。我们喝的现酿啤酒，比利时品牌。草坪是真的，踩上去平整柔软，不扎脚，桌布雪白，小风吹着，很惬意。“认识您很高兴。您是我看过的第一个在金钱面前不为所动的作家。”她举杯跟我碰了下。

“怎么能不为所动呢？我是嫌麻烦。如果写剧本只是一种谋生手段，那我宁可干点别的，比如五香花生米炒好了就挺不错的。”

关雪笑了。

“顺便说一句，能把您改成你吗？”

“我也知道叫您挺别扭的。我改。”

“我自己有公司，赚得不多，糊口没问题。我写小说也没指望过小说给我赚钱，当然能赚更好。但不会刻意为之。”

“你是东北哪儿的？”

“丰城。你呢？”

“你听我是哪里人？”

“也是东北，具体说不好。”

“哈尔滨。”关雪说话基本没口音，平卷舌分得清楚，但偶尔也会露出马脚，这是没法子的事。“我家是金属研究所的，院子里大多是知识分子，打小只说普通话。那旮旯都说不利落。”

“反正一听就不是我们大杂院长大的。”

“来北京多久了？”

“二十多年了。实不相瞒，这是我写小说以来，卖出去的第一个版权。”我本来不想说这个，显得挺没出息的，但没忍住。

我跟她又碰了碰杯，把剩下的啤酒一口喝了。

“你慢点。”关雪说。

“没事，我酒量还行，又赶上今天高兴。”

“那我也干了。”

“你随意，别逞能。”不知怎么，我感觉跟关雪有点自来熟。

关雪真的干了，脸有点红。我又要了两大扎。

“来北京这些年怎么过来的？”

“先当记者，算是熟悉下北京的环境、地形。运气好，红包没少拿，赚了挺多钱。房子买得早，付的全款。后来辞职，专门写小说。有人找，也写歌星访谈，挣点零花钱。开公司是近几年的事。”

“结婚了吗？”

“结了。”

“小孩多大？”

“初中。”我没有小孩，结过一次婚，早就离了。但跟女人在一起我一般都这么说。我不想再婚，哪怕她是女神也不想，“别老说我，你呢？”

“我比较坎坷。”关雪瘦，脖子长，戴着绕了几圈的珠子，手镯好几个，一动叮当响，手腕太细，举起胳膊，能掉胳肢窝里。穿宽松的灰色亚麻衬衣，显晃荡，胸小，看着还没我的胸大肌有型，有点文艺范儿。

她喝了一大口啤酒。

“你悠着点。”

“我想把自己喝晕点，不然讲不好。你也喝。”关雪笑了。

我也喝了一大口。我把杯子推到她的杯子旁，对齐，一边高。

“你可真会喝，比尺子量得都准。”

“还行，我只喝啤酒，不掺，一掺就醉。除了水。”

“刚来北京的时候，卖房子，‘我爱我家’。我在哈尔滨上的是二本，工作不好找。以前我不爱说话，嘴笨，干一年多房子也没卖出去几套，又赶上奥运前那段时间，二手房市场萧条。就改行混剧组，场记、制片、统筹，逮着什么干什么，不挑。有空就去电影学院蹭课。前年在片场认识了这家公司的张总，他看我勤快好学，就让来公司给他当助理，前些天版权部的头儿辞职了，我就暂时补个空。”

“这两次来都没看见你老总。”

“出差了。经常出差，满世界飞。小事我就做主了，大事请示汇报。”

我们出来，走在大街上。风一吹，人有点飘，我说：“你不该穿灰颜色的衬衣，白色更适合你。”

“我皮肤黑，反差太大。”

“不，你的肤色很健康，亮晶晶的。老外花钱去海边晒一夏天，也就这水平。灰色让你看上去显旧，白色会提升你的精气神儿。”

“真的？”她停下脚步。我肯定地点点头。“那我就信你一回。明天就去买。不好看，你替我出钱。”

“一言为定。”我们拉了钩，笑了。又有点不好意思，头各自转向另一侧，但很快又目视前方。

我们又在街边找了个串吧，叫池记。点了烤羊腰、烤茄子、花毛一体，继续喝，对瓶儿吹。很快我就喝大了，主要是头晕，但意识还清醒。

我问关雪：“平常喜欢看小说吗？”

“喜欢啊，小说、电影、电视剧都看，各种类型的。我的工作和生活是搅在一起的，一般人的休闲时间也是看这些，但我看更多的是从工作角度，或者说从公司的角度，不能凭兴趣。”

“那也够幸福了。”

“也痛苦，有的片子能把人看吐了，但也得愣看。书也是，汇报还得说出个子丑寅卯。”

“倒也是，什么都有代价。”

“但我还是挺热爱影视工作的，毕竟我们是造梦的。”说这话时，关雪的眼睛亮闪闪的。

很快，关雪找的两个编剧和我见面了。果然，都是年轻人，一男一女。男的叫李阳，一脸婴儿肥，白白净净，很喜欢表达，手势丰富，尤其喜欢用一只胖嘟嘟的小肉手撩头发帘，三两分钟一次。我做了个暂停的手势，说：“你能消停会儿吗？”他冲我双手作揖道：“对不起老师，我一激动就控制不住自己，让您受惊了。”女的比较稳重，叫高洁，说什么话感觉都事先在脑子里筛选过一遍，吐字清晰，不停地在本子上记重点。李阳一说话，她就烦躁地用圆珠笔在本子上敲，眼睛盯着李阳，大概想象那是他的头。高洁不胖不瘦、不高不矮，没什么特色，如果非要说有，她穿的黑色卫衣算一个，红色对钩贯穿左肩膀至衣服的右下摆，很醒目。

两人都是传媒大学毕业，之前参与过一些影视剧的创作，也署过名。高洁大李阳一届，不同系。一个学制片，一个学戏文。学制片的李阳想转导演，导过一部独立电影，不成功，欠下一屁股债。李阳悲愤地说：“编剧、摄影、美术等主创都是我同学，他们嫉妒我，故意起破坏作用。”高洁写的一个电影剧本获过大学生的什么奖，也写小说，文笔不错，有点傲气。接这个活儿、单纯想赚点钱，发展方向也是导演。以后打算拍文艺片，冲击三大国际电影节。

我向关雪提议，得找个经验丰富的编剧。

“再有经验也没你有经验呀。你是亲历者。”

“我是文学顾问，不是编剧。也没拿那份钱。”

“后悔了，我现在就给你。”

我摇头。

“等他们拉出大纲，看看怎么样再说，啊？”关雪悄悄捏了下我的手，眼神温柔。

那天，我俩在池记日料喝完，走在后半夜飘满植物气味的林荫道上。夜，悄无声息，刚下过雨，空气湿润，过红绿灯的时候，我不自觉地牵起了关雪的手，到了对面，没松开。她也没主动拽。在路灯的背面，我们站定，接起了吻。我心里有点激动，不想走了，说：“我去开个房？”路旁边是假日酒店。关雪边摇头边倒退着，走向一辆停着的出租车。出租车经过我时，关雪探出头，冲我一笑道：“别胡思乱想了，赶紧回家，睡个好觉。”

我那个小说里有个人物是妓女，跟许多嫖客关系处得很好，经常请他们吃饭。高洁问我：“现实生活里真的会这样吗？”

“是的。那时候是这样。”

“现在不会。”

“对，人越来越现实了。”

妓女不能明目张胆写在剧本里，高洁建议改为陪舞女，这个人物很生动，扔了太可惜。关雪说：“不行，必须删。”

“我想为这个女人单独写个电影，素材借用一下行吗，谭老师？”高洁问。

“拿去吧，不要钱。”

后来，商量的结果还是采用我小说原有的主线，向外扩展延伸，添枝加叶。小说的故事是一条顺时针的时间线，这样改起来顺当，无论阅读还是观看，没有障碍。关雪要求剧本尽量往前赶，她同时找导演、选演员，同步进行，争取入冬开拍。关雪给剧本确定的方向是，做生意只是背景，主要表现年轻人的情感故事，三角关系，两男一女。儿时伙伴一同创业，风雨同舟，终于发了大财，但最后一定要分道扬镳，成为你死我活的竞争对手。这一点与我的小说完全不搭嘎，走的是典型的影视剧的套路。

我终于见到了灿烂影视公司的老板，张总。张总也没有坐老板椅，和我并排分坐在长条沙发的两端。张总人高高瘦瘦，衣着考究，脸上皱纹不多但挺深，笑起来像沟壑，好在他不怎么笑。他喜欢抽烟斗，用小型棒槌似的木棒压烟丝，抽不了几口，又压。看着累。他主要问了些当年我从广州往丰城倒腾服装的事。八十年代末，我做服装生意时，张总在北京新街口卖卤煮，说起当年的生意经也是一套一套的。张总中学毕业后摆摊卖卤煮，先是给人打下手，人聪明，看出些门道后，出来单干，虽然比我小两岁，但做生意比我还要早些。我大学毕业分到区属商业局当秘书，协助办公室主任给局长写材料，其实不是写，是剪，各大报刊堆满桌子，主任需要哪方面内容，我就一大剪子上去。剪刀加糨糊，再结合些本单位的实际情况，拼拼贴贴，并不比家里冬天贴纸条糊窗框难度大。这样的日子对于一个风华正茂的年轻人来说是很绝望的。一个朋友在我单位附近开冷面店，中午我没事去义务帮忙，朋友过意不去，就进了些打包西服，让我下了班在他饭店门前卖，赚的钱都归我。一天能挣二三十块钱。要知道当时我一个月的工资才五十块钱。等我手里攒到两千块钱的时候，毫无留恋地辞了职，开始南下广州进货，租床子，干起了个体户，也叫下海。两年后，我后屁股兜里装上了大哥大，脚蹬大利来，走路迈外八字，一摇三晃。

在充满激情的讲述中，我们度过了一个愉快的下午。

到饭点时张总张罗吃饭，“万龙州”，全是海鲜。他公司的几个部门经理，关雪，还有两个编剧也去了。我和关雪坐他的左右手。张总敬酒杯子比我总低一些，我想低点，他就更低一点，只好随他。张总小我两岁，一看就是个讲究人，在社会上摸爬滚打过的人都讲究礼数。整个饭局，就我俩比较活跃，两个编剧基本没说话，张总说什么，两人就笑笑，酒也是小口小口地抿，放不开。关雪没喝酒，走的时候，是关雪开车送张总回的家。

不一会儿，关雪打我电话，我正要坐地铁，说：“这么快就送完啦？”

“张总家离得近，一脚油的工夫。”

“再陪我喝点？没喝到位。”

“人家本来只是想关心关心你，好吧。池记？”

“那就池记。”

开始关雪说不喝，开车呢，但还是喝了。“我一会儿打车回家，明天早上再过来取车。”喝酒的时候，关雪说，“想知道我的私生活吗？”

我摇头道：“没兴趣。咱们最好互不干涉内政。”

关雪白了我一眼，我和关雪碰杯，关雪没理我，头转向窗外。

“好吧，你说。”

“不说，没劲。”

三杯酒过后，关雪还是说了：“我老公去年得了胃癌，做过两次手术。每天晚上开灯等我，我不回家他就不睡觉。听见开门声，眼睛一闭，就能睡着。我走到他身边，他已经打起了小呼噜。第二天醒来，告诉我，你是几点几分回的家，分秒不差。”

“你老公是干什么的？”

“认识我时干灯光，北影厂正式职工，收入稳定，外面剧组的活儿也没少接，闲不着。但他一门心思想当老板，前年跟人合伙开了个酒店，生意不好，两人闹别扭打起来了。肚子被攮了三刀，缝了十多针，住院期间，总说胃疼，开始没当回事，我们跑剧组的没几个胃好的。后来疼得满地打滚儿。下楼一查，出大事了。”

走出池记，我们的手又自然地拉到了一起，走起来一甩一甩的，像一对夜幕下散步的恋人。我笑着问：“我们这样算什么关系？”

关雪说：“你说呢？”

我说：“情人？”

“情人这个词有点贬义。”

“总不能说我们是普通朋友吧？”

“是好朋友，怎么样？”

“有异性的好朋友手拉手走路吗？”

“你想我们什么关系？”

“我不知道。有些关系不好界定，很模糊。”

“怎样才算不模糊？做了之后？这样我们的关系就明确了，对吗？”

我不说话。我知道这样的话题讨论起来是不会有答案的，不是因为它的艰深，而是无限的循环，最后总是不欢而散。理智与情感，婚姻与道德，这些古老而永无休止的话题，始终伴随着人类，既不生长也不毁灭。我俩默默地走，不再说话，手还拉着，但更像是搭着，手心都是汗。路过假日酒店，关雪盯着我，意味深长地笑笑。

“是不是又有想法了？”

“我的脸皮暂时还没那么厚。”

关雪停下来，我松开她的手，以为她会像上一次那样，要打车，但没有。关雪挽起我的胳膊，目视前方，幽幽地说："陪我再走走路吧，我不想回家。"

这么好的天气，在北京的确不多见。四周很安静，柏油路湿淋淋的、油亮亮的，路灯下能映出人的影子，洒水车在路的尽头，不紧不慢地开着。道路两侧的隔离带，散发着丁香的味道，隐隐的。不知什么时候，我们的手分开了，插在各自的裤兜里，头半低着。我们不再说话，只是走路。我们走得很慢，若有所思。

我每天出行坐地铁，背双肩包，由于总是错峰出行，能找到安静的角落看书，有座位也不坐。张潇讽刺我，都多大了，还像个文学青年似的。我不觉得文学青年有什么不好，文学中年也没什么不好。我没有车，不是钱的问题，也不是晚上经常喝酒的缘故，就是单纯的对车没兴趣。许多男人喜欢风驰电掣，也有人是为了招摇过市，这些都不符合我的性格。这几年，我的股份让出去不少，为的是自己轻松一点，多一些属于自己的时间。我不想把后半生拴在办公室的靠背椅上。我甚至想留点干股，相当于给自己提前开一份退休金，然后回家写作，游山玩水，颐养天年。他们不同意，说公司是你创办的，你在我们才踏实。每周来开一次例会就行，具体工作我们执行，不劳您大驾。

我现在很少去公司，但公司的活儿还得靠我拉，好在不用整天跟员工打交道了。我不喜欢我的员工，看见他们呆头呆脑的样子就心烦。招人的时候，在同等条件下，我尽量招长相差点的、学历低点的、出身卑微点的。他们找工作相对不容易。我天真地以为，他们会对我心存感激，会以加倍的努力回馈我，但事实并非如此。开始还好，没多久就变得偷懒、油滑、得过且过。他们大多出身寒门，北京是他们的向往之地，甚至给人一种有志青年的感觉。但你让他加个班都支支吾吾的，老大不情愿。我把辛辛苦苦找到的与公司业务相关的片子发到群里，希望他们一起观看讨论，相互促进，但从没有得到过回应。好像我是故意给他们工作加码，他们便以沉默表达无声的抗议。我实在搞不懂他们来北京干什么。我推心置腹地给他们讲："你在我这里工作，一部分是为公司，更大的原因是为自己，多学点本事。将来翅膀硬了，谋个好的发展。"这些在我看来都是常识，是无须赘言的。有时候我也结合我当初闯荡北京的实例，现身说法，以便他们听得更可信。我当然不是在他们面前显示我的成功，或以过来人的身份指点江山。我还没老糊涂呢。

在我的认知里，每个来北京闯荡的人，都应该怀有梦想，当然梦想可大可小，但至少要学会一技之长吧。又没人逼你来。在老家，在父母的羽翼下，岂不是活得舒服很多，何苦呢？当年，我在丰城的生意做得很顺，但天有不测风云，丰城的生意人中流行起了拍帕斯机，我也未能幸免。赌博使我倾家荡产，甚至欠了一屁股债，想戒，一时又戒不了，深陷绝望。卖货的时候，我认识一个女孩，女孩在幼儿师范学校当音乐老师，是她的温婉、善良拯救了我。女孩下班后带我去听音乐会、看话剧歌剧。我向她坦陈当下的处境，她非但不嫌弃，反而陪我戒掉赌瘾，鼓励我从头再来。那段日子，只要她休息或下班，就到市场陪我卖货、码货，风吹雨淋，一张红彤彤、汗津津的小脸，永远挂着充满朝气的笑意。我的生意终于重回了正轨。不幸的是，就在我们即将登记结婚的时候，女孩出车祸去世了，连同肚子里的孩子。我停止了生意，整个人消沉萎靡。痛定思痛，我决定离开丰城，去北京寻找新的生活。说大点，是寻找生活的意义；内心里，我想成为一名作家。大学时期，我参加过文学社，即使是在去广州上货的火车上，我手里也捧着本世界名著看，与周围嬉笑打闹的个体户格格不入。那些伟大的作家让我钦佩，同时又觉得遥不可及。我知道写作是一条艰辛的路，可能正因为如此，才吸引我。我希望我的人生走在一条永无止境的路上，直至中途倒下。我就是怀着这样的梦想去的北京。先从记者做起，既可以熟悉、适应北京的环境，也可以寻找同道中人。在音乐报，我每月只拿六百块钱的工资，给小我很多的记者打下手，我不以为意、任劳任怨，从没有八小时以外的概念。很快，我写的报道、文章得到了报社领导的认可，并被破格提升为编辑部主任。

上下班，北京的地铁挤得人面目狰狞，行走其中的人如同泥浆，也像尚未消化的食物在弯曲的肠道中蠕动，搅得人脑仁儿疼。这样的场景，总让我情不自禁地陷入沉思。我几次想在公司群里写封信，大致问一下他们，来北京的目的是什么，对未来有什么打算，我在暗中调查后发现，他们来北京大多是想看看，开阔一下眼界，说的时候很客气，真的像是到别人家串门。我心说，你都来三四年了，还没看够吗？！未来？他们好像被这个词吓到了，一脸茫然地看着我，半天缓不过劲儿。

我知道有些人就算你把嘴皮子磨破了，照样屁用不顶、油盐不进。我公司的小孩儿基本都是这样。他们的人生一眼可以望到头，都不用踮脚尖。在去公司的路上，我总感到一种无形的压力，进办公室时轻手轻脚，像是怕惊扰着他们。有时候一天都不出来一趟，除非上厕所，开始是为他们难过，后来是替他们羞耻。

张潇中午打电话约我吃饭，在鼓楼附近的一家日料。张潇是我的前妻。当年我们是音乐报的同事，前后脚入的职，但相差十岁，她是大学刚毕业，我是闯京城的北漂。从应聘那天相识，到结婚、离婚，不超过一年。我刚来北京的时候，整个人正处于恍惚状态，她是因为失恋，急于投入另一个人的怀抱。两个不幸的人走到一起，通常结局都不太好。离婚的时候，我们没什么钱，自然谈不上财产分割，但我们却是在法院离的婚。不知道为什么，我们一致认为离婚只能去法院，大概是受了《婚姻法》的影响。要说法院的人也是，他们明知道我们这种情况，却只是让我们好好考虑一下，别着急离，下个月再说。按现在的话说，叫“离婚冷静期”。不然我们离婚时间还会提前一个月。如果他们早说我们的情况可以直接去街道，能省一笔钱不说，关键是街道不像法院那么正式，人会放松些。

我们的婚离得很友好，不吵不闹，心平气和。出了法院，张潇看着我，头歪着，突然上来给我一个拥抱，像西方人那样。我浑身一哆嗦，匆匆说了声再见。张潇说：“离都离了，着什么急呀！”我站住。

“吃个散伙饭吧。”

我说：“算了，你忙你的。”那时候张潇跟她的发小正筹备开公司。

张潇轻快地用手指掸掉我衣服上的一个线头，说：“往后你得照顾好自己，按时吃饭，别饥一顿饱一顿的，啊。你看你瘦的，像根灯绳。”她比我小十岁，但说话的语气特别像我妈。我心说，你他妈的啥时候给我做过饭啊，净扯没用的。

我们再次见面是十年后。在中国美术馆某个抽象画家的画展开幕式上，我负责拍现场纪录片。那时候我的公司刚成立，画家给了我三万块钱，让我拍一部气势恢宏的片子。公司只有一台索尼 DV 机，我又借了一台松下小 DV，画家觉得“气势”不够，让他在众人面前丢了面子，又不好当面训斥我，就用一双小眼睛瞪我，脸色很不好看。他出的是美元吗?我别过脸，意外地看见张潇迎面走来，胸前别着红签，眯着一只眼，头歪着，像最早认识我那样。当年她的这个样子可真迷人哪，小烟儿叼着，淡蓝色的烟雾在嘴角的一侧徐徐升起。张潇挽着高高的发髻，穿着旗袍，不经意间显出了肚腩，但我仍然能感觉到她在拼命吸气。她是嘉宾。张潇大学时读的是油画专业。在报社时她负责艺术版，我写音乐明星。

张潇说：“你终于活明白了。”

"什么意思？"

"这还不明白，你都开公司了。"

"开公司也有赔有赚好吗？"

"起码你迈出了关键的第一步。"张潇递给我一张名片，她还在开广告公司，地址都没变，看来这些年也没什么长进。

张潇说："以后我们可以强强联手。"

她的公司有视频项目，但一直没开展，说是精力不够。我心说是能力不够吧，想想还是算了。我不愿意跟她斗嘴。

不久后，张潇给我发了一些活儿，但基本不赚钱，活儿小，三万五万的，又都是被她从中间扒过一层皮的。也吃过几顿饭，中午，说是晚上得接孩子，出不来。饭都是张潇张罗的，但最后买单的却是我，她连屁股都懒得欠一下，就像我是应该的。这是前夫前妻坐一起吃饭的标配吗？我不知道。

张潇问我："为什么没再结婚？中年男人不是一朵花吗？"我说："结过一次还不够吗？"张潇说："你的意思是我让你对婚姻失去了信心？"我说："没有，就是不想结，一个人过习惯了。特别害怕屋子里有人，平时我很少请朋友来家，吃饭都在外面。"张潇不屑地哼了一声："我看啊，你就是懒得做。你，我还不了解？"对一个自以为比你还了解你的人，有什么办法呢？我只能沉默。张潇笑了："怎么样？被我说到痛处了吧。"

与张潇结婚，我负有不可推卸的责任。尽管结婚是她提出来的。其实一开始我并不同意，觉得我们年龄相差悬殊，应该多相处一段时间，但张潇骗我说她怀孕了。我想起女孩的车祸，动心了。我们去张潇家，她父母对我很不友好，直接问有房子吗？有车吗？这么大岁数跑北京来，是不是在家乡犯事了？我被激怒了，摔门冲了出去。结婚后，我们的经济状况很糟糕，音乐报是行业报，基本没什么外快。我拼命给北京的其它报纸副刊写稿子，几乎每天一篇的速度。但报纸稿费低，只能勉强养家糊口。张潇很少着家，不知道忙些什么，她的稿子都是我替她写。家里乱糟糟的，谁都懒得收拾。我晚上经常泡一碗方便面，应付了事。

张潇说："我找了个好活儿，还是长期的，咱们合伙干个十年八年不成问题。"

"有这么好的事，你自己干吗不接？"

"你接我接还不是一样！有钱大家赚，做生意最忌讳的是贪心。"自从我们重新见面后，她特别爱在我面前摆老资格，说话总是一副过来人的口气。

"咱们还是直奔主题吧。"

"是这样。H省非遗中心正在招标，采购公告今天会发在政府采购信息网上，是国家级非物质遗产传承人项目的纪录片。一个人四十万封顶，一个包两个人。重要的是，这个项目是长期招标。"

"咱们先把眼前的项目谈清楚，好吧？"

"你这个人就是缺乏长远眼光，谈正事也没精打采的，干什么都谨小慎微，不像个大男人。"张潇瞥了我一眼，继续说，"你们赶紧准备标书，过几天就招标了。"

"怎么分工？"所谓分工，就是按多少比例分钱。

"如果中标，我提总金额的百分之三十。你们干活儿，我验收。"

"你疯了吧？"

"打理人情至少需要百分之二十，我留百分之十，不过分吧。"

"剩下这点钱你让我怎么保质保量完成拍摄？"

"当然能。重要的是，你要合理安排。这个活儿主要是打基础。干好了，全国有三十一个省市，几千个国家级传承人，这还仅仅是抢救性的。我发你公司每年二三十个传承人的纪录片不成问题。薄利多销，你算算，一年下来得有多少钱进账。还有，这是个积德的项目。今后，我们的子孙后代想了解他们的技艺，都要从你们的纪录片中寻找答案。你是作家，这点使命感都没有吗？”

我被张潇说得哑口无言，心生愧疚。

张潇说：“开公司也是干事业，要从长计议。”

我端杯，双手举过头顶，一口干了。怪不得这么些年你忙忙碌碌还没发达起来，原来是“从长计议”啊。我的电话响了，是关雪。我起身，示意张潇出去接个电话。

关雪问我：“你在哪儿？”听上去声音很激动。

“和朋友吃饭呢。”

“你能不能现在来我家一趟？”

“什么事这么急？”

“来了你就知道了。我给你发个位置。”

我回到座位对张潇说：“我得马上走，急事。”

“我明天一早九点准时去你公司，指导你们做标书。别晚了。”

我到吧台结账匆匆出来。

坐在出租车上，心有点乱。这么晚了，别是我和关雪的事被她老公发现了吧。我和关雪之间说没事就没事，说有事就有事，也可以说可大可小。如果谁拍下了我俩在夜幕下牵手的照片，她老公看见了，就是大事，尽管我俩连床边都没挨过。可这又怎么解释呢？她老公是想让我和关雪当面对质吗？如果是那样，关雪为什么在电话里不做一点暗示？如果不是，她着急忙慌地叫我去她家干什么？这些问题想得我头疼，是福不是祸，是祸躲不过。我头一歪，竟睡着了。我中午喝一瓶啤酒就犯困。

是关雪开的门。关雪侧身让我进屋，我想从她的脸上寻找一些蛛丝马迹，没找到。关雪有些疲惫，头发披散着，没什么型。关雪冲我咧咧嘴，我的心骤然松弛下来。关雪领我进了她老公的房间。房间里只亮着台灯，窗帘拉得严严的，她老公长什么样开始只能看出个轮廓，穿西服打领带，西服是浅米色，板板整整，像是刚熨烫过。他的头发湿漉漉的，不知道是汗水还是新洗的头，两条光溜溜的细腿只套了条宽松的方头内裤。被子拉到肚子上，一条腿躬着，人靠在床头，嘴巴朝上喘气。我不知道他这是什么打扮，没见过。屋子里气味难辨，很复杂，也很难闻。他看向我，身体突然前倾，眼睛眯着问："你就是她的那个张老板？"

我摇头。

"他是我朋友。"关雪说。

"我没跟你说话，我是问他。"

"不是。"

"那你是谁？"

关雪搬把椅子让我坐。关雪说："你回头把窗帘打开，大白天的，别人不习惯屋里这么暗。"

"正好我要看看他的庐山真面目。"他说得字正腔圆，一口舞台腔。回手拉开窗帘，夕阳刺眼，正对着我。我不禁皱皱眉头，他笑了，用牙齿撕开一袋雀巢咖啡棒，倒在床头柜的杯子里，接着又撕开一袋倒进去。杯子上留着咖啡的残渍，看上去有点恶心。关雪用暖瓶倒满水。他端起来，喝一口，说："水不够热。"

"凑合着喝吧。"关雪不耐烦地说。

他并不理会，看我一眼，自顾自地说："我喜欢喝烫烫的。我一天要喝二十杯咖啡，不然睡不着觉。"我不知道他这是什么逻辑。

"你们认识多久了？"

"不久。"我说。

“你认识那个姓张的吗？”

我点头。

“你觉得他人怎么样？”

“只见过一次，说不好。”

“她天天为那个张总加班，一加就是半夜，你信吗？”

“李洪涛，你到底要干什么？你找我的朋友过来不是陪你喝酒吗？”

“他怎么不找他的朋友？”我问。

“自从生病后，他就没见过任何朋友了，敲门都不开。”

李洪涛说：“有些话跟朋友说，还不如跟陌生人说。再说了，这个世界上哪有真正的朋友。”他撇撇嘴。

关雪说：“你们到客厅喝吧。

“还得穿裤子。就在这喝。”

关雪看我，我没意见。关雪出去端来几个凉菜，哈尔滨红肠、拌豆腐丝、炸花生米，摆在茶几上。

关雪说：“你让他少喝点。”就关门出去了。

李洪涛说：“你知道我为啥跟你喝酒不？”

我说：“不知道。”

“我以为是那个张总来，我想跟他喝酒，之后趁他不备用刀子攮他。不然凭我现在的身体打不过他。”

“你为什么攮人家？”

“他肯定跟我老婆有一腿。我想喝酒的时候套套话，套出来绝饶不了他。”

“那我怎么知道你一会儿会不会攮我？”

“你是个小人物。我老婆不喜欢小喽啰，顶多是她利用你帮她干点事，不堪大用。”

“你的刀呢？我看看。”

李洪涛没接茬，身子往后缩了缩，说：“今天我是准备死的。你看，我衣服都换好了，我想死得体面点。”

“怎么个死法？”

“我想了很多种，跳楼不行，死相太难看，脑浆子迸一地。在屋里上吊也不行，到时候房子就不值钱了。我还想给老婆留点值钱的东西。做人不能太自私了。”说完，他喝了口酒。

我看着他。

他说：“你是干什么的？”

“主要写小说，偶尔也写诗。”我没说开公司。

“你背一首我听听。”

“我不会背。”我把手机递给他，“上面有，你自己看。”

“我已经一年多没看过带字的东西了，头总是晕乎乎的。你随便念一首也行。”

我清清嗓子：“梦里的事情 / 很难记住 / 记住了 / 就如影随形 / 伴随一生 / 有的成为一篇小说 / 有的成为一首诗 / 但最可能的是 / 成为一把 / 很钝的刀子。这首诗的题目叫《梦》。”

李洪涛闭上眼睛，想了想道：“嗯，一把很钝的刀子。这句挺狠。生活对我而言就是一把很钝的刀子，不停地割我，又不让我死，一刀一刀地割，我浑身哪儿都疼。我真的想死，但我更怕死。这样想久了，会不会对死就没有恐惧了？”

“别想太多，好好休息，剩下的交给老天爷。”

“我活不了多久了。但我不会告诉别人我怎么死，关雪也不告诉。我会死得干净利索，不给关雪添麻烦。”他的眼泪簌簌地流下来。李洪涛躺下来用枕巾擦了擦眼泪，放回到枕头上。“对不起，打扰你了。回去休息吧。”

我从李洪涛的房间出来，跟关雪打招呼。关雪送我下楼，我说：“不用了。”关雪不说话，默默陪我进了电梯。

关雪在外面说：“他就是想折磨我，他现在不仅疾病缠身，脑子也坏了。”

“他这么年轻得这种病，换谁，心里都接受不了。他人应该挺不错的。”

“他以前对我很好。他特别想要孩子，但他生不了。他前妻就是因为这个跟他离的婚。他一直瞒着我，最近才说。”

“他这人心事比较重，能看出来。”

关雪拍拍我的脸：“他说什么你别介意啊。”我点头。

“随便问一句，你刚才是跟女人吃饭吧？”

“为什么这么问？”

“女人通常是很相信直觉的，而且比较准。没别的意思，你跟谁吃饭，跟我没关系。”

“那我也随便问一句，你为什么叫我来你家陪他喝酒？”

“我们是好朋友，又没有什么越大格的行为，心里坦然。”关雪这句话说得很慢。

“你的意思是，我在替你给某人打掩护？”

“你想多了。我真想不起来能找谁，我的男性朋友不多。”

我叫的车来了。我坐在后排冲关雪摆摆手道：“好像我们的关系也没那么坦然吧？”

“去你的。”关雪一巴掌拍在我的手臂上。关雪抿紧嘴角，努力笑了笑，眼里有泪光，后脚跟一拧，头迅速转向另一侧。我还想说点什么，关雪已经走了，没回头。

我到公司的时候，张潇已经到了，坐在我的高背椅上，腿翘着，身体扭来扭去。张潇之前多次来过我公司，她在员工面前喊我世伟，这让我很别扭，又不得不答应。我当然不希望她来，但因为合作关系，她又是我的“甲方”，不可避免。我也提出去她的公司看看，被她拒绝了。我怀疑她的公司就她一个人。有活儿就往外发，自己赚点提成。我几次说，你叫我老谭或谭世伟就行，同事都这么叫。张潇说，你要在员工面前树立老板形象，要有威严，这是规矩。我不喜欢他们叫我谭总也不喜欢叫谭老师，我可不想有他们这么糟糕的学生。员工叫老谭很顺口，像唱歌似的，韵律十足。张潇说，老谭是他们叫的吗？她在我办公室说，门敞着，故意让员工听见。我说你别掺和我的事。她就说我不识好歹，好心当作驴肝肺。后来我从同事的眼光里看出来，他们都知道我和张潇过去的关系。

开会的还有两个副总、一个助理。张潇大概介绍了下非遗项目的情况，及未来的发展前景。大家围坐在电脑前看非遗的采购信息，我才明白，这不仅是一部传承人的纪录片，还有口述片、教学片、实践片、文献收集，总共五部分，工作量巨大。张潇认为除了纪录片，剩下的都没什么技术含量，顶多耗费些时间，以我们公司的实力，完全不在话下。他们被张潇说动了，表现出一副很有情怀的样子，觉得这是公司大施拳脚的好机会，可以趁机转型。这几年我们公司一直以拍宣传片为主，大家的确干腻了，没什么成就感。宣传片注重炫技，画面很唯美，形式很单一。宣传片就不能拍出新意吗？我有过一个创意，灵感来自我的一篇小说。小说中一男一女的整个情感故事都是围绕在某个景区。那么可不可以把景区的宣传片以剧情的形式呈现出来？这样既能投放到电视台、门户网站扩大影响，又能在景区的大屏幕上循环播放，也更吸引游客，一举两得。我为我的创意兴奋不已。但景区大部分是国企，思维固化，他们毫不犹豫地拒绝了我。他们说你到底是想讲一个情感故事，还是要宣传我们景区？ OK，对不起，你要是讲故事，去别的地方找投资，给我们景区拍宣传片就得按老规矩来，简单、直接才是我们需要的。我找了几个景区，但我的创意都没通过，被拒绝的理由非常类似。我很无奈，感觉他们的脑子都被驴踢了，而且踢在同一个部位。

既然如此，我也就不好再说什么了。首先投标未必成功，而且我也意识到，非遗传承人项目是新兴的，甭管公司大小，大家基本处于同一起跑线上，这对我们来说的确是个机会。

参标单位是张潇的公司，而非我的。张潇的意思是，关系是她找的，如果用我的公司投标，会让对方产生不信任。人家是在帮她，不是我。她说得有道理，我就没再坚持。我知道这样对我们公司不利，片子的最后署名，与我公司无涉，但这次只能这样了。

招标会是我和张潇去的，张潇开车。路上，张潇说："说心里话，我挺佩服你的。"我没接话。张潇看我一眼，继续说："我有两个没想到。一个是你开公司，我以为你会当一辈子娱乐记者，靠写字混口饭吃。更让我想不到的是，这么些年来，你一直坚持写小说。现在的社会都变成什么样了，你是稀有动物。"

"我写小说纯属个人爱好，谈不上坚持，或者，我想说一些没人能替我说的话，没想太多。"

"那也很了不起呀。不过，如果把精力都集中在生意上，你每年赚的钱起码翻倍。"

这倒是。

开公司之前，我考虑过写作与做生意之间的平衡问题。当时想，大不了不写长篇了，写中短篇总没问题吧。但真的开起公司，事情远非想象的那么简单。做生意要拉活儿，要跟各色人打交道，过去可去可不去的饭局一定要踊跃参加，谁知道会错过什么人呢？还要随时准备出差。我有一个双肩包，专门为出差买的，里面有内衣内裤、茶叶茶杯和全套的洗漱用品，着急出差，拎起来就走，比歌里唱的“打起背包就出发”还快捷。这些都是很耗精力的。好不容易得空喘口气，坐下来，拉开架势，大脑却一片空白，人呆怔怔的。时间长了，写作的欲望都溜走了。写作需要灵感，也需要情绪的储备、酝酿，不是想写就随便写的。这一点，我的体会尤为深刻。专职写作时，时间由我任意支配，人是松弛的，心态是平和的。现在完全由主动变被动，一时间很难适应。

做生意头一年，我几乎没写一个字，没读过一本书，我很苦恼。一度想放弃生意，重新回归书桌，但我的性格不允许我这样做。我是不会轻易退缩的人，我讨厌做事情半途而废。我选择把工作的重心放在生意上，暂时忘掉写作这码事。公司进入正常运转后，我才捡起书本，先是大量地阅读，然后慢慢调整状态。我写得比较淡定，尽量控制写作数量，专注于小说的质量，一遍遍修改，一遍遍打磨，直到满意为止。通常，我在北京只构思小说，并不动笔，让故事自己生长、成熟。小说初稿大多是在出差路上写的，火车上飞机上，想怎么写就怎么写，写哪儿算哪儿。频繁的出差，封闭的环境，可预知的漫长的旅途，渐渐培养了我的定力。我的写作格外专注。现在即便我在生意上遇到天大的烦恼，心情也会很快平复下来，迅速进入写作状态。我所说的写作状态，未必是真的坐下来敲字，更多是在脑子里构思。多年的生活磨炼，改变了我。这几年，我小说写得不多，但大都发表在全国知名的文学大刊上，也算是对我的一份回报。

有一次，我出差，火车到站了，我的小说也接近尾声。我不想打断思路，就蹲在出站通道的墙根儿写，等我写完，收起电脑，支撑着麻木的双腿站起身，才想起已经过了与甲方约会的时间。可想而知，生意泡汤了，但我并不后悔。我愉快地接受了这个代价。

“我只是不够贪婪罢了。这是一个看似热闹实际上却很单调的社会，大家一窝蜂地挤在一条路上，紧赶慢赶，什么都得扯上钱。没有闲暇、趣味，缺少了生而为人的散淡，在我看来，这种生活无聊透顶。我希望活得像个人样，可以自由地呼吸、喘气。你知道，我这人不乱花钱，现在赚的足够养活我一辈子了，也没起过当企业家的念头。”

“我也想像你这样生活，自由自在，一人吃饱全家不饿。但你没有孩子不知道，我的压力好大。孩子上初中了，学习不好，我准备送他去日本学艺术，一年怎么也得四五十万，四年就是小两百万。”张潇叹口气，“你把自己的写作、生活安排好，顺带着为社会做些贡献，这辈子值了。”

“说实话，干这个活儿我并没想什么道义、情怀之类的大词，我没那么高尚。我更喜欢一些小的东西，它能让我心安。”

我们选择住在离招标会场就近的如家酒店，出门几步道儿就是，免得第二天一早起误事。上了楼，我才发现，张潇只开了一间房。床倒是有两张，还好，她没开大床房。见我皱着眉头，张潇说：“标招不招得上还两说呢，咱们得省着点。前期投入可都是我出的，你倒是不心疼。”

“我无所谓。”

“你是男人，你当然无所谓。”

“那就再开一间，钱我出。”我有点不高兴。

“你的钱不是钱啊，穷嘚瑟。好像谁愿意跟你一起住似的。”张潇白了我一眼，“路上刚夸完你。”

放下行李，我们出去想找家有当地特色的饭店，吧台服务员推荐了李胖子驴肉火烧，老字号，就是有点远，得开车。在胡同的拐角，掩映在一棵大槐树的后面，不好找。虽然没到饭点，但差不多每张桌都有人，我们点了几个和驴相关的凉菜，要了四瓶啤酒。

我问张潇："喝吗？"

"我倒是想，开车，怕出事。你也少点喝。"

"这点酒不算什么。"我举瓶就是一大口。

张潇乜斜着眼，怔怔地看着我。

我说："我又怎么了？"

张潇说："你还记不记得，咱俩第一次喝酒，在报社对面的重庆烧鸡公。你喝四瓶就醉了。"

"没醉呀。"

"还说没醉，你忘了，后来我俩打的去你家，你干了什么？"

"我干什么了？"我的声音有点大。

张潇凑近我道："你扒了我的衣服。"

"你没事吧。我不扒你衣服，你自己脱呀，两个人头一次干那事，不符合国情。你要是主动脱，估计我当场得被你吓出毛病来。"

"那个晚上改变了我的一生，想起来就后悔。"张潇的眼睛水汪汪的。

"至于吗，你这是干什么？八百年前的事儿了，有意思吗？"我的身体靠在墙上，抽烟，一句话也不想说了。

饭店吃饭的人在看我们。张潇抹了把眼泪，说："我们把菜打包回酒店，我也想喝。"

我又叫了几瓶酒。

我们开车回了如家酒店，各自坐在床边，酒和方便盒里的拌菜打开，摆在床头柜上，对瓶喝。张潇继续刚才的话题，说："我当时太年轻，结婚这么大的事，都没跟家里人商量，就一个人做主了。户口本都是我从家里偷出来的。那时候我才大学刚毕业，你下手真他妈的重。"

"咱们能不能说点别的。"

“我偏要说这个，想起来我就有气。随随便便结婚，随随便便离婚，就在认识你的一年时间里。我的命运全都改变了，越来越倒霉。”张潇仰脖，咕嘟咕嘟灌下去半瓶酒。

我知道她接下来就要说到，离婚后，她是多么的孤单，虽然她还年轻，但毕竟是结过婚的女人，又找了个男人，是个二流子，光长了张漂亮脸蛋，整天东游西逛。她又要开公司，又要带孩子，结果老公还让她的闺蜜搭档撬走了。房子一分为二，孩子她一个人带。整天蓬头垢面，与生意场上的男人竞争。其中的甘苦，只有自知，所有的泪水都得自己往下咽。这些话张潇跟我说过好几次，我实在听烦了。开始的同情，变成了无奈的叹气。

我不喜欢张潇的这个态度，仿佛男女之间一旦有过婚姻，分开了就是男人的过错。你要听她抱怨、倾诉，要自责要悔不当初，甚至要用一辈子赎罪、忏悔，要听命于她，而且态度要诚恳，反之罪加一等。尤其是我们这种多年后重逢的，表现尤为凸显。

张潇也问过我离婚后的生活，但我不想细说。相比于张潇，我幸运得多。闻名京城的《都市报》扩版，我应聘成功，负责编辑家电版。一篇《家电售后服务谁负责？》，在消费者中引起广泛热议，还上了新华社内参。从此，天南海北的家电业的新闻发布会、研讨会，我都是参与者、嘉宾，甚至是策划人。那段日子，我过得很风光，写一个千字文的策划案，就是一万块起步。但夜里，经常失眠。晚风把白色窗帘刮得上下舞动、飘飘忽忽。我想辞职写作，又想趁机多赚点钱，很矛盾。问题是，钱，赚到什么时候是个头？犹豫再三，便咬牙辞了。当时我已经在望京新城买了一套两居室，付的全款。我又用手里仅有的钱，买下了隔壁的一套一居室，用于出租。我清醒地意识到，以小说千字六七十元的稿费，在北京是没办法养活一个大活人的，必须得有补贴。辞职后，我专心写作，很少与人打交道，一写就是十年，出了四部长篇小说、两本小说集。五年前，我明显感觉到有点被掏空了。我就是在这种情况下，决定出去做生意的，一个是补贴家用，再一个，为以后的写作积累素材。

张潇说：“行了行了，我不说了。不然你又嫌我唠叨了，我去冲个澡。你把头转过去。”她扭了一把我的头，我背过身。张潇在我身后窸窸窣窣地脱衣服。不一会儿，隔壁传来哗啦啦的水流声。我干脆把酒和菜端到窗台上，看着窗外的夜色喝。张潇探出头，喊：“哎呀，你把窗帘拉上。有毛病啊，没看见人家在洗澡呀。”我跳上窗台，把窗帘掀在脑后，整个人消失在窗帘后面。我和张潇之所以离婚，其实是她父母的原因，至少是很重要的原因。张潇是北京人，家在房山，她每周回趟家，但她父母不让我跟着一起回。当时我们工作时间不长，工资低，还要租房子，南三环边上的小两居，户型是老的，没有客厅。张潇经常发脾气，一吵架，就回她父母家。有一次，我动了手，打了张潇一巴掌，张潇打电话叫来了她父母和哥哥姐姐，屋子都要被他们撑破了，非要离婚不可，否则就如何如何。好像当初她是被迫嫁给我的。当晚，张潇简单收拾一下就走了，东西连一个拉杆箱都没装满。望着她离去的单薄的背影，我心里挺过意不去的。

张潇出来了，浴巾包头，像个大号的粽子，屋子里有一股廉价洗发水的味道。张潇笑着说：“你看看你，多大的人了，还自己跟自己藏猫猫玩。”

我从窗帘后面跳下来。

张潇说：“你睡不睡觉？”

“我等会儿，把剩下的两瓶喝完。你先睡。”

“赶紧休息吧，明天还有正事呢。啊。”

“放心，耽误不了。”

“你睡哪张床？”

“随便。你挑。”

“我睡里边。万一有人劫财劫色，先劫你。”

“睡你的觉吧。”

张潇气哼哼地躺下，屋子里只留下我那头的床头灯，光线昏暗。张潇背向我，时不时在被子里蠕动几下，像只肉虫子，搅得我很烦，喝酒的情绪一落千丈，一通猛灌，菜没怎么动。喝完酒，我刷牙漱口，张潇说：“学会讲卫生了，谁教的呀。你跟我一起过的时候，晚上睡觉可从没刷过牙。”

我不答话，背靠床头，点上支烟，

张潇说：“卫生间抽去。”

我抬屁股去了卫生间。过了会儿，我听见张潇小小的抽泣声。我狠狠心，蹑手蹑脚回到床上，躺下，没理她。

早上，我穿戴整齐，把一式三份厚如板砖的标书，装进双肩包。张潇的眼睛有些红肿，说：“你去投标，我在这里遥控。有什么事第一时间电话我，我出面不方便。”我点点头。我对招标的程序很熟悉，轻车熟路。这几年公司的标都是我去投。先是由招标公司的人念一遍相关规定，标书按先来后到码放整齐，然后参标的单位到外面等。从没安排过休息室，人们要么在走廊里靠墙而立，刷手机，要么坐在楼梯缓步台上，或者到楼下抽根烟，再上来。半个小时后，每个投标公司的人依次进屋，进行二次报价。通常比标书上的价格要降一些。我打电话问张潇，张潇说：“原价，不能再低了。”我们的标书是按照招标的最高价格报的。

“你确定？”

“再降，你们不好赚钱了就。”

之后，招标公司的人让参标单位回去，下午会在网上发布结果。每次都差不多。早几年，招标公司都是当场宣布中标单位，没中标的公司往往会在现场联合起来提出种种异议，挑中标公司的毛病，搞得招标公司很被动。

开车回去的路上，我和张潇没怎么说话，一路沉默。等消息的人通常都有点紧张。快到北京的时候，张潇的电话响了。张潇不停地嗯嗯嗯，脸上堆着笑，撂了电话说："我们成了。"她和我迎空击了下掌。

张潇说："这是内部消息，还没正式上网公布呢。"

我说："你小心点，这是高速公路。"

张潇一甩头，转向前方，说："但咱们亲兄弟得明算账，打过来的第一笔钱，我公司全部扣下。正好百分之三十。之后的钱全是你们的。"招标打款一般分三笔，第一第二笔各百分之三十，最后一笔也叫尾款，占百分之四十。但有百分之十的保证金，中标单位必须先交，等甲方验收合格后，才能返还。

"没有经费，我拿什么干活？"

"你自己垫资呗。许多公司接活儿都是这样。"

"你又不是不知道，我是小本生意。"

张潇笑笑说："百分之二十，是必须马上给的，你懂的。这个钱到不了我手里，得给人家。我的百分之十你用来交保证金，等第二笔钱到账再给我那份，这总可以吧。"

我摊摊手道："反正钱打到你公司账上，你看着办。"

剧本大纲、人物小传通过了，接下来是更为关键也更为详尽的分集大纲。关雪在京城宾馆包了四间房，她自己留一间，两个编剧每人一间，给我也配了一间，我觉得没必要。"我又不是编剧，开完会我直接回家，给你们公司省点钱。"京城宾馆听着挺气派，实际上是个小宾馆，掩映在奥森公园对面老旧的居民小区里，包月的话比如家还便宜。

关雪说：“你白天可以来这里写小说呀，开会晚了懒得动就住下。我是为你着想。我给你订的可是酒店最好的房间，窗外就是奥森公园，天然氧吧，也清净，累了，下去跑跑步。换个环境对你的写作有好处。”

“那倒也是。”

“你夫人不会有意见吧？”

我怔了一下，才反应过来，说：“不会！我平时习惯叫媳妇。”这个解释有点多余。

关雪歪头，轻哼了一声。

我的确不愿意在家里写作。我望京的房子，一百二十多平方米，两居室，被我打通了，改造成一居，打通的房间改造成餐厅，跟厨房连在一起。客厅的四周全是书架，顶天立地，有种坐拥书城的感觉。但坐久了，也烦。我还是喜欢经常往外地跑，倒不一定是为了写作，单纯地出去走走也不错。出差碰到好玩的地方，办完事，我通常会留下来待几天。谈事情很累人的，甭管成不成，饭总是要吃的。人家有没有时间，订什么饭店，吃什么，叫谁不叫谁，事无巨细，既要省钱又不能寒酸，都得动脑筋。许多甲方的人年纪比我小很多，但我也得赔着笑脸，毕恭毕敬，这种滋味不好受。我出差通常住如家或汉庭，但我不能说我住如家或汉庭，不是好面子，而是怕甲方知道，他们会觉得不是你这人抠门就是公司实力不行，很可能因为起疑心，事儿就谈不成了。有一次，我和甲方的人吃饭，准备给回扣，甲方的人为了稳妥起见，坚决要求去我房间。没办法，我只能假借上洗手间，急三火四地跑到对面希尔顿现开了间房。结果，走在僻静处，那人临时改变了主意，害得我白花了八百块钱。

我拉的活儿，除了北京，大多在长三角一带。江、浙、沪，都是我喜欢的省份。虽然我是土生土长的东北人，骨子里却对江南的湖光山色、曲径通幽情有独钟。我喜欢那里的阴柔静美，也喜欢那里精致、纤巧的食物。那些地方的活儿利润并不高，但人好打交道、公事公办，没有多余的。简单地说，做事情讲规矩。我不接东北的活儿，白给都不要。刚做生意那会儿,在朋友的引荐下,我去东北招过一次标。招标会还没开始，一男一女就把我叫出去，让我退出，还给我三千块钱路费。女人哭哭啼啼，说这个项目她盯半年了，如果招不上，她就得下岗，孩子就得挨饿。她哭得太假了，眼睛一直瞟着我，我不为所动。旁边的男人开口了，如果招不上标，三千块钱你拿不到，招上了你也出不去我们县城，怎么也得卸一条腿。他用眼神扫了一圈，对面的椅子上坐着四个彪形大汉，全都光着膀子，胳膊、胸前雕龙画凤，虎视眈眈。我钱都没敢要，麻溜儿地打车跑了。做生意不出山海关，绝不是戏言。

我一般上午在家看 NBA，午饭后眯一觉，坐地铁再步行一段路去酒店。我的计划是在酒店读书读到饭点，大概三个小时。做生意以后，我读的书都是大部头。这套《卡拉马佐夫兄弟》，我翻过来调过去地看，笔记记了十多万字，但很多地方还是看不懂。讨论会在每晚的饭后。我一走出电梯，就看见两个编剧在我房间门口候着了，一边一个，说是找我请教的，主要是服装批发的行业术语，“裤样子”“红门”“兜死”“散钱”“拿货”,以及怎么运用,在什么地方运用。我一时半会儿解释不清楚，搞得心很烦。我让他们回去看我的小说,一遍遍地看,看到恶心呕吐为止，然后慢慢消化,再把问题集中起来,统一找我。每天这么折腾,谁受得了?我几次想冲他们发火,老子是文学顾问,你们才是编剧,别什么事都找我。关雪私下里跟我说，他们干劲挺足的，别打消他们的积极性，对年轻人要多一点耐心，谁都是从年轻时候过来的。

参加讨论会的有两个编剧、关雪、我，还有导演。导演姓赵，也算是第六代，导过几个独立电影，后来转型导电视剧，上过电视剧频道。

赵导接这个戏的条件是，必须自己当第一编剧，说这样才能做到整体把控，戏拍起来才连贯。也是为剧组节约时间和成本。开会是在关雪的房间。中间立一块白板，长度足有三米、高两米，上面写满人物关系、故事走向。写完擦，擦完写。我负责指出具体修改意见，导演负责故事线的论证，所以主要是导演站在前面讲，两个编剧轮流上去补充。

赵导人不错，没剃光头，也没有留油腻腻的散发着一股子馊味的长头发。衣服裤子虽然皱巴巴的，但脸很干净，头发不长不短，跟我说话轻声细语，年纪跟我差不多大。赵导对分集大纲抠得很细，对两个编剧讲话丝毫不留情面，生气就往白板上摔板擦。胸脯起伏剧烈，吓得两个小编剧发毛，大气不敢出。有几次赵导直接把白板笔摔到李阳脸上，要不是我在中间拉着，差点上去动手。一集过不了，只能卡在那儿，反复修改，甚至觉都不让睡。赵导亲自操刀，把一页页分集大纲删改得面目皆非。有时候干脆睡在我的房间。按照协议，剧本分集大纲全部通过，才能结第二笔款。所以，两个小编剧很着急，才天天早早地等在我的房门外。

这些人中，只有我抽烟，开会比平时还要重一些，我认为在我的房间开会比较合适。关雪说："两回事，我是制片人。我在宾馆开房，就是为开会使用的。"关雪的确没在宾馆睡过觉，甭管会开到多晚都开车回家。我也不在宾馆住，总觉得不如家里舒服。深夜，走在空无一人的街道上，易于思考，也可以清空大脑。

我说："弄得你房间乌烟瘴气的，不好意思。"

关雪说："开完会，你替我打扫卫生就是了。"

"打扫完卫生呢？"我故意逗她。

"滚回家去睡觉呗。"关雪拍了我一巴掌。

那天的会散得早，关雪说：“我们家老李想见你。”

我说：“没完没了了还？”

关雪说：“就是单纯想请你喝杯酒，没别的意思。去吧。”

我不想去，说：“算了，累。改天。”

关雪说：“可能你俩有缘分，得病这两年，你是他唯一主动见的人。”

我说：“这么说，是我的荣幸喽？”

关雪说：“你俩聊聊，说不定他能给你提供些写作素材呢。走吧，啊？”

我问：“刚才张总说我是总编剧，怎么回事？”

路上，我问：“你每天往这里跑，公司怎么办？”

关雪说：“公司在横店开了一个新项目，除了行政人员，差不多都过去了。老板也在那里督阵呢。”又说：“谭老师，这是我负责的第一个项目，你可要帮我把好关。事关我后半生的前途呢。”

我说：“我不是已经尽力了吗？”

关雪说：“还要更尽力。”

关雪拍拍我的手，我一把抓住。

关雪说：“别闹，开车呢。”

我没有松手，关雪也没有再挣脱。她的手戴着手套，我拽了一把，关雪自己把手套摘下来，放在一边，任由我摩挲着。我想起李洪涛说过，我只是个小人物，觉得有点好笑。

“你坏笑什么？”

“没什么。”

李洪涛衣着整洁，端坐在餐桌旁，见我进来，很正式地起身，伸手与我握了握。他的手有点硌，感觉骨头上只包了一层皮。

李洪涛说：“辛苦，这么晚了。”

我说：“这个点我平时也没睡，过来喝点酒挺好。”

桌子上的菜挺丰富，芥末木耳、糖拌西红柿、炖带鱼、酱猪蹄，啤酒是百威，听的。李洪涛眼窝深陷，眼睛黯淡无光、雾蒙蒙的，但只要一睁大，就光芒四射，好像再使点劲能掉地上。

李洪涛说："酱猪蹄是我的拿手菜，但自从得病就没做过，手生了，也不知道味道如何。你尝尝。"他用筷子点了点。

我说："那我就不客气了。"酱猪蹄很好吃，酱得很烂，筷子一插，就是一块，入口即化，像江南人的手艺。

李洪涛说："这个菜是跟苏州人学的，我改良了一下。我们拍戏的，一年到头四处跑。"

他跟我碰了一杯，一口干了。

我说："你现在的情况这么喝酒行吗？"

他说："杯小，没事。你知道我为什么开酒店吗？"

我摇头。

他说："我是干灯光的，你知道吧？"

我说："知道。"

他说："干我这行的干到底在剧组地位都不高。"

我说："我对剧组不了解。"

他说："跟你简单说吧。在现场，导演和演员、摄影，围坐在一起看大的监视器，我这个灯光指导，在旁边偏后一点，自己看小的监视器。孤零零的，像个受气包。你想想我这把年纪什么心情。"

我说："我理解。"

他叹口气道："你是假装理解，其实你不理解。这就是我一直憋着要出来自己当老板的原因。面子上过不去呀，虚荣心强，但老板也不好当，生意不好做，合伙人之间闹矛盾。我这个病，虽然医生证明不了，但我心里清楚，就是上火上的。"

我说："别想这些了，好好养病。"

"我对人生的总结是：一个人甭管干什么，心胸要开阔，要像大海一样开阔。"李洪涛站起来，双臂张得很开，然后坐下来，"再一个，就是认命。人不能跟命争。"

我喝了三瓶，李洪涛喝了一瓶。我看时间，十二点了，就说："你休息吧，我也得回去睡觉了。"

他说："酒喝得怎么样？"

我说："还行。微醺。"

李洪涛起身从抽屉里拿出一个茶壶，说："留个纪念。一个知名女演员送我的，名字我就不说了。宜兴紫砂壶，说是大师手工打造的，下面有落款，字曲里拐弯的，我不认识。我们干灯光的在剧组也有些特权，女演员都希望把自己拍得漂亮点，用光尽量柔和些。这里面门道很多。"

"我不喝茶。你自己留着。"

"你别跟我客气，文人哪有不喝茶的。"我只好收下。"下次你酒下得快点，别管我。想怎么喝就怎么喝。"

李洪涛喊关雪："你出去送送老谭。"

我说："不用，这么晚了，我叫滴滴。"

李洪涛推着关雪往外走，然后迅速带上门。我和关雪摇摇头。

关雪说："我们家老李就这样，跟你对脾气了，话就多，热心肠，典型的北京胡同串子性格。他人真的挺好的。"

在电梯里，关雪勾了下我的手指，我抬头，示意她上面有摄像头。关雪站我身前一点，手没有松开。

"我知道我们的关系了。"出了电梯，来到户外，关雪轻声说。

"哦，说说看。"

"温暖。我们给彼此带来的是温暖。这两年，我虽然每天在公司忙忙碌碌，看上去乐呵呵的，无忧无虑的，但我心里很苦，有一种随时撑不下去的感觉。但一想到你，人就能很快安静下来。照顾老李有时候也很烦，现在我的情绪调节得很好，很耐心，当然这里面有愧疚的成分。认识你之后，我的生活突然出现了光亮，是那种温馨的暖光。尽管从道德上，我们的交往有瑕疵，我也很矛盾，但好在我们没有再往前跨一步。生活中，一些看似有悖于伦理的事情，却恰恰是符合人性的。我这么说，并不是给自己找借口。”

“我们这种关系很难拿出来讨论的。每个人都需要一点秘密，除了彼此，不要试图与其他人分享。”

“只是我偶尔还会有一种罪恶感，挺讨厌自己的。你会吗？”

“也会，但并不很强烈。”

“男人是不是更在乎世俗的快乐，女人在乎精神的愉悦？”

“可我还没得到过你所说的世俗快乐呀。”

关雪在我的脸上轻轻地亲了一口，有一股薄荷口香糖的味道。

我们中标的两个项目，一个是剪纸，一个是古琴。我们拍摄的国家级传承人是抢救性的，年龄都在七十岁以上。具体到我们中标的两位传承人，一个八十二,一个八十五。两个项目穿插着进行，这样可以节省时间和人力成本。我们预计每位传承人的拍摄时间为十五天，加上不可控因素，总周期控制在四十天以内，否则可能亏本。张潇和我是制片人，排名她先我后。我以为张潇只是挂个名，到时候跟着分钱就是了，想不到她要亲自带队。正式拍摄的时候，我们带了三台机器，索尼 F7。其实两台就足够用，一台拍传承人，一台拍采访的专家，我们又特意加了一台游机。还带了部佳能 5D4 相机，用于翻拍收集到的资料照片和现场工作照。张潇从朋友处借了辆别克七座车，说是为了拉人和设备，替我们公司省钱。车还是张潇开，加上大量的机器设备，但感觉还比较宽敞。

我说：“你为了我们的拍摄，真是操碎了心。”

张潇扭头看我，说：“怎么听你这话像是讽刺我。”

“感激还来不及呢，怎么可能！”我说的是心里话。一大堆人坐火车费用大，机器设备手提肩扛的，去哪儿都不方便。这个我深有体会，公司刚创办的时候，外拍都是我带队。

“但咱们得说好了，油钱和过路费得你们公司出。”

“那当然。”

“司机的费用，看在我们两家公司长期合作的分上，就免了。”

我们到达拍摄地时天已经擦黑了。我们在搞剪纸的李老师家小区附近的如家住下，这样便于拍摄。张潇让大家进房间调试设备，然后抓紧时间休息。

张潇对我说：“你跟我去一趟省非遗，见刘主任。”

“我又不认识人家，我去耽误你们说话。”

“人家在等我们。让你去就去，少啰唆。”我很反感她在我同事面前这个态度跟我说话，鼻子不是鼻子脸不是脸的，但怕同事笑话，只能乖乖地跟在她的屁股后面，匆匆下楼。

在办公室，我们见到了省非遗的刘主任。张潇介绍说：“刘主任不仅是文化官员，也是一位著名的散文家。”我上前和刘主任握手。“这位是我公司的副总，谭世伟。大作家，在文学圈赫赫有名。他的小说都是发表在《人民文学》《当代》《十月》《中国作家》这些大刊物上。人很有个性，坚决不加入任何作家协会。”张潇从皮包里拿出一摞书，上面系着红绸子，说，“刘主任，这些都是他写的。特意带给您的。”前几天，张潇打电话问我：“你手里自己出的书齐吗？”我说：“不齐，干什么？”张潇没说，就撂了电话。

刘主任很感兴趣，逐本打开，翻看得很仔细，之后，热情地邀我入座，亲自沏茶。张潇掏出一支崭新的派克钢笔，让我在每本书上签名留念。临走前，刘主任主动跟我合影，加了微信。

回去的路上，张潇说："这些书是我从当当上买的，你做文化生意，怎么就不知道出差随手带几本书？你看人家刘主任对你多热情。"出版社出书，通常只给作者二十本样书。我没有送人书的习惯，个别好朋友除外。主要是觉得没必要，喜欢看就自己买，不喜欢的，送了人家也不看。"以后你跟甲方谈生意，都要带一套书。内容看不看是他们的事，瞜一眼书皮就够了。你送书，证明你不仅是一个商人，还是一个文化人，干吗不利用？现在开文化公司的没几个人有文化的，你心里没数吗？"

我看着张潇，觉得她说得有道理。其实我也不是拒绝送甲方书，只是没想到。

"别抹不开面子，假清高。你要是开饭店、卖服装，谁搭理你这个作家呀。"

"我回去就买，以后见人就送。"

"你这套书我花了一百八，还有派克笔，七百。也是特意给你买的，反正你往后用得着，一共八百八。送书一定要签名，正好顺带着露一手你的硬笔书法，震不死他们。"

"我马上给你转账。"

张潇笑了，一甩头。

李老师家房间太小，拍摄之前，我们把用于拍摄的房间里的床、桌椅、被褥、相框，搬到另一个房间。墙上陈年残留的污渍，避不开，只能用遮光布遮挡，即便如此，摄影师站在机位后还是转不过身，只能像壁虎一样依附在墙壁上，三盏 LED 大灯照着，天气热，为了达到收音效果，不能开空调电扇。没一会儿，每个人就汗流浃背了，身兼化妆师的张潇就得给李老师补妆。张潇还抽空一路小跑下楼到小卖店买了一袋子冰镇可乐，要了许多冰，分给每个人解暑。

中午订了盒饭，摄制组的人就跟李老师夫妇在走廊站着凑合一口。因为拍摄，屋子里需要绝对的安静，李老师的妻子不能在厨房做饭。饭后我们回酒店，因为李老师每天中午必须午睡。等我们下午两点准时到李老师家时，李老师的妻子正在楼下等我们，说："老李每天中午都要喝一点酒，今天你们走后才喝，喝得有点多，还在睡觉呢。"我们在楼下避阴处等，三点多，才进李老师的家门。收工后，所有人精疲力尽。我们在附近找了家干净的饭馆吃饭。按照合同，我们每天要给传承人二百块钱的误工费，李老师坚决不要，说："打在饭钱里。"

张潇说："这怎么行，两回事。"

李老师说："你要是给我钱，我就不拍了。"

老太太也说："现在条件好，谁家也不差这两个钱。"

李老师说："光吃饭怎么行，酒总是要喝一点的嘛。"

我和张潇陪李老师喝酒，吃完饭，大家回去休息了，我们一直喝到十点钟，李老师在妻子的催促下，才意犹未尽地回家睡觉。中途，老太太上厕所，李老师悄悄对我说："唉，我的工资都是老太婆把着，平时兜里连个零花钱都没有。"我和张潇对下眼神，明白了李老师的意思。他是不想让老伴儿知道这个钱，并不是不想要。我塞给他二百块钱，李老师推让了几下，我说："别让你老伴儿看见。"

李老师笑着收下了，说："老伴儿掐我的财路，没有喝酒钱，日子难熬呀。"还冲我双手一抱拳。老爷子挺可爱的。"是每天二百吗？"

张潇说："是，每天给也行，到时候一块结也行。听你的。"

一连三天，李老师每晚都要喝酒，还不少喝，我既怕他喝酒出事，也怕耽误第二天拍摄，但还好，李老师的酒量由他妻子控制，并没有太过分。只是我们回酒店还要倒素材，回看白天拍摄的内容，以免出现纰漏，折腾到凌晨两三点才能上床。口述片拍摄的时长达到十个小时，是合同规定长度的一倍。即使剪掉一些有瑕疵的画面和意义不大的话，仍然很充裕。

弹古琴的高老师家虽然客厅宽敞，但高太太为人太挑剔，脸紧绷着，没个笑模样，生怕我们的机器把家里地板剐着蹭着。尽管我们小心翼翼，赔着笑脸，但高太太的眼神始终是挑剔的，搞得我们架机位、布置灯光时很别扭，气氛压抑。好在我们事先准备了魔术腿，垫在脚架下。

高太太说："我先生身体不好，你们每天只能拍摄一个小时。上午半个小时，下午半个小时。"

我说："那样的话，拍摄周期会很长。我们外出是一个团队，吃喝拉撒睡，费用很高的。"

"那是你们的问题，我管不着。"

张潇小声对我说："你别听她咋呼，真的拍起来，每天一小时，我们受不了，他们也陪不起。"

高老师人很和善，给我们又是沏茶又是倒水，但我们注意到，一旦高太太看着高老师，高老师就像个孩子似的避开她的目光，显得手足无措。张潇一直围在高太太身边，又是扇扇子又是唠家常，比亲闺女还孝顺。

布光、调试机位，很费时间，张潇还故意让他们再慢一点。上午，我们实拍不到二十分钟，高太太让我们停下。张潇问："高老师累吗？"高老师摇摇头，又看看高太太，说："有点累。"我们只能收工。高太太让我们把机器设备全部搬回宾馆。我说："能不能找个空闲的地方暂时存放一下，下午还要继续拍摄，来回来去搬动，很耽误时间，也容易剐蹭。"

高太太说："家里没地方。"

张潇说："高太太您也看到了，他们布一次景很耗费时间，挺辛苦的。

您通融一下，如果碍事，我们晚上再搬回宾馆。您看怎么样？”

高太太勉强答应。

下午拍摄了半个小时，高太太就说要去买菜，而没有她在场监督，必须停止拍摄。这是高太太之前提出的拍摄条件。张潇说：“我们晚上一起出去吃吧，这样能节约不少时间呢。”

高太太严词拒绝，说：“我们不在外面吃饭，外面的饭菜不干净。”

张潇说：“按照这个进度，完成全部拍摄起码得一个月。”

高太太听了眉头皱起来，说：“唉，早知道这么麻烦，当初就不该答应你们拍摄。我们外面的演出很多，根本忙不过来。高老师的出场费一天三千块呢。”

第二天，张潇一进屋就问：“高老师昨天休息好了吗？”

高老师说：“没问题，今天时间可以长一些。”

张潇说：“哎呀，高老师你太客气了，拍摄时间要根据您的身体情况来定，累了就告诉我一声。”

高老师说：“好好好。”

高太太没说话。

十余个小时的口述片五天搞定，只比李老师多一天。

我们打道回府。剩下的内容，下次来再拍。

分集大纲终于在赵导夸张的“咔”声中通过了。大家去吃散伙饭，关雪在饭桌上说：“我代表公司特别感谢谭老师，分集大纲的顺利完成，谭老师起到了至关重要的作用，牺牲了大量的时间，付出了巨大的劳动，自己公司都顾不上管了。来，大家一起敬谭老师一杯。”

赵导也说：“谭老师事无巨细，令人钦佩。”

我说：“别别别，言重了。是大家共同努力的结果。”

那晚我们都喝了不少酒，结账前，关雪说："咱们的工作暂时告一段落，剧本各自回家去写，下周末你俩每人交两集，然后开讨论会。为了鼓励你们创作的积极性，分集剧本，过两集结一笔钱。"两个编剧点头。

饭后，各自回宾馆收拾东西，退房。关雪在走廊里说："谭老师，你等我一下，有事情跟你说。"

我说："你刚才给我戴的帽子有点大。"

关雪说："我这话是说给赵导听呢。这个项目是我的，不是他的。让他放聪明点。"

我说："还没进组呢，你们就明争暗斗，往后怎么合作？"

"导演跟制片人是一对天敌，彼此不可能成为朋友。你软他就拿你当柿子捏，我可不想受窝囊气。"关雪的口气像个女强人。

我说："但你也不必咄咄逼人。犯不着。"

关雪沉默着不再说话，眼泪簌簌地流了下来。好一会儿，关雪说："我们家老李快不行了。"

我说："这么快？"

关雪说："一直用杜冷丁顶着呢，随时都可能过去。刚发现生病时戒过一段烟酒。做完第一次手术后又捡起来了，越喝越凶，越抽越凶。咖啡也不住嘴儿。说是想开了，多活一天少活一天无所谓，反正每天的日子都是重复的。"

我说："用不用我过去看看？"

关雪说："我正要和你说呢，你主动提出来，那敢情好。"

我上了关雪的车。

我看见李洪涛时怔住了，差点没认出来。李洪涛躺在床上，脸瘦成一个窄条，皱纹更深了。看见我来他想坐起来，我向前一步，拦住他，他冲我笑笑，嘴里喘着粗气。他的手抬起来，在嘴巴上激动地比画着，示意我给他点支烟。我摇头，他的眉头拧着，脸色很黑，有点恐怖。我喊关雪，他伸出手拉我，我感觉不到任何重量。见关雪没过来，我点了根烟，抽一口，递给他。

李洪涛说："关雪把我的烟都冲马桶了。"

"她也是为你好。"

关雪推门进来。

李洪涛说："你回避一下，我们哥俩说点正事儿。"

关雪笑笑："什么事跟我还保密？"

李洪涛摆摆手，关雪把一杯茶放在床头柜上，转身出去了。

李洪涛清清嗓子："我现在没什么牵挂了，就是有一件事放心不下。"李洪涛停顿了一下，见我没接茬的意思，继续说："兄弟你跟我说实话，你觉得关雪这人怎么样？"

我说："挺好啊。"

李洪涛说："说具体点。"

我说："具体的还真不太好说，我们认识的时间并不长。"

李洪涛说："咱们不绕圈子。我直说吧，如果我走了，你觉得你会娶关雪吗？"

我说："我有家庭了，记得跟你说过。"

李洪涛轻轻哼了一声："你撒谎，你是单身，起码现在是单身，也许以前结过婚。"

我说："你怎么知道？"

李洪涛说："我自己分析的。我跟关雪聊过你，觉得你人挺朴实的，值得托付。现在你就实话跟我说，你对关雪有没有意思吧？"

"你这么做对关雪不太公平。关雪是成年人，她对自己的未来，应该有独立的判断。这个问题，你别让我回答。怎么想是你的事情，我管不着。”

李洪涛的眼泪流了下来，呜呜呜地哭出声来。

我说：“你这是干什么？”

关雪匆匆跑进来道：“怎么了，老李？”

李洪涛不说话，眼睛闭着，但眼泪并没有停。关雪生气地看着我，我想解释，又怕多余，只能沉默。李洪涛用力摆摆手，关雪只好又出去了。

李洪涛说：“我是郑重的，不是闹着玩。碰到这么好的人不容易。”我看着他，李洪涛说：“我是说你。关雪看着挺精，其实没什么心眼，也会过日子。”

我说：“咱们说点别的吧。”

李洪涛说：“别打岔。关雪是孤儿，从小在姑姑家长大，缺少温暖。这些她肯定没跟你说过。我怕她今后吃亏。你回去好好想想。这是我最后对你说的话。”

“最后？”

“对，最后。”最后这句话李洪涛是闭着眼睛说的，喉咙一耸一耸，一只飘摇的手臂，从被子上微微抬起，几乎没动。

李洪涛出殡那天我去了。自从上次从关雪家出来，我和她很少见面。也不是回避什么，主要是传承人的素材得完完整整梳理一遍，大量的文字、图片资料也得编辑，很耗时间。关雪白天处理她公司的事情，晚上照顾李洪涛。电视剧建组是一个浩大的工程，需要联系很多人，见面、吃饭、谈话，一拨又一拨，还有没完没了的会议，够她折腾的。

来的人不多，大多是李洪涛那边的亲戚朋友，关雪这里只有我和两个小编剧。剧本已经过审，按照赵导的意思，编剧只署他一个人的名字。关雪正在找张总为他俩争取署名权，两人为此心存感激，是他俩主动要求来的，想看看能帮点什么忙。即使没什么事，站脚助威也是份人情。

从殡仪馆回来的路上，关雪说：“去我家里坐一会儿，陪我喝点酒。”

我没说话，心里不大想去。关雪用胳膊肘怼我，我说：“啊。”

关雪说：“啊什么啊，不想去就算了，没人逼你，别勉强。”

我说：“你最近抽空出去走走，散散心。”

关雪说：“等这个项目正式结束，是得出去一趟，找个没人的地方，好好哭一场。这段时间感觉人很恍惚，经常走神。老李走了，我还得活下去。”

我俩进屋打开所有的窗子，通通风。冰箱里有火腿肠、五香花生米，酒是燕京瓶啤。关雪说：“我再炒个鸡蛋？家里没别的菜了。”

我说：“算了，还不够麻烦的。”

我们坐在客厅靠落地窗的桌子旁，窗外的夜色正慢慢地暗下来。关雪的酒杯与我的碰了一下，眼泪就下来了，她用手背擦了一把，摇摇头道：“对不起。”

我把手边的纸巾推给她。

“那天老李跟你说什么了？”

“没说什么，大意是让我以后多照顾你一些。他预感到自己快不行了。”

“你说我往后该怎么过？一个人还是再婚？”

“关键是哪个成本高？”

关雪皱了下眉头。

“我的意思是，成本包括钱，但不限于钱。情感也是有成本的。”

“一个人过的好处是随心所欲、了无牵挂，但逢年过节，或者遇上个头疼脑热的，会很可怜，孤零零的，身边连个抓手都没有，也挺愁人。”

“什么都有代价，关键看你适合哪种生活。”

关雪双手支在下巴上问：“你适合哪种？”

“我觉得我现在的生活还不错。当然你也可以找个情人，一块儿搭伙过日子。”

“男人都需要有个情人，是吗？”

“碰上了当然好，碰不上也无所谓，但你还年轻。”

“你觉得我们俩在一起合适吗？”

“我们还是做朋友比较好。如果刚认识的时候，有了那个，也就有了，现在太熟悉，我怕破坏我们之间的友谊。”

“跟你开玩笑呢，你很坦诚。我也是这么想，好朋友很难得，尤其是现在的社会。我们可以做一辈子的好朋友。”

我们端起酒杯，碰在一起，然后一口喝掉。

关雪说：“等段时间，我想换套房，搬郊区去住。买套联排。”

“这套房子卖了买独栋也没问题。你的工作又不是固定的朝九晚五，没必要住在城里。”关雪的房子在东四环，CBD 区域，一百多平方米。

“买不起，房子卖了一半得给老李父母，或者说给他的弟弟妹妹分。当初我们结婚买房子，他爸妈出的大头儿，名字也是他爸妈的。本来说好他爸妈在我们家养老，等二老去世，房子就归我们，谁想到老李比他爸妈走得还早。怕他弟弟妹妹惦记，前些日子，老李把他们一起找来，签的协议，皆大欢喜。不然老李走了，这房子指不定归谁呢。”

“不早了，你早点休息。我明天一早得去公司。最近事多。”

“好，我买房子你得陪我去看啊，我没经验。万一钱不够，你得借我点。”

我点头道：“一定尽力。”

电梯来了。我们简单地拥抱了一下，匆匆分开。电梯门关闭的刹那，我说了句：“如果需要，随时打我电话，几点都没关系。”我还比画了一个打电话的手势。

关雪看着我，眼睛湿润了，强忍着。

我主动请张潇吃饭，如果没记错，这是我俩离婚以来的第一次。还是上次的日料。张潇一进屋就说："有什么好事，赶紧说来听听。又要结婚了？"

我没答话。我不觉得这很幽默。

张潇说："我把咱们整理好的素材快递给了几个省的非遗中心，他们觉得很不错。说过些日子招标会提前通知我们。这个项目评审的时候，我们要冲优。等过个一两年，我们积累够相当数量的传承人之后，这些纪录片可以跟门户网站合作播放，同时开发非遗的文创产品。我的主意怎么样？"

"你想得够长远。"

"你的公司往后别干别的了，专心拍非遗传承人。说不定哪个传承人的经历打动你，你就能写出一部伟大的长篇小说。"

这个想法我也有，但没跟人透露过。我写小说很迷信，作品没有完成之前，不与任何人交流，怕漏气。

前些天我们去H省进行了二次拍摄，重点拍李老师和高老师的实践片、教学片，还是先李后高。拍摄地点在李老师所在单位省民俗民间艺术馆的礼堂。民俗民间艺术馆的前身是省委党校，前几年，党校前后三任主持工作的副校长因为贪腐被判刑，党校搬到了新的地址，老党校空出来，但一些重要单位都嫌风水不好，晦气，拒绝搬入，才轮到省民间民俗艺术馆。即便这样，也是指令性的。民间民俗是半官方半民间的单位，没有讨价还价的能力。

礼堂很大，建筑宏伟，有现成的舞台灯光，易于拍摄，但要上二百级台阶。馆领导只给我们四个小时的拍摄时间，即下午一点上班到五点下班，时间非常紧张。李老师破例没喝酒没有午睡，我们提前开车到民间民俗馆，但不让进，一点整才放人。我们摄制组为赶时间，爬台阶进去布灯、架机位，搬挪桌椅。张潇陪李老师夫妻去乘内部小电梯。可等我们一切布置好，李老师还没上来，我打张潇电话，无人接听。我跑到礼堂的露台，看见张潇正吃力地背着李老师爬台阶，李老师的太太，在旁边拿着李老师的道具、纸张。

我跑下去，问："你们怎么不坐电梯？"

张潇叉着腰，气喘吁吁地说："看电梯的人还没来。"

"你打电话叫我一声啊。"

"你们都忙，我怕你们着急。"

"我来背。"

"不用，你腰不好。你在后面帮我托一把就行。"我的腰一直不好，是腰肌劳损，走路时间久了都疼得直不起腰。

张潇一只手扶墙，一只手抓住李老师的屁股，中间又休息了几次，才艰难地把老人家背上来。张潇瘫坐在台阶上，下嘴唇咬出一排白白的牙印，慢慢渗出血来。拍摄完毕，我要带张潇去医院，张潇不让，非要一个人打车去，让我陪李老师喝酒。之后张潇在酒店躺了两天，除了上厕所，床都没下过。我大为感动，亲自给她订餐送饭，一推门，张潇的眼泪唰地下来了。

高老师的太太提出实践片、教学片都要在录音棚进行，而且要在她指定的录音棚。为的是保证古琴的音色，毕竟这个项目是留给子孙万代的，古琴是中华民族的瑰宝。她说得没毛病，问题是经费。录音棚一天五千，起码要租三天。高老师，还有他的弟子，每人每天参与录制的费用平均不低于两千元，一共是八个人，加一起就是六万多，这是我们根本没办法承受的。我明确地说，不可能。张潇让省非遗中心负责纪录片项目的小李出面协调，但高老师的太太不买账。“找谁都没用。没有音质的保证，我们就不录。我们不能粗制滥造，损害听众的耳朵，你们看着办。”

张潇说：“我们出去商量一下。”

在高老师家门前，张潇说：“我们一天出来吃喝拉撒睡，加上员工的工资，怎么也得五六千块钱，拖下去不是个事，也拖不起。”

“问题是我们拿不出这笔钱啊，总共就这么点费用，你又不是不知道。”我生气地看着张潇。

张潇说：“我有办法，我进去再跟她谈谈。”

不一会儿，张潇出来，笑着说：“解决了。”

我问：“多少钱？”

张潇说：“你负责把片子拍好就行，别的不用管。”尽管我心里有气，但既然张潇说钱她负责，那就随她去好了。这么一大笔钱我是不会出的，太过分了。简直是讹诈，把录制拍摄当成了赚钱的生意。按说国家出钱拍摄非遗传承人，是一件积德立业的事情，传承人本该积极配合，既是为国家，也是对自己一生所从事的技艺有个圆满的交代。

两个项目全部拍摄结束，我们请省非遗的小李吃饭。小李从头到尾一直陪着我们拍摄团队，很辛苦，任劳任怨。上洗手间的时候，我问小李：“张潇到底花了多少钱？”

“你们张总的确有本事，讲到四万。”就是说，张潇自己掏腰包出了四万块钱。

“怎么可能？”我还不了解张潇吗？

“怎么不可能？张总是当着我面给的高太太钱，是现金。我亲眼看见的。”显然小李误会了我的意思。我不得不对张潇刮目相看。就是因为这个，我今天才主动请张潇吃饭的。

关雪来电话，问我在干什么？

“和朋友喝酒。”

“明天有空吗？陪我去小汤山看看房。”

“没问题。”

“又是在日料？”

“嗯。”

“还是跟上次那个女人？”

“还是。”

乐 园

一

王彩霞离婚不到三个月，又被轮岗了。“轮岗”绝对是具有中国特色的词语，是轮流上岗的意思。具体的轮法是采用时下颇为流行的“抓阄”方式。为了体现公平、公正、公开的原则，班组的十八名纺织女工一致同意，请粗纺车间主任亲临现场监督和主持，车间主任郑重地在十七张纸条上写下了“上”字，在另一张纸条上写了个“轮”字。结果，王彩霞不幸成了班组里第一个被轮岗的女工。轮岗以一年为期限，第二年自动上岗，然后再由剩下的十七人继续“抓阄”，抽出第二年的轮岗女工。

从车间出来，王彩霞的脚步有一种灰溜溜的感觉，心里也不是滋味。她很想回头看一眼自己曾经工作了十年的车间厂房，但一想到刚才送行的姐妹们肯定正站在窗前用一溜儿同情的目光继续为自己送行时，就忍住了。王彩霞倒不是因为失去一份纺织女工的工作感到伤心难过。的确，上岗的人每月满打满算也就挣五百块钱，还得“三班倒”，轮岗在家有一百八十元的“低保”，如果自己带孩子，省去女儿入托的托费，她每月顶多损失个一两百块钱。王彩霞是觉得自己太倒霉了。刚刚摆脱了难缠的败家丈夫，又在十七比一的“抓阄”中轮岗，王彩霞越想越觉得委屈，眼泪就不争气地流了下来。

离婚后，王彩霞领着女儿搬回了娘家，与母亲一起生活。那是套老式的两居室，弟弟、弟媳住一间，王彩霞和女儿跟母亲挤住在另一间。这很不方便，但也是没法子的事。弟弟和弟媳虽然没有给王彩霞脸色看，但晚饭后，小两口碗筷一推，就躲进自己房间看电视去了。收拾完厨房，王彩霞就坐在饭桌旁哄女儿睡觉或教女儿识字。其实，王彩霞是想听听电视机里传出的声音。王彩霞喜欢看电视，尤其喜欢看电视连续剧。这是王彩霞结婚后养成的习惯，而且越看越上瘾，不看到眼皮打架是不会上床睡觉的。如果是她以前看过的电视剧，王彩霞就边听边回忆剧中人物的神态和动作；如果没看过，王彩霞就闭上眼睛，耳朵竖得直直地听。虽然听电视不像看电视，有视觉效果，但同样可以打发无聊的时光。王彩霞也挺知足的。

王彩霞是个有自知之明的人。既然弟弟和弟媳没有招呼她过去看电视，她就不会不知趣地贸然闯入人家的房间去讨人嫌。不仅如此，王彩霞在娘家一直生活得小心翼翼，连唉声叹气都得挑没人的时候，还得把房门关严实了。这样，王彩霞的眼泪才能没有阻碍地痛快地流淌下来。女人就是这样，只有让委屈的泪水从眼眶中流出来，心情才会顺畅、平稳。

王彩霞今年三十岁，虽然生了女儿，但身段恢复得相当好，尤其是小肚子，瘪瘪的，看上去跟当姑娘时没啥两样。刚轮岗回家时，王彩霞就想自己做点小买卖，可思来想去，发现自己一无所长，对干什么都没有自信。于是，王彩霞不禁哀叹，人过三十天过晌，这话是专门说给女人听的，尤其像她这种平庸的女人。

王彩霞当然知道，她是不能在家里干闲着的，怎么也得想办法把这一年熬过去，就算不为自己，也该为女儿着想呀。一百八十元的“低保”，连女儿一个月的开销都不够。王彩霞暗自庆幸，多亏自己当初长了个心眼，存了五千块钱的私房钱。她的那个可恶的丈夫，不光赌输了家中的一万元存款，连房子也押出去了。不然，王彩霞也不至于痛下决心，与他一了百了。虽然法庭判定前夫每月要付给女儿一百五十元的抚养费，但王彩霞压根儿就没指望过。前夫身后跟着一帮要债的人，他连自己活命都成问题，怎么能顾得上她和女儿呢？

如果王彩霞非要勉强给自己找出点特长来，那就是缝缝补补、洗洗涮涮了。王彩霞爱干净，自认为在同龄人当中，算是把持家过日子的好手。于是，王彩霞在娘家附近的农贸市场里盘下了一家洗染店。洗染店只有十五平方米，里面有一台滚筒洗衣机、一台缝纫机、一台简易的蒸汽熨斗和一块熨衣服的台板。洗染店老板出兑的理由是急于出国。好像现在每一家店面出兑的原因都与出国有关。王彩霞笑笑，也没在意。洗染店的女老板起码有四十岁了，一脸皱纹，体态臃肿，王彩霞实在想不出，她这副尊容出国能干些什么。

洗衣店出兑的底价是三千五百元，但王彩霞一口咬定，只出三千元。王彩霞只有五千元的积蓄，她还要先付房主三个月的房租（每月六百元）。两人互不相让，争得口干舌燥。最后，洗染店的女老板气鼓鼓地一屁股坐到熨衣服的台板上。随着台板发出一阵痛苦的吱嘎声，王彩霞以为这笔买卖算是谈崩了，正欲转身离去，女老板却悠荡着双腿，伸出一只肥胖的小肉手，赌气似的说，点钱吧。

王彩霞兑下那家洗染店后，连夜动手粉刷了墙壁，第二天又起了个大早，把门窗擦拭得一尘不染。王彩霞想，既然人家肯把衣服拿出来洗，就应该是个爱干净的体面人。店容店貌是脸面，这样才能把顾客吸引进来。那天，王彩霞特意化了些淡妆，系了条白色蓝花的围裙，整个人看上去显得干净利落。王彩霞很久没有在镜子前仔细地端详过自己了，不禁叹了口气。

生意进行得并不顺利。每天只有稀稀拉拉的几个顾客，还大多是缝个裤角，收个腰身的零活儿，很少有人洗衣物。这是王彩霞始料不及的。

一个月下来，她只挣出个房租钱，水电煤气、管理费、税费加一块，整整赔了五百元。照此发展下去，不用一年，王彩霞就得赔个血本无归。王彩霞心里不免开始打退堂鼓了。正巧，有个老同学劝她给自己和孩子上保险，王彩霞灵机一动，就跑到一家保险公司去应聘。按说，以王彩霞的相貌，面试是不该有问题的，可偏偏王彩霞这人生性腼腆好脸红，面对主考官，话未出口，脸就红到了脖梗子，紧张得说话都连不成句了。跑保险要有一种锲而不舍的精神，人要沉稳，还得能说会道。王彩霞觉得自己这辈子是干啥啥不行，连个保险推销员的工作都不能胜任。这让她深感自卑。

回到洗染店后，王彩霞做生意的情绪一落千丈，整天神情恍惚地坐在台板前，两手托腮，望着门外的人流发呆。

二

洗染店的左侧紧挨着一家电影院。当然，现在说是电影院早已经名不符实了。随着电影业的不景气，昔日电影院的一楼如今成了录像厅和游戏厅，二楼叫小百花舞厅。许多骑自行车来跳舞的人就把车停放在电影院周围。王彩霞的洗染店前也停了不少，虽然没有挡住门脸，但从洗染店进出的人还是显得磕磕绊绊，有些碍事。王彩霞就是在窗前发呆的时候，无意中听到了两个女人的对话。其中一个女人问："今天战果怎么样？"另一个女人喜滋滋地说："还行,跳了九个,有个胖子跳了双份。"王彩霞听不懂她俩说的啥意思，但从两人的神态和语气中，王彩霞还是嗅出了些别的味道。至于是什么味道，王彩霞也说不清。但从此以后，王彩霞闲着没事坐在窗边就不仅仅是发呆了，目光也不再空洞。虽然脸上的表情很散淡，耳朵却一刻不停地辨别着取自行车的女人们之间隐秘的交流。渐渐的，王彩霞知晓了她们的秘密。这些女人到"小百花"跳舞是收费的，收那些请她们跳舞的男人的小费——三支曲子十元钱。

王彩霞暗想，陪男人跳三支曲就能挣十块钱，这也太划算了。按一个曲子十分钟计算，一个小时她们就能挣二十块钱。一天下来，她们得挣多少钱呀！王彩霞在心里飞快地算了一笔帐。

当天傍晚，王彩霞关了店门，来到小百花舞厅。门票分两种，男士五元，女士三元。王彩霞没有刻意打扮自己，甚至故意穿了身不易引人注意的灰色休闲装。她在舞池的门前站了大约五分钟，眼睛才渐渐适应了舞池里幽暗的光线，便轻手轻脚地寻了个角落里的空位坐下。舞曲是邓丽君的老歌，轻柔、舒缓，略带忧伤。王彩霞刚参加工作时，也偶尔跟本厂的女工一块去舞厅跳舞。那时的舞厅正处在鼎盛时期，是普通大众娱乐的首选。随着卡拉 OK 厅、迪厅和酒吧的兴起，手头有点钱的男人就不再满足舞厅里那种简单的搂搂抱抱等小动作了。舞厅的灯光、音响等设施比起华丽的卡拉 OK 厅也显得过于寒酸和简陋。渐渐的，舞厅就像一个被男人抛弃的怨妇，惟恐避之不及。只剩下一些穷得兜里叮当乱响的男人才肯往里钻，一个个还神色匆忙，跟做贼似的。于是，有钱的男人干脆管舞厅不叫舞厅，改叫穷鬼乐园了。虽然这种叫法有些伤穷人的自尊，但也足够形象、贴切。

王彩霞枯坐在椅子上，好似回到了从前的时光。那时的舞厅也热衷于播放邓丽君的歌曲。一晃十年过去了，邓丽君的歌声听起来还是那么亲切，还能让人听得心潮起伏、思绪万千。说起来，王彩霞与前夫就是在舞厅里认识的。那时的前夫长得一脸周正，身材魁梧，对女孩子挺有吸引力的。前夫经常约王彩霞去舞厅跳舞，一来二去，两人跳出了感情。确立恋爱关系后，前夫就不让王彩霞进舞厅了，王彩霞自己对跳舞也不是十分感兴趣，从此便再没踏进过舞厅半步。

舞池的左侧站着一群密密麻麻的女孩子，一个个打扮得格外妖艳，有的表情麻木、目光呆滞，有的则谈笑风声、一副没心没肺的样子。但每个人都在尽其所能，搔首弄姿地吸引男人们的眼球。王彩霞看见不少男人大方从容地在她们面前放慢脚步，目光挑剔地上下打量着她们的脸蛋、身段，有的男人生怕自己看走了眼，连着走了几个来回，才小心地指着人群中某个女孩，然后用食指轻轻一勾，女孩便小鸟一般热情地投入到男人的怀抱，两人迅速向舞池中间黑咕隆咚的角落一蹭一蹭地跳去。

王彩霞叹了口气。想当年，去跳舞的女孩子只要长得稍微对得起观众，个个高傲得跟公主似的，对男人低三下四的邀请爱搭不理、视而不见，顶多面无表情地摇摇头，又继续与同来的女伴说说笑笑，弄得男人们很没面子，心里气得咬牙切齿，但还得强忍着，面带微笑地伫立一旁。即使有的女孩勉强站起来，也是扭扭捏捏、一副心不甘情不愿的样子。

王彩霞目不转睛地一直坐到舞厅散场，才站起身随着闹哄哄的人群走出来。这中间没有一个男人凑过来请她跳舞，倒是有几个男人顿足朝枯坐一角的王彩霞瞄了几眼，有些犹豫不决的样子，但最后还是无一例外地朝“大部队”方向走去。这让王彩霞不免有些失落。也难怪，独坐一隅的王彩霞的那套灰色休闲装与幽暗的舞厅环境太“靠色”了，人也显得郁郁寡欢、满腹心事，像是在跟自己赌气。谁会花上十元钱跟一个正与自己赌气的女人跳舞呢。

虽然王彩霞一次也没有看见男人是怎么把钱交到女人手上的，但她还是注意到了，通常男人请女人跳舞都是跳三首曲子，女人才会心满意足地回到原来的“指定地点”。王彩霞想，肯定是男人在跳到第三曲的时候，把钱攥在手心里，待曲终双方分开的一瞬，自然地把钱传递到女人手里。双方心照不宣，配合默契。这样的猜测使王彩霞的心头为之一颤，也随之下了决心，如果一个半月后房租到期，生意仍旧不见起色，就干脆把洗染店盘出去，自己也到舞厅里去陪舞。

回到娘家,已经是晚上九点半了。母亲正在哄女儿睡觉,轻声问:“今天咋回来这么晚?”王彩霞说:“有件西服,客人急等着穿,送活儿去了。”说完，王彩霞有些过意不去地从母亲怀中抱过女儿接着哄。

倒在床上的王彩霞虽然感到疲倦，却怎么也睡不着，脑海里浮现的全是舞厅里幽暗暧昧的场景，一对对连体人似的男女，密密匝匝地挤围在舞池中央的四个大柱子周围，以及灯光下一张张陪舞女晃动的明晃晃的白脸。王彩霞想，她们挣钱也太容易了，跳舞本来就是件挺享受的事，还有人往兜里塞钱；而自己起早贪黑，辛苦劳累不说，到头来，还得整天忍气吞声赔着笑脸，往里搭钱。有一次，一个小伙子愣说，他西服上的一块焦糊的黄点是王彩霞熨衣服的时候烫坏的，让她赔。气得王彩霞事后大哭一场，钱没挣到不说，还惹了一肚子的委屈。

这么一想，王彩霞的心就更乱了。她一再告诫自己，剩下的这段时间可得一如既往地努力做生意。只要做生意能挣些钱，够维持她们娘俩的生计，还是做生意好。起码在人前能抬起头来。而陪舞女毕竟不是个正当的职业，得偷偷摸摸，有种做贼的感觉。万一母亲知道了，非把自己轰出家门不可。到那时，她们娘俩连个栖身之所都没有了。

平心而论,王彩霞的确努力了,该想的招儿也都想了。但三个月下来，王彩霞还是赔了一千多元。房租到期后，王彩霞只得把洗染店盘了出去。她出兑的理由也是急于出国。兑店的是一对老夫妻，听口音像是外地人。王彩霞的店也是兑了三千元。那对老夫妻合计了两天，才哆哆嗦嗦地把钱拿给王彩霞。王彩霞有些于心不忍，她知道，如果这对老夫妻继续开洗染店也得干等着赔钱。但王彩霞不断地安慰自己，我没有骗他们，我是按原价出兑的，剩下的就只能看他俩的运气了。

当晚，王彩霞告诉母亲，她不想开洗染店了，三个月下来没赔没赚，再撑下去没啥意思。正好有朋友找她一块去学美容，那里包分配，三个月后，每月可以挣到七八百块钱。母亲也知道这年头生意不好做，给人打工虽然挣得不多，但毕竟没有风险，就点头同意了。王彩霞又说，那个美容班的地点在铁西区，离家太远，她只能周末回家，照顾女儿的事暂时就托付给母亲了。母亲叹了口气：“你也不小了，趁着年轻是该学点手艺了，妈总不能陪你娘俩一辈子呀。趁我现在身子骨还行，你就放心去学吧，孩子有我照看。”

王彩霞眼里有一丝温热，忙转过头去，上了趟洗手间。出来后，王彩霞领着女儿去了趟超市，给女儿和母亲买了一大包的食品，想了想，又为弟弟买了条红梅烟，给弟媳买了管口红。

女儿拽着王彩霞的衣襟高兴地说：“妈妈，你今天怎么这么大方呀，是不是做生意挣钱了？”女儿这一问，王彩霞的泪水就流下来了。女儿长这么大，从未玩过像样的玩具，一个十块钱的布娃娃，从懂事起就一直抱在怀里，现在早已变得脏兮兮的不成样子了。王彩霞抚摸着女儿嫩嫩的小脸，口气坚定地说：“乖女儿，妈妈一定给你挣好多好多的钱，只要你听姥姥的话，想要啥，妈妈都给你买。”

女儿说：“那你可不许骗人。”王彩霞说：“傻孩子，妈妈怎么会骗你呢。”说完，王彩霞伸出小拇指与女儿拉了钩。女儿拍着小手，一蹦一跳地走到前面去了。王彩霞跟在女儿后面，脚步显得异常的疲惫、沉重。

三

第二天一早，王彩霞骑自行车直奔铁西区。这是王彩霞头天晚上就想好了的。其一，铁西区与娘家所在的大东区直线距离最远，轻易碰不到熟人；其二，铁西区是重工业区，近年来，随着大型国有企业逐步衰落，下岗人数猛增。想当年，铁西区里有个响当当的工人村，如今，已经被“村”里的人自嘲为“度假村”了。与相邻的繁华、富足的和平区相比，这里更像是城乡接合部。虽然两区只一桥之隔，却给人恍若隔世之感。贫富不均是这座城市最显著的特征。可奇怪的是，铁西区的舞厅和饭店最多，当然也最便宜、最低廉。可想而知，去跳舞的人档次相对也要低一些。王彩霞想，自己毕竟是年过三十的女人了，竞争力自然比不过年轻貌美的女孩子，只有退而求次才能找到一个适合自己的生存空间。

王彩霞在铁西区转了五家舞厅，最后选择了“九九”舞厅作为自己谋生的“根据地”。原因是那里地处偏僻，但人气却最旺。然后，王彩霞又骑车在“九九”舞厅附近转了转。很快，她就在电线杆子上寻到了一处有房出租的信息。王彩霞按图索骥，敲开了那户人家的房门。那是套老式的两居室，窄小的客厅因为没有窗户，即使白天开着灯，还是显得有些昏暗。其中一个房间摆着落满灰尘的各式家具，阳台上养了一大群鸽子。女房主说，他们只出租旁边的一间。那间小屋不足十平方米，房租每月三百元。女房主问了王彩霞一些基本情况。王彩霞说自己在九路家具城当保管员。女房主临出门时又说：“咱可说好了，就你一个人住。”王彩霞坚定地点了点头。

王彩霞站在陌生的房间里呆愣了好一会儿，这算什么事呀，自己明明有家，却要跑到同一城市里的另一个角落花钱租房住。王彩霞酸楚地苦笑着，摇了摇头。

第二天上午，王彩霞化了淡妆，特意穿了套乳白色的过膝连衣裙，浓密的长发自然地披散下来，整个人看上去文雅端庄，挺淑女的。这种形象走在大街上，任何人都想象不到她是去当陪舞女的。王彩霞朝镜子里的自己满意地微笑了一下，还调皮地龇了龇牙。

从王彩霞的出租房到“九九”舞厅，必须经过冶炼厂的那个闻名全市的大烟囱。这座古老的重工业城市是全国环境污染的重灾区，二十世纪八十年代末甚至被列为全球十大污染城市之首。如今，铁西区的十余家万人大厂大多已倒闭或半死不活地倒气，一副死猪不怕开水烫的样子，但冶炼厂却一派生机盎然，高大粗壮的烟囱照样不屈不挠地冒着滚滚浓烟，昼夜不分地刮着黑灰，一年四季如此。有时，还会顺着烟囱刮下来米粒大小的颗粒，打在人脸上痒痒的，气味似硫磺，苦涩、刺鼻。行人从此经过时，只能用手捂住鼻子和嘴巴，一路狂奔；骑自行车的人更是不管不顾地猫着腰急驰，躲避瘟疫似的争相逃离这个是非之地。所以，这周围也是交通事故多发地。王彩霞要想躲开这个大烟囱绕路到“九九”舞厅，得多骑三四里地。王彩霞只能自叹倒霉，怎么租了这么个败家的地方。本来想租个与“九九”舞厅近一点的房子，现在看来，往后只能绕远了。

由于是中午，“九九”舞厅里跳舞的人不多，只有稀稀拉拉的几个陪舞女孩站在舞厅的左侧，无所事事地闲聊着。王彩霞在门边站了一会儿，她想往里走几步，自然地融入陪舞女的行列，可双脚怎么也迈不动。王彩霞就这么足足站了一个多小时，腿都站酸了，但还是无法鼓足勇气。渐渐的，舞厅里的人多了起来，许多刚来的女孩子径直走向那个约定俗成的“指定地点”，脚步从容得没有丝毫的犹豫。王彩霞一边把空洞的目光投向舞池，一边用靠在墙壁的身体带动双脚一点点往里蹭。终于，王彩霞成为陪舞女当中的一员了。舞曲一停，灯光骤亮，王彩霞的脸也随之腾地红了起来。好在混乱的舞池里没人注意她。王彩霞趁乱低下头，以掩饰自己的尴尬，心里不停地告诫自己，没什么大不了的，既然到这里来，谁笑话谁呀。

男人们从周围涌过来，目光放肆地挨个打量着那些面色平静、高矮胖瘦不一的女孩子们，像是军官正在检阅他们的士兵。不断有男人双手插在裤兜里，斜抖着腿，一晃头，就有一个女孩子快步来到男人身边，拉着男人的手臂，生怕被别人抢跑了似的。有的女孩子站在人群里，由于不敢肯定男人是不是叫自己，就张开嘴巴，用一根手指指着自己的胸口。直到男人傲慢地点点头，女孩才拨开人群向男人走去。王彩霞还看见一个女孩子快走到男人面前时，男人却皱着眉头使劲摇了摇头，女孩子赶紧缩身又退回到原来的位置上。直到舞曲重新响起时，仍有不少男人站在场边犹豫不决地东瞧西望，生怕自己看走眼，一个个很焦虑的样子。

一个男人从侧面拍了拍王彩霞的肩膀。王彩霞吓得一激灵，男人又打了个简洁利落的手势，她才忐忑地向男人走去。跳舞时，王彩霞的目光始终盯着自己的脚尖，舞步也显得慌乱，常常踩不上点，紧张得整个人连大气都不敢出。曲终后，男人才开口说第一句话："你不常来跳舞吧？"王彩霞抬头看了看男人，羞怯地笑笑。男人三十多岁，高个儿，短发，长得挺精神，说话的口吻也不轻浮。男人又说："你太紧张了，你要学会放松，这样才能体会到跳舞的乐趣。"王彩霞不知如何回答，用牙齿不停地咬着薄薄的嘴唇，轻轻晃了晃身体。跳第二曲时，王彩霞明显自然多了，男人舞跳得很娴熟，很有风度，身体笔直。他没有像别的男人那样拉着女人往人堆里凑，还不停地边跳边鼓励王彩霞："好好，就这样。"王彩霞想，这个人是不是只想请人跳个舞，没打算付小费。但王彩霞又想，即使这个人不付小费，仅仅请她跳个舞也不错。虽然自己舍家撇业到这里是来挣钱的，但毕竟第一次来，适应适应环境也是好的，总比一个人尴尬地傻站在那儿好受多了。跳第三个曲子时，男人说："其实你是会跳舞的，只是总不跳，有些生疏。"说着，就将一个纸团往王彩霞手里塞。王彩霞紧张地攥紧了拳头，心怦怦乱跳，一时不知该如何是好。男人温和地笑笑，王彩霞这才清醒过来，接过那个纸团，小声说了句："谢谢。"王彩霞感到手心里湿漉漉的，全是汗。

当王彩霞回到"指定地点"，那个位置上已经站了个妖艳的女孩子。

女孩子端着瘦弱的肩膀，双手的拇指插在紧绷的牛仔短裤的裤兜里，细高的鞋跟儿在地板上悠闲地拧来拧去，一副玩世不恭的模样。王彩霞用眼睛的余光瞟了瞟女孩子，往旁边靠了靠。

接下来，王彩霞进入了难挨的尴尬时光，足足三个小时没有一个男人过来请她跳舞。男人们在她身边穿梭往来时，不约而同地把视线停留在周围的女孩子脸上，偶尔也有人盯着她看，但最后还是无一例外地挑选了别的女人。而这期间，王彩霞身边的那个女孩起码被人挑走了七八次。王彩霞并不认为眼前的这个女孩子长得有多漂亮。她只是年轻、风骚，穿着暴露而已。王彩霞不是那种特爱妒忌的女人，但心里还是酸溜溜的，不是滋味。

王彩霞实在是站累了，想到大厅里转转，但她又不死心，生怕一旦离开，错过挑选自己的男人。每一曲结束，灯光大亮时，王彩霞就尽量挺直腰板，露出一丝浅浅的笑意，满怀希望地等待着，可当舞池里的光线重新暗下来，王彩霞就又经历了一次无言的失落。王彩霞心神不宁地在盼望与失落中犹豫着，百无聊赖地忍受着时间的煎熬和挫败的郁闷。她很想原地交替活动一下早已站麻站酸的双腿，又怕被人笑话。终于，王彩霞决定到舞池外的大厅里溜达溜达，顺便呼吸一下新鲜的空气。此时，王彩霞才真切地体会到了什么叫举步维艰，双腿如同灌了铅般的沉重、酸麻，她几乎是强挺着把自己拖出来。王彩霞一步步挪到大厅的玻璃窗前，长舒了口气，双腿也渐渐找回了知觉。

这时，王彩霞看见刚才一直站在自己身边的那个女孩正在吧台前用一根吸管吮着酸奶。女孩子浓妆重彩的脸上汗涔涔的，面色潮红，目光冷冷硬硬地望着窗外。女孩子也看见了不远处的王彩霞，咧嘴笑了，笑得很友好，两只不大的眼睛月牙般的生动、清澈，更像是同她打招呼。王彩霞拘谨地回了个微笑。女孩子又笑了，但这次女孩子的笑就不是微笑了，而是那种忍不住的嘻嘻地笑。王彩霞的笑容僵住了，莫名其妙地眨着眼睛，又低头看了看自己的那套乳白色的连衣裙，上面并没什么值得可笑的污渍。女孩子止住了笑声，把喝光的酸奶放在吧台上，走过来说：“你是新来的吧？”王彩霞脸唰地红了，不置可否地点了点头。女孩子换了副认真的表情，快言快语地说：“你在这种场合穿这套裙子不太合适。”王彩霞被她这么一说，就更困惑了，傻呵呵地立在原地。女孩子熟练地掏出根细长的香烟点上，不紧不慢地接着说：“到这里玩的男人凭什么花十块钱请你跳三个曲？对他们来说，跳舞只是个幌子，目的嘛，当然是看上你的脸蛋和身材了。”说到这儿，女孩子皱了皱小巧的鼻子：“最重要的还不光是这些，他们还要亲手摸一摸，捏一捏，才会有真实感。可你却穿这么套连衣裙，把自己包得严严实实的，这不明摆着是要拒人千里嘛。”王彩霞无话可说，也接不上茬，只能规规矩矩地睁大一双渴求的眼睛，望着这个起码比自己小七八岁的女孩。

女孩得意地笑笑，大大咧咧地继续说：“你看看来这里跳舞的女人，哪个不是把自己往死了扮嫩，哪个不想尽量让自己的身体暴露得越多越好，就差把自己脱光了。为啥？还不是为了勾引那些色鼠的眼睛。”

王彩霞听得面红耳赤，小声嘀咕着说：“我可不能跟你比，你年轻，穿这种衣服好看，我要是穿成你这样，多磕碜呀，走大街上还不让人用唾沫淹死。”王彩霞表面上是在为自己辩解，心里是想套女孩子的话。虽然自己也一把年纪了，但在这方面却是一窍不通，毫无经验可言。

女孩子说：“我不是逗你，大姐，你一点儿都不老，就是长相和穿着太正统了。你懂我的意思吧？”王彩霞捂嘴笑笑。

“你要是怕穿成这样掉价，你可以把衣服揣包里带舞厅来，然后到厕所去换呀。等跳完舞，换好衣服，拍拍屁股走人，你不还是原来的你吗？”

王彩霞说：“到这里怎么好意思换呀？这又不是澡堂子。”王彩霞也幽默了一下。

“又不光你一人换，老多人了。”见王彩霞还犹豫，女孩子又说：“你就假装自己是演员，到这里是来演戏的，演戏得换戏装吧，演完了你总不能穿戏装出门吧。”

王彩霞被女孩的这番话逗得哈哈大笑，心想，这女孩子可真会打比方，啥招儿都能想出来。她已经打心眼里有些感激眼前这个率性、聪明的女孩了。

“你要是信得过我的眼光，等一会儿跳完舞，我领你去买衣服，保证又便宜又性感，到时还愁没人找你跳舞吗？”女孩边往舞池里走边说。

“那就麻烦你了。”女孩无所谓地摇摇头：“反正我也没啥事。”

王彩霞和女孩刚走到“指定地点”，女孩就被一个男人领走了。王彩霞已经没有了刚才的紧张，站姿也自然多了。不像刚来时，两腿的肌肉一直绷得紧紧的，脚下还较着劲。王彩霞的目光有一搭没一搭地扫寻着周围的女人，果然发现她们个个穿着暴露的吊带衫、露脐装，下身的裙子几乎就是平角内裤的长度。王彩霞埋怨自己可真够笨的，简直是愚蠢之极，连这么简单的视觉效果都给忽略了。刚才一个人愣在这儿发呆时，还以为自己老得不中看了，其实，细眼望去，这里比自己年龄大的女人并不算少，只是穿着性感，看上去显年轻罢了。有的女人腰上长着厚厚的赘肉，像个小游泳圈套在上面，只是在阴影和幽暗光线的掩饰下才不易被人识破。怪不得，有的女人刚兴致勃勃走到男人近前就被“退货”了呢。

王彩霞释然了，重新恢复了自信。她恨不得马上出去置办一套“行头”，检验一下实际效果，看那样的穿着能否吸引男人的眼球。王彩霞随意地找了个空位坐下来，双手攥成拳头，在小腿肚子上轻轻捶着，揉搓着。渐渐的，王彩霞有了一丝睡意。蒙胧中感觉有人站在自己身前，睁开眼发现是上次请她跳舞的男人。王彩霞抱歉地笑笑，显得手足无措的样子。男人礼貌地伸手，做了个“请”的手势，王彩霞都有点受宠若惊了。男人与王彩霞围着舞池一圈圈地旋转着，动作的摆幅并不大，但王彩霞却感到阵阵眩晕，脚下弹力十足，心里有一种说不出的舒爽和轻快。三曲过后，男人照例又给了王彩霞十块钱，见王彩霞不接，轻声说：“拿着，我得走了，再见。”王彩霞心怀感激地也回了句：“再见。”然后，目送着男人高大的身影消失在混乱的人群中。

这时,女孩从王彩霞的身后“嗨”了一声,双脚并齐蹦了过来说：“走，咱俩逛街去。”

她俩走出舞厅，来到轻风拂面的宽敞街道上，女孩贪婪地大口呼吸着清新的空气，抱怨道：“舞厅里的味道太难闻了，臭哄哄的。”女孩做了个厌恶的表情，调皮地笑了。“外面可真凉快。”王彩霞附和道。她也觉得平日里不以为意的空气中飘着一股甜丝丝的气息，像这个自来熟的女孩一样可爱。

两人在九路服装市场的灯光夜市转了一圈，女孩帮王彩霞挑了件亮白色的吊带纱衫和一件艳红色带白花边的露脐衫。王彩霞觉得这种红色艳得太俗气，想换个颜色。女孩拍拍王彩霞的肩膀说：“这种颜色穿到大街上是太扎眼了，但在昏黄的灯光下一照，可性感了，简直就是光彩照人。”王彩霞听女孩子这么一说，便不好再坚持了。然后，王彩霞在女孩的引导下，在另一家服饰店里又买了两条带毛边的牛仔短裙。王彩霞试穿的时候，费了半天劲才把裤子拉链拉上，屁股包得紧紧的，有一种呼之欲出的感觉，一点儿都不舒服。她忍不住别扭地摇了摇腰身，女孩子在一旁被逗得哈哈大笑，冲镜子里一脸窘态的王彩霞扮着鬼脸说：“姐，你太性感了，明天肯定能把那些臭男人迷死。”王彩霞怕卖货的女服务员笑话，忙冲女孩挤挤眼。

买完衣服，王彩霞感到肚子空空的，就主动请女孩吃顿饭。女孩说：“跟我走吧，前面有家肯德基，味道好极了。”女孩学着电视里雀巢咖啡的广告语的语气咂着嘴说。现在王彩霞的包里只剩下不到三十元钱，她为难地说：“咱们还是去吃许家抻面吧。”女孩笑嘻嘻地挽住王彩霞的胳膊：“放心，姐，我请你。今天我挣了一百五十元，等以后你挣钱了再请我行了吧。”

两人在肯德基店里找了个安静的角落坐下来。王彩霞禁不住小声问：“我还不知道你叫啥名字呢？”女孩故意一脸愁容地说：“赵海霞，是不是特别俗气？”王彩霞就说：“看来咱们姐妹俩还真是有缘分呢，我的名字里也有个霞字，我叫王彩霞。”说完，两人就前仰后合地笑了。周围的食客皱着眉头不满地朝她俩望去，好像她俩的笑声影响了他们的食欲。王彩霞双手捂住嘴巴，冲赵海霞摇摇头。赵海霞把一张稚气的脸绷得紧紧的，一副刚涂了层面膜似的表情。

赵海霞喘了口气说：“以后你叫我小霞，我叫你大霞吧。”王彩霞不同意：“大霞，难听死了，像个杀富济贫的绿林好汉。干脆，你叫我霞姐吧，怎么样？”

赵海霞端起可乐杯与王彩霞碰了三下：“一言为定。”

小霞从邻县的县城初到这座城市时，干的是保健按摩员的工作，做一个钟，挣五块钱。“霞姐，你知道一个钟是多长时间吗？”王彩霞摇摇头。“四十五分钟，你别小看了这四十五分钟，又是揉又是捏的，可累人了，尤其是累手，还得忍受那些醉鬼们动手动脚，如果客人告诉老板你服务态度不好，这个钟就算白干了。所以，不管你心里多不好受，都得赔笑脸，生怕惹恼了他们。只有吊在横杆上为他们踩背时，才能解解恨。看哪个男人不顺眼，我就使劲往他的腰眼上踩，踩得那些家伙鬼哭狼嚎地嗷嗷叫。后来，洗浴中心又增添了项足疗，我又去给那些男人洗臭脚丫子。

男人的脚真臭，像大粪一样臭。”小霞越说越解恨。“开始我还瞧不起那些接‘大活’的女孩子呢。哦，你知道什么叫‘大活’吗？”王彩霞又摇了摇头。小霞把薄薄的身体向前倾了倾，双手张作喇叭状，“就是干那事。一个‘大活’两百块，老板提五十元，长相好的一天能接三四个‘大活’呢。她们一个个可神气了，连老板都得罪不起，整天哄着她们，生怕被别人家‘撬’跑了。而我们做保健的，一天累死累活才挣三四十块钱，有时连盒饭都舍不得吃。你想啊，我们的工作多消耗体力呀，又整天泡在水雾里，一顿能吃两个盒饭，最便宜的盒饭都要五块钱。干‘大活’的女孩子吃盒饭是老板买单，她们只吃十块钱一份的，吃几口随手一扔，我们在边上看着都心疼，直往肚子里咽口水。这是老板故意使出的阴招。现在的女孩子虚荣心强。话说回来，谁不想吃得好又少挨累呀。不久，我和几个长相挺漂亮的女孩就乖乖去接‘大活’了。后来被我男朋友发现了，就打我，把我肋骨打断了两根，害得我在家里趴了一个多月呢。我男朋友在宾馆当门童，一个月也挣不了几个钱，除了一张小白脸，干啥啥不行，吃啥啥没够。等我病养好了，我又闹着去陪舞，他也没辙，就只好依了我。按摩四十五分钟才挣五块钱，还得忍受男人的动手动脚，想想真是冤哪。陪舞比陪睡强，跳三个曲挣十块钱，虽然钱挣不过干‘大活’的，但起码不用整天提心吊胆地怕被警察抓，也不用担心老嫖的艾滋病传给你。现在洗浴中心长得漂亮点的女孩，都开始往舞厅跑了。自己挣钱自己花，还不用给老板交“份儿钱”。这年头谁傻呀。对吧，霞姐？”小霞的这番话算是给王彩霞彻底洗了脑。

小霞的手机响了，她靠在椅背上懒洋洋地说：“我正跟一个姐妹吃肯德基呢，就是咱们俩常来的那家。”

过了一会儿，一个瘦高挑的男孩径直走了过来。小霞气恼地说：“你又是打车来的吧，骑车能累死你呀？瞧你那好吃懒做的熊样。”男孩腼腆地笑笑，也不生气。小霞又说："这是霞姐，这是我男朋友，小可。"王彩霞和小可几乎同时点点头。王彩霞趁小可刚坐下，忙说："你俩聊吧，我有点事，先走了。"小霞没有强留王彩霞："那明天见，霞姐。"

四

王彩霞的开门声，惊动了隔壁房间阳台上的鸽子，扑棱棱，翅膀拍动的声音，把王彩霞吓得"啊"了一声，禁不住双手叠放在胸口上。好在一阵骚动后，屋子里又恢复了平静。王彩霞进屋后，迫不及待地换上了新买的衣服，在大衣柜的镜子前顾影自怜了一番，还挤眉弄眼地摆了几个明星的时尚造型。王彩霞觉得明天应该把头发剪短些，那样看起来更有朝气，更显年轻，也与大胆暴露的衣裙相配。接着，王彩霞烧了壶开水，把有些浮肿的双脚一点点泡在水盆中，一股暖流立刻从脚心传遍了全身，那种麻酥酥的感觉很解乏，很惬意。王彩霞用双手揉搓着硬邦邦的小腿肚子，自嘲地想，跳舞还是件体力活呢。

第二天上午，王彩霞在床上连续伸了几个懒腰，打了几个哈欠，才睡眼惺松地爬起来，烧了两壶开水，想洗个热水澡。卫生间里没有安热水器，不然冲个淋浴肯定会更舒服些。王彩霞把调好水温的洗脸盆端到客厅里。所谓客厅其实更像是个稍宽敞些的过道，由于没有窗子，显得阴森憋闷，倒是个适合擦澡的地方。王彩霞本想把洗脸盆端到卧室里去洗，但又怕把水溅得满地都是，潮乎乎的。虽然现在正值盛夏，但王彩霞却发现卧室的屋顶处有几块因潮湿发霉积成的密密麻麻的黑点，像麻子的脸。

王彩霞先洗了头，又用剩下的热水擦身子。突然，王彩霞听到房门锁孔有钥匙拧动的声音。当时，王彩霞赤裸的身体正冲着房门，便警觉地半蹲起身子，转身往卧室里跑，洗脸盆被她碰翻在地，身后传来叮叮当当的声响。王彩霞慌乱地关上房门，下意识地用双臂交叉着护住白花花的前胸。客厅里传来两声不大不小的咳嗽声。王彩霞松了口气，一定是男房东来喂他的那些宝贝鸽子来了。接着隔壁的房门也被打开了，有鸽子冲出窗户飞向天空的呼哨声，还有鸽子叼食的咕咕叫声。

王彩霞的内衣和内裤还搭在客厅的盆架上。她胡乱地套上长衣长裤，蹑手蹑脚打开房门，伸手将内衣和内裤勾了进来。王彩霞把昨晚买的亮白色吊带衫和牛仔裙叠平，放进挎包里，坐在床上发愣。她想等男房东走了之后再开门，顺便把客厅里的水渍清扫干净。

又隔了一阵，客厅的房门传来嘭的一声响动。男房东是在提醒王彩霞：我走了，你该洗接着洗吧。此时的王彩霞继续擦澡的心思全无，她只是将客厅里的水渍用拖布拖干净，便背上挎包匆匆地走出门去。

五

王彩霞先到一家发廊把垂至腰际的头发剪成了短发，然后来到“九九”歌舞厅。王彩霞背着挎包在舞池边上左右巡视了一圈。一曲终了，王彩霞看见小霞朝自己走过来。小霞说：“你咋还不去换衣服？已经开始上人了。”王彩霞说：“我这不在找你嘛，我想让你陪我一块去换。我一个人有点不好意思。”小霞笑着说：“怕啥呀，女厕所又没坏人。”

女厕所里热闹非凡，许多女人就在这味道混杂、逼仄的空间里叽叽喳喳、有说有笑地描眉画眼，乍一看，还真像是舞台幕后的化妆间。王彩霞在这番场景的感染下，轻松自如多了。她先从容地换上亮白色吊带衫和牛仔短裙，又在小霞的耐心指导下化了细眉艳唇的浓妆，人立马“焕然一新”了。小霞悄悄递给王彩霞一块卫生巾。王彩霞一脸懵懂地眨着尚未适应的假睫毛望着小霞。小霞老练地说：“我还能给你亏吃吗？垫上它，一会儿如果有人想碰你，你就说，人家不方便嘛，今天不行，改天吧。”王彩霞知道这句话正是该品牌卫生巾的广告语。王彩霞吓得一哆嗦，嘴里自言自语道：“没那么严重吧。”小霞说：“相信我，没错的。一会儿有人想对你动手动脚，你就会从心里感激我了。”这回小霞学的是刘德华在某部电影中的台词。

两人说说笑笑地到前台存上包，手拉手进了舞池，来到成群结队的女孩子堆里。人还没站稳，王彩霞就被一个面无表情的矮个儿男人拽进了舞池。小霞冲王彩霞挤挤眼睛，悄悄伸出大拇指在胸前比画了一下。矮个儿男人搭着王彩霞的肩膀慢悠悠地向舞池中央的一根圆柱子后面跳去。王彩霞有些紧张，好在矮个儿男人跳的舞更像是刚做完痔疮手术的病人，在艰难地蹭着地面走路，姿势要多难看有多难看。不知为什么，王彩霞想到了昨天两次请自己跳舞的男人，优雅、舒展的舞姿，让人有一种飞翔的渴望。而眼前的矮个儿男人闷着头，个子只及王彩霞的鼻子那么高。王彩霞嗅到了矮个儿男人头发上的油腻味。这么说是他俩挨得太近了，矮个儿男人几乎倒在了王彩霞的怀里。舞池中央本来就闷热得要命，站着都出汗，两个人搂在一起相互浸泡，那滋味简直难受得要死。矮个儿男人将整个身子紧紧贴在了王彩霞的胸口上，王彩霞尽量让身体后仰，想与矮个儿男人保持一点儿距离。矮个儿男人不说话，只是双手在王彩霞的后腰上使劲，王彩霞无力躲藏，只能乖乖就范。王彩霞觉得矮个儿男人的双手像一把力大无穷的铁钳子，后背都被他硌疼了，就不得不挺直身子。矮个儿男人也停止了手指的用劲，重新又舒服地拱了拱，依偎在王彩霞的怀里。跳第二支曲时，矮个儿男人一上来就挺直身板，连脖子都伸得长长的。王彩霞感到身下被一个硬物撞了一下，她不得不将屁股往后撅了撅。矮个儿男人的双手在王彩霞的双股之间使劲向前一用力，王彩霞的下身就结结实实地与那个硬物碰撞了。王彩霞厌恶地将身体往左挪一点儿，矮个儿男人的身子也适时地往左扭一下；王彩霞再往右挪一点儿，矮个儿男人就顺势再往右扭一下。无论王彩霞怎么躲闪也摆脱不了那个硬物。渐渐的，王彩霞绝望了，她将怨恼的目光盯向舞池的某个亮处，有时是一盏微弱的灯光，有时是猩红色窗帘的缝隙。矮个儿男人似乎对王彩霞的隐忍仍不满意，他想让王彩霞的目光与自己相互凝视，如果王彩霞的目光脉脉含情，一副陶醉其中的娇柔模样，那就再好不过了。可王彩霞始终板着脸，这让矮个儿男人心生恼怒，就用双手捏了把王彩霞的屁股，想让她把精力集中到自己身上，而不是朝那些毫无意义的光亮处发呆。开始矮个儿男人的手劲还算柔和，见王彩霞仍心不在焉才暗暗加劲，直到把王彩霞捏得哎哟了一声，矮个儿男人这才咧嘴笑笑，接着又使劲掐了王彩霞屁股一把。王彩霞本能地再次发出一声痛苦的呻吟，身体也随之向后仰去，但被那双有力的手死死托住了。王彩霞气恼地瞪着矮个男人那张坑坑洼洼的脸。矮个儿男人却若无其事地面带温和的微笑点点头，同时双手还在王彩霞的屁股上轻轻揉了揉，既像是为刚才自己的行为道歉，又像是在安慰她，弄得王彩霞急不得恼不得的。第三支曲响起时，矮个儿男人就把右手自然而然地滑向了王彩霞的吊带衫，攥着那张十块钱的左手抵住王彩霞的腰眼处。为了让王彩霞尽量放松，他再次将头靠向了王彩霞。矮个儿男人的左手先是在王彩霞的左乳上轻轻捏攥了几把，又游到了王彩霞的右乳，同样轻轻捏攥了几把。王彩霞痛苦地闭上了眼睛，委屈得直想哭，只盼着这支该死的曲子早早结束，逃离眼前这个令人恶心的矮个儿男人。王彩霞甚至想，如果矮个儿男人再来找她跳舞，她一定会毫不犹豫地一口回绝，让他在众多女人面前丢人现眼。即使他出五十元，甚至是一百元，也决不跟他这种猥琐的人跳舞了。

终于熬到了曲终，王彩霞从矮个儿男人手里接过钱，快速转身走开了，生怕被人要回去似的。其实，王彩霞本来想用冒火的目光狠狠地剜矮个儿男人一眼，再唾口唾沫，以解心头之恨，但事到临头，却改变了主意。王彩霞不是个喜欢招惹是非的女人，在心里解解恨消消气也就罢了。

王彩霞气鼓鼓地回到小霞身边。小霞问："感觉怎么样？"王彩霞不看小霞："不怎么样。"小霞穷追不舍，继续笑眯眯地问："那你说说，不怎么样是怎么样？"王彩霞怄气般地把头转向墙角，好像惹她生气的不是矮个儿男人而是小霞。小霞却好脾气地笑了："都这样，你不说我也知道，男人就是猪，是脏猪，猪狗不如。"王彩霞这才解气地点点头。

从中午十二点到晚上九点，王彩霞挣了一百二十元，小霞挣了一百五十元。王彩霞发现大多数跳舞的男人跟矮个儿男人别无二致，跳第一个曲干什么，跳第二个曲干什么，最后一个曲干什么，都是有步骤的，像是集体经过"彩排"似的，循序渐进。她也碰到过一个醉鬼，一上来就对她"横冲直撞"。于是，王彩霞学着小霞的腔调说："人家今天不方便嘛，改天吧。"那个醉鬼在王彩霞下身摸了摸，扫兴地扔给王彩霞十块钱，一个曲还没跳完，就扔下王彩霞，又一头扎进女人堆里寻找"方便"的女人去了。

舞厅快散场的时候，矮个儿男人又来找王彩霞。此时，早已跳得大汗淋漓的王彩霞想歇歇，散散汗好回家，但一想，再坚持一下，又可以多挣十块钱，便毫不犹豫地跟着他进了舞池。跳舞的时候，王彩霞才想起自己中午刚发过的誓，无声地晃了晃头，心里说：贱，真是犯贱。

回到家，精疲力尽的王彩霞一头扑到床上，感觉浑身像散了架似的，每个关节都酸疼酸疼的。眯了一小觉，王彩霞才下地烧了壶开水。这次，王彩霞没敢到客厅里洗，而是把暖瓶和脸盆端进了卧室，又插上门栓，才放心地仔细擦洗起来。王彩霞把身子擦了一遍又一遍，尤其是两个乳房，都快搓肿了，可她还是嫌不干净，觉得恶心。

王彩霞坐在床沿上，小心地把当天挣的钱一一捋顺，细心地掖在褥子底层的棉絮里，用屁股坐了好一会儿才压平整。然后，王彩霞终于放心地“啊”了一声，四仰八叉地倒在床上。王彩霞的小腿肚子僵硬得像两根小木棍。小霞告诉她，一个星期以后就适应了，千万别喊冤叫屈的，又没人逼着你干这事。“既然是自愿的，就得忍着。再说，干什么不得付出代价呀。商场里的服务员不也得一站一天。咱们跳累了好歹还可以找个地方坐会歇歇呢。除非你太贪,要钱不要命地往死了跳。”王彩霞想，小霞说得一点儿不错，话虽狠，但句句在理。别看这个女孩人小，世面可没少见呢。王彩霞又想到自己像小霞这个年龄时也常去跳舞的，跳来跳去却跳回个败家老公来。世道在变，自己是生不逢时啊！一阵感慨过后，王彩霞发出了阵阵细小的鼾声。

六

星期五晚上，王彩霞趁小霞跳舞的时候，悄悄溜出了舞厅，回到家匆匆洗了个澡，换了套干净的衣裙，骑车往娘家赶。王彩霞想女儿，女儿长这么大了，她还从未离开女儿这么长时间。白天跳舞的时候，王彩霞来不及想女儿，也不敢想，到了晚上躺在床上，思念女儿的心情便像漫过堤岸的河水，令她窒息，令她愧疚，有时恨不得起床马上飞奔到女儿身边。但她不能，她出来前告诉过母亲，她在外面学美容美发，每周只放一天假；再说她也想趁年轻多赚些钱，为自己更是为女儿。以后女儿用钱的地方多了去了，入托、小学、中学、大学……这一路十几年走过来，少说也得十万八万吧。王彩霞早已打定主意：无论自己的生活多么艰难，一定要培养女儿读完大学。尽管她知道，现在的大学毕业生找工作也不容易，往后可能会更难。但她执拗地认为，女儿只有上了大学才能出人头地、衣食无忧。等自己老了，也算有个依靠。她决不会允许女儿将来活得像自己这么倒霉这么窝囊，连挣点辛苦钱都得偷偷摸摸、忍气吞声。

王彩霞边骑车边流泪。夜已经深了，街灯下斑驳的树影，投向光亮的柏油路面，树叶沙沙作响。王彩霞任泪水在脸上簌簌流淌，偶尔抬手胡乱地抹一把，抽抽鼻涕。这泪水有些复杂，既是为女儿流，也是为自己流，也许还有一肚子无法言说的委屈和耻辱，连王彩霞自己也说不清楚。泪水流过了，王彩霞就觉得浑身轻松多了，双脚蹬车也有劲了，竟悄悄哼起歌来。王彩霞是在逼迫自己快乐起来，如果她一副垂头丧气的模样，母亲会为她担心的。

进屋后，王彩霞抱住女儿亲了又亲，问女儿，她不在家这几天乖不乖，惹没惹姥姥生气。直到听到满意的答案，王彩霞才把女儿放下来。

母亲问王彩霞，美容班上得咋样。王彩霞高兴地叫过弟媳，说要露两手，汇报汇报一周来的学习成果。弟媳不放心："你刚学这几天，行吗？"王彩霞笑笑，半真半假地说："咋不行，我现在是为你免费化妆，等我拿到证书后，就是化妆师了。到时候，找我化妆的人都得排队呢。"弟媳听王彩霞说得这么自信，就老老实实地坐在梳妆台前。这几天，小霞没少向王彩霞传授化妆术，如何打粉底，如何画眼影，如何画眼线等等。王彩霞的脸型与弟媳颇有几分相似，王彩霞就按小霞在自己脸上化妆的程序操作，不紧不慢地一道道地来，边化妆还边侧身，微皱眉头，眯缝着眼睛，挺专业的样子。化完妆，弟媳在镜子前左顾右盼，母亲和弟弟都跟着夸漂亮，弟媳更高兴了，还美滋滋地让弟弟用傻瓜相机拍了几张照片，留作纪念。

王彩霞说，以后她还要学头发造型和医学美容呢。弟媳急不可待地拉着王彩霞一通咨询，王彩霞怕说露馅，就说："我得哄欢欢睡觉了，明天我还要领她逛动物园呢。"弟媳这才意识到，王彩霞与女儿已经有段日子没见了，便知趣地拍拍王彩霞的肩膀，亲热地让她早点休息。王彩霞想，自从自己离婚回到娘家后，弟媳还从未对自己如此热情过呢，心里便涌出一阵感慨。

王彩霞把女儿哄睡下后，对母亲小声说："妈，这些天欢欢给你添麻烦了。"母亲很久没有见女儿这么高兴过了，故意用责备的口气说："哪的话呀，傻孩子，只要你能活得舒心，妈苦点累点怕啥，高兴还来不及呢。"娘俩熄灯后，躺在床上又拉了好一会儿家常，才各自睡去。

第二天一早，王彩霞起床先为一家人买了果子、豆浆、馄饨等早点，饭后，王彩霞把女儿梳洗打扮得漂漂亮亮的，手拉手去逛动物园了。她们逛了动物园，又逛游乐园。看到一脸稚嫩的女儿在木马上兴奋地一会儿冲她拍手，一会儿冲她飞吻，王彩霞眼里的泪水又抑制不住地往下淌。王彩霞双手边揉搓着泛红的泪眼边紧抿住唇角，生怕自己哭出声来。欢欢真是个懂事的孩子，坐个三块钱的木马就高兴得手舞足蹈了。别人家孩子这么大的时候，父母又是买高档营养品又是买电动玩具的，可那些孩子还常常因为父母不能满足他们一个小小的要求，就当街坐在地上打滚。欢欢从来不说买这买那的，好像只要让她看一看小朋友手中的高档玩具，她就知足了。

从游乐园出来，王彩霞带欢欢去吃肯德基。欢欢吃得很香，还说这是自己吃过的最好吃的面包。王彩霞被女儿幽默的话语逗得咯咯直乐，就抚摸着女儿的头，爱怜地让女儿多吃点，能吃多少就吃多少。

七

星期天的"九九"舞厅人满为患。王彩霞刚走进去，就被一个中年男人拽进了舞池。这么说是因为在中年男人走向她的同时，周围有好几个男人也直奔王彩霞来了。王彩霞在舞池中央的圆柱子旁终于搜寻到了小霞瘦弱的身影。小霞正把头靠在一个男人的肩膀头上，无精打采地迷糊着。小霞冲王彩霞撇撇嘴，做了个无奈的表情。从中午到晚上，两人忙得连凑一块聊聊天的时间都找不到。一个男人跳完，另一个男人便猴急似的凑上来，搂上就跳，再也不像平常那样挑肥拣瘦、犹豫不决了。后来，小霞与王彩霞擦身而过时大声说："跳完这个，我在门口等你。"王彩霞点点头。

两人站在大街上，边大口喘气边用手帕不停地扇着风。小霞抱怨道："里面太热了，像个蒸笼，身上都起痱子了，差点把人怄死。"王彩霞好奇地问："今天人咋这么多？"小霞随口说："星期天嘛，老婆、孩子都回娘家了，他们闲得慌，就像饥饿的鸟一样，飞出来打野食呗。"王彩霞对小霞的这个解释并不满意，继续望着小霞汗涔涔的脸。小霞被她逼得没办法，皱着眉头想了想："一般来讲，礼拜六是男人向老婆交'公粮'的日子，'公粮'交完了，老婆也就满意了，放他们出来放放风。"小霞的这个说法有些恶毒。王彩霞知道，再问下去小霞也说不出个所以然来，就懒得说话了。小霞却不肯作罢："反正每个星期天，男人都一窝蜂似的往舞厅里钻，礼拜六和礼拜一人最少。我也弄不清楚，管它呢。你今天生意怎么样？"王彩霞老老实实地说："二百三十块。"小霞说："我比你来得早，挣了二百六十块。其实，挣到二百五十块时，我的双腿站着都打晃了，但我可不甘心当二百五，又咬牙舍命地跳了十块钱的。"说完，两人忍不住哈哈大笑起来。

笑够了，王彩霞说："你想吃啥？姐请。"小霞说："咱姐俩可别搞一来一往那套了，没意思。"说完，小霞咬着下嘴唇："我就馋肯德基，咱俩还是吃肯德基吧。"王彩霞昨晚刚和女儿吃过肯德基，现在一打嗝还一股子鸡肉面包味呢。但既然小霞想吃，王彩霞也只能假装表现出一脸的渴望了。

两人吃完肯德基，各自吮着一根吸管边喝饮料边有一搭无一搭地闲聊着。直到小霞烦躁不安地看了两次手表，王彩霞才说："你有事咱们就撤吧。"小霞若有所思地摇摇头："小可每天晚上九点钟都雷打不动地打我电话，今天是怎么了，现在都九点半了。"隔了一会儿，小霞伸了个懒腰，坐正身子，突然问："你昨天咋没来？"王彩霞一愣神："家里有点事，回家了。"小霞说："是不是想孩子了？"王彩霞从未告诉过小霞自己有孩子，不免尴尬地点点头。小霞哧哧地笑着说："我以前在舞厅里认识一个大姐，也是一到礼拜六就回家看孩子，每次都给孩子买许多好吃的好玩的，有时礼拜天也不来。女人啊，一辈子就是为孩子活着。"王彩霞有种被人戳破老底的难堪，没话找话地问："那个大姐现在还来玩吗？"小霞说："早不来了，在舞厅里认识一个男人，两人好上了。半年前，我在中街看见她跟那个男的在'压马路'，我挺高兴，想上去打个招呼，可她明明看见我了，却故意把脸扭到一边去了，假装不认识，好像我跟她说句话，能破坏他俩的安定团结似的。我一赌气，也没上竿子理她。后来，我听说她还是让那个男的'蹬'了。"小霞边说边抬腿做了个"蹬"的动作。"女人在感情上太多情，到头来，吃亏上当的总是我们女人，你说是吧，霞姐。"

王彩霞心神不宁地"嗯"了一声，脑海里不知怎么蹦出了第一个请她跳舞的男人。那是迄今为止唯一一个在跳舞时没对她动手动脚过的斯文男人。为此，王彩霞对他记忆深刻。

小霞说："你发啥呆呀，咱们走吧。""不等了？"王彩霞问。小霞咬着牙根说："不能惯男人臭毛病。"小霞打了个哈欠，"我累了，现在只想蒙头大睡一场，睡它个七七四十九天才好呢。"

八

第二天，王彩霞睡得正香，被一阵的敲门声震醒了。王彩霞警觉地把头靠着床背上问："谁呀？""是我。"是女房东的声音。王彩霞迷迷糊糊地披着毛巾被下地开门，然后，又迅速跳回到床上。

女房东手扶门框，先往房里打量了一番，才说："太阳都晒屁股了，你咋还不起来，不上班了？"王彩霞揉着惺松的睡眼说："我这礼拜上二班。""我想麻烦你点事。"女房东边说边走进来，把半个肥胖的屁股搭在床沿上，"你能不能帮我买到便宜一点儿的家具？"王彩霞说："我在厂里只是个小保管员，不知道能不能说上话，我给你问问吧。"女房东说："不急，我只是随口问问。"隔壁房间传来鸽子们拍打翅膀的声音。王彩霞看见一群洁白的鸽子在窗前扑棱棱地一掠而过。女房东叹了口气，发起了牢骚："你大哥溜鸽子玩呢。他这人呀平时不抽烟不喝酒，也没啥朋友，净喜欢这些没用的东西。那些鸽子能值几个钱？还得每天伺候它们，跟命根子似的，比伺候孩子还累。唉，都啥年代了，一点儿经济头脑都没有，愁死人了。"

王彩霞没心事听她唠叨那些整天叽叽咕咕叫的小动物，烦都烦死了。王彩霞有意岔开话题："大姐，厕所里能不能安个热水器？这大热天的，想洗个澡太不方便了。"王彩霞当然不能说她那天在客厅里洗澡碰到她丈夫的尴尬场面。

女房东说："可以呀，你想安就安嘛，但你得自己出钱。我这房子租你租得够便宜了，等你不租了，可以带走，也可以折价卖给我。"

王彩霞想，安个热水器也就是六七百块钱，现在她不是安不起，但她不知道自己究竟能在这里住多久，那个老烟鬼似的大烟囱和那些鸽子太讨厌了。

王彩霞就说："那我再想想吧。"

隔壁传来锁门的声音。女房东站起身，摆摆手叮嘱道："快点想吧，用热水器洗澡多舒服呀。"

九

王彩霞起床后胡乱泡了袋方便面，一看表，都快下午一点了，就匆匆出门了。从舞厅的洗手间换好衣服出来，王彩霞迎面碰上了那个第一个请她跳舞的男人。男人用陌生的眼神一眼不眨地望着她。王彩霞想，一定是自己这套暴露的穿着吓着他了，这么一想，羞怯得脸都红了。男人缓过神后，冲王彩霞讪讪笑了笑，王彩霞慌乱地点点头，算是打个招呼，便低下头从男人身边侧身走了过去。心烦意乱的王彩霞进了舞池后，破例没有站到"指定地点"，而是在另一侧找了个空座坐下来，好像故意与那些陪舞女划清界限似的，双手托腮坐在那里直发愣。

男人走过来，微笑着照例冲王彩霞做了个请的手势，王彩霞怀揣一颗怦怦乱跳的心站了起来。自从到"九九"舞厅来，王彩霞从未受到过第二个男人如此的尊重。每次男人找她跳舞，不是傲慢地一招手，就是乜斜着眼睛一甩头，有人干脆上来就拽，连句人话都不会说，仿佛这里的女人天生就是他们的玩偶或宠物，招之即来挥之即去。

两人跳舞时还是围着大圈转，王彩霞沉醉在舒缓的音乐中，一招一式跳得格外专注，脸上挂着欣喜的表情，连小霞几次冲她用眼神打招呼都没看见。跳第三支曲子时，男人才开口说话："刚才，我差点都没认出你来。"听得出,男人并没有嘲讽她的意思。王彩霞羞涩地抿了抿嘴角，一时不知如何接话。男人又说："你穿这套衣服挺好看的，真的。"王彩霞觉得自己再不答腔，男人准会以为她生气了，不爱搭理他，以后可能再也不会请自己跳舞了。王彩霞随口说："你挺长时间不来跳舞了吧？"

话一出口，王彩霞又后悔了，这话是什么意思，分明是自己一直在暗中关注人家嘛。

男人说：“前些天出差了，刚回来。”王彩霞“哦”了一声，又不再言语了。跳完舞，男人照例给了王彩霞十块钱。王彩霞把钱塞回到男人手中说：“这次算你教我跳舞。”男人温和地说：“那可不行，你们也不容易，如果不是生活所迫，哪个女人愿意出来干这个。”男人把那团钱又推给王彩霞，并用一只大手攥住王彩霞几乎张开的五指，握了握，然后，匆匆走开了。

一整天，王彩霞的舞跳得都惴惴不安的，既害怕在舞池中央跳“闷”步被男人看见难为情，又渴望寻找到男人高大的身影，但她始终没有再看到那个男人。难道他今天到这里仅仅是为了跟自己跳个舞吗？王彩霞捂着温热的胸口，满脸潮红。

小霞从后面拍了王彩霞一巴掌，王彩霞吓得一激灵：“哎哟妈呀，你差点吓死我。”小霞嘻嘻笑着：“干嘛呢，丢魂了。”王彩霞说：“我这不正找你呢嘛。”小霞说：“骗鬼吧，我一直盯着你，可你就是不往我这边看。”

王彩霞说：“你男朋友昨天没事吧。”小霞拉着王彩霞的手摇晃着：“咱俩出去蹦迪吧。”王彩霞边往回抽手边说：“我不会。”小霞撒娇似的说：“啥会不会的，瞎蹦着玩呗。求你了，霞姐。”王彩霞说：“都跳了一天了，你不累呀。我可是腰酸背痛的，再到那儿去，不是找罪遭吗？”小霞说：“蹦迪跟在这里跳舞是两股劲，虽然都是累，但一个是越跳越烦，一个是越跳越舒心。”

王彩霞拗不过她，两人就出门打的去了“夜猫子”迪厅。

十

王彩霞是第一次进迪厅，五光十色的激光彩灯晃得她连眼睛都睁不开了。节奏明快刺激的音乐，时尚前卫的俊男靓女，个个脸上都表现出一副旁若无人的神态，或漠然，或狂喜。王彩霞被眼前的场景深深感染着。这时，她才真正体会到迪厅里的环境和人，与之相比，“九九”歌舞厅实在是太落伍、太寒酸了，怪不得有钱人都管舞厅叫“穷鬼乐园”呢。

小霞挽着王彩霞的胳膊跟在引领员身后，来到一个偏僻的角落。细高的男服务员谦恭地站在小霞身后。小霞的身体随着音乐轻微地摇摆着，随口点了四瓶百威、一包甜玉米花、一个小果盘。舞池里的年轻人疯狂地随着 DJ 夸张的手势，张开双臂，大呼小叫。有几个女孩子双手扶着巨大的音箱，低垂着头，躬着身子不停地摇摆，浓密的头发在空中飞舞，划出优美的弧线。王彩霞瞪着大眼睛，心里想，那么大的噪声还不把她们的耳朵给震聋了呀。这时，小霞趴到男服务生耳朵边嘀咕着什么。男服务生心领神会地点点头。

啤酒上来后，小霞边摇晃着头边举瓶与王彩霞碰了碰，一口气喝了半瓶，王彩霞只是沾沾嘴唇意思意思。小霞四处随意地打量了一圈，将手中的两颗粉色的药丸吞了下去。王彩霞好奇地把身子往前探了探。小霞将剩下的一颗小药丸递到王彩霞手里：“吃了吧。”“什么？”小霞无所谓地笑笑：“摇头丸。”王彩霞吓得手一哆嗦，那颗小药丸就滚到了桌子上。小霞机敏地用单手捂住，探下身，顺着桌沿张嘴直接送到了口中，又把剩下的半瓶酒一口干掉。“干吗这么紧张，只是点小刺激，不会上瘾的。”王彩霞把头摇得像波浪鼓似的。“我下去蹦会儿。”小霞径直走到巨大的音箱旁，双手往音箱上一搭，身体剧烈地舞动起来，把小屁股翘得高高的，头尽力向地面探去，小吊带背心随即翻到背上，整个后背一览无余，乳罩的那根细带子清晰可见。

王彩霞坐在那里直替小霞担心，生怕她用力过猛摔在地上出洋相，但又不知如何是好，只能惴惴不安地小口抿着酒，望着眼前光怪陆离的陌生场面。

过了好久，小霞才摇晃着坐回到高脚凳上，端起啤酒猛灌了一口。王彩霞看见小霞满头大汗，眼睛里闪烁着晶莹的泪水，还以为她是刚才跳舞时“控”的，仔细观察后发现不对，就问：“怎么了？”小霞没理会王彩霞继续微垂着头甩弄着头发，只是没有在下面时那么剧烈，幅度也小了不少。小霞不停地摇呀摇，好像要把湿漉漉的头发甩干才肯作罢。结果，小霞发梢上的汗水越甩越多，像蒙蒙如丝的细雨溅到了王彩霞愈发惊悚的脸颊上。小霞脸上的泪水吧嗒吧嗒地滴落在狭小的桌面上，整张小脸已经是泪流满面了。

小霞仰起脸，点上一支烟，深深地吸了一口，再从精巧的鼻孔中喷出杂乱无章的雾状，然后死盯着王彩霞说：“实话跟你说吧，小可昨晚不光喝了酒，还嫖了女人，被警察抓了，现在正在号桶子里蹲着呢。”说完，小霞把头重重地磕在桌沿上，身体和头部剧烈地抖动起来。王彩霞轻轻拍着小霞的肩膀，想让她尽快安静下来“你怎么知道的？”小霞闷着头说：“警察打电话让我拿五千块钱去赎人，我没去。他他妈的吃了喝了玩了我不在乎，不就是钱吗，可他偏偏拿我辛辛苦苦挣来的钱去嫖，他拿我当什么了？他还是人吗？”小霞抬起头，双眼红肿，声音尖厉而愤怒，像一只咆哮的幼狮，发泄着积在胸口的郁闷，脆弱而无奈。

从“夜猫子”出来，小霞怕冷似的依在王彩霞身上，脚步踉跄：“霞姐，我今晚不想回家，我能住你那儿吗？”王彩霞为难地犹豫着，但还是同情地点了点头：“行吧。”

两人熄了灯，并排躺在王彩霞的单人床上。月光透过窗子，像薄薄的床单铺洒在王彩霞和小霞的身体上，白色的纱帘在微风中轻轻地抖动着。王彩霞望着窗外，轻叹了口气："你真舍得不管他？"小霞呆怔着，冲天花板眨了眨眼睛，摇摇头。王彩霞开导她说："不管因为啥，毕竟你俩这几年是有感情的，他现在落难了，你不去管他谁管他。这大热的天，号桶子里的滋味肯定不好受。"小霞有气无力地说："他是自己作的，谁让他对不起我了。对不起我的人就得付出代价。"

王彩霞又问："那等他放出来，你会跟他了断吗？"小霞犹豫了半晌，没吭声。王彩霞继续说："舍不得吧？别耍小孩子脾气了，给他一次机会嘛。再说，他不是已经受到惩罚了吗？如果他屡教不改，再甩了他也不迟呀。"

第二天，两人起了个大早，去了公安局治安科。接待她俩的胖警察说："人昨天就定拘留了，念他是初犯，拘留十五天，要是'底子潮'就直接送劳教了。"小霞吭吭叽叽地说："那我现在交罚款，能不能从轻处理呀，我昨天实在是没钱，我这钱是刚从同事手里借的。"小霞可怜巴巴地指了指王彩霞。王彩霞忙应声附和："是是。"小霞撒娇似的哀求道："求求您了，大叔。"胖警察说："票子都开了，哪那么好改。"小霞见胖警察的口气有缓，拖着哭腔说："大叔，我交罚款不用开票还不行吗？"胖警察把仰靠在椅子上的身体坐直，抓起电话说了几句后，用手捂住话筒："罚款照旧，但不能马上放人，公安局不是随便进出的。我跟科长说了，少关他几天，改三天吧。"小霞和王彩霞交了罚款，又千恩万谢了一番，从治安科出来。王彩霞逗她："要知今日何必当初，交了罚款，还得受三天洋罪。后悔了吧？"小霞却笑了："关他三天也好，让他长长记性，尝尝丢人现眼的滋味。"小霞看了看挂在胸前的手机："哟，快一点了，走，跳舞去。"王彩霞无奈地摇摇头："你心可真够宽的，都啥时候了，还有心思跳舞。"小霞轻捶了王彩霞一拳："我总不能为了个臭男人去寻死上吊吧，我得把失去的损失夺回来。”说完，小霞笑嘻嘻地拉着王彩霞，一溜儿小跑地冲进了“九九”舞厅。王彩霞边跑边想，到底是小孩子，没心没肺，省多少烦心事呀。

十一

星期天上午，王彩霞急三火四地从娘家回到出租房，准备带上跳舞时穿的衣服就走。见男房东正指挥工人安装热水器，就抑制不住心中的喜悦，感激地冲男房东点点头。男房东随王彩霞来到房间，轻轻关上门，吞吞吐吐地说：“这热水器是我出钱安的，她不知道，她要是问，你就说是自己安的，可别说漏嘴了，啊，不然，她非得跟我闹个没完没了。”

王彩霞冲男房东抛了个媚眼，轻柔地说了声：“谢谢了。”男房东挤挤小眼睛，把中指竖在一撮小胡子的唇边“嘘”了一声，缩头缩脑地打开房门，一副担惊受怕的样子，走了。

王彩霞直想笑，但忍住了。关上房门，王彩霞孩子似的在床上打了个滚儿，心里别提多高兴了。虽然已经立秋了，但难耐的高温仍持续着，丝毫没有回落的迹象。在闷热的舞厅里，熬上一天，身上的味都是馊的。想着滚烫的热水顺着身体流淌，既舒服、省事又解乏，心里甭提多高兴了。

十二

再次见到那个高个男人，王彩霞知道了他的名字，叫冯小剑。那天，王彩霞和他破例没有像往日一样在舞池里徜徉一番，而是坐在舞厅的角落里聊起了天。起初，两人只是你一句我一句，磕磕绊绊地闲聊，渐渐的，冯小剑的话才多了起来。舞厅里的音乐实在是太吵人了，冯小剑一只手捂住嘴巴，凑到王彩霞耳边不远不近，但又能保证王彩霞听清楚的地方，不停地说着话。王彩霞发现，冯小剑这个人挺健谈的，也很幽默。王彩霞大部分时间里，只是一个热于倾听的听众。该笑的时候，身体稍稍后仰，抿着嘴小乐一通；该点头的时候，身体稍稍前倾，很感兴趣的样子。

后来，两人走出了“九九”舞厅，来到熙熙攘攘的大街上。冯小剑抱歉地说：“今天我光顾着痛快嘴了，害得你连钱都没挣到。”王彩霞的脸羞涩地红了，忙掩饰着说：“一天到晚跳舞，太累了，腿胀得像根棒子，聊天多轻松呀。”冯小剑说：“我请你吃顿便饭吧，算是我的一点补偿。”冯小剑察看着王彩霞的脸色，又补充道：“其实，我实在是饿了，饿得前心贴后背了。”冯小剑边说边把两只手掌贴到一块。王彩霞默不作声地跟在冯小剑的身后，走进一家冷面店。两人要了两碗冷面，又点了几个小菜和两瓶雪花啤酒。冯小剑刚喝了一杯，就说：“算了，啤酒太涨肚，占地方，待会儿冷面上来就吃不下去了。我还是换白的吧，你喝啤的。”王彩霞小声说：“我喝不了这么多。”冯小剑说：“咱俩慢慢喝，喝不了就剩下。”说完，冯小剑要了一个老龙口的口杯。两人边吃边聊。在两人一次次的碰杯中，王彩霞稀里糊涂地喝完了小两瓶的啤酒，冯小剑又要了一个口杯和一瓶雪花。王彩霞见自己并没有丝毫的头晕目眩的醉意，就陪着冯小见继续喝酒聊天。冯小剑聊了自己的童年和成长的艰辛，又聊了自己长年出差在外碰到的一些趣事。王彩霞闻所未闻，时而大惊失色，时而惊诧不已，表情虽有些夸张，但也不乏真情流露。

午夜时分，两人才走出冷面馆。被风一吹，王彩霞便有种天旋地转的感觉，喉咙咸咸的有东西往上涌。她使劲咽着唾沫，身子却轻飘飘地倒在了冯小剑的怀里。王彩霞本能地一抽身，喉咙里的食物就把她的腮帮子塞得满满的。王彩霞向旁边的一株大树跑去，可她刚一迈脚，嘴巴里的食物已经急不可待地在空中划了道沉重的弧线，溅到地上。王彩霞一手掐着脖子一边呕吐着。冯小剑从侧面抱住王彩霞的双臂，以防止王彩霞一出溜滑倒在那摊污物上。吐够了，王彩霞直起身子，想掏出手帕擦擦嘴，冯小剑把一条白色的手帕递到王彩霞手上，又忙着帮她捶背。王彩霞大喘了几口气，把眼睛上的泪花拭去，不好意思地说：“我，长这么大头一次喝……这么多酒。”冯小剑安慰道：“吐出来就好受了，待会儿回家再喝点醋，明早就没事了。”

王彩霞的步子有些踉跄，走起来东倒西歪。冯小剑用一只大手将她揽在怀里，王彩霞顺势把头舒服地靠在了他的肩头上……

第二天，王彩霞早早就醒了，她侧过身子，凝望着身边熟睡中的冯小剑。冯小剑头朝墙，仍穿着短袖衫和长裤，身体蜷缩成一只煮熟的大虾状。王彩霞把手伸到嘴巴前哈了哈气，发现嘴巴里没有难闻的气味，只有一股子浓浓的醋酸味。王彩霞已经记不起昨夜是怎么回到家中的了，也不知道冯小剑与她干没干那事。但从她和冯小剑衣着整齐的穿戴，她宁愿相信，昨夜冯小剑只给她灌了几口醋，就乖乖地扶她上床睡觉了。其实，王彩霞并不太在乎了。即使昨夜她清醒着，如果冯小剑要求，她也只会假装推挡一番。王彩霞是有过婚姻经历的女人，自从与丈夫离婚后，王彩霞还没有过性生活，从内心讲，王彩霞甚至渴望冯小剑与自己翻云覆雨一番。不然，昨夜自己平白无故地喝那么多酒该怎么解释，又没人逼自己喝。

王彩霞屏住呼吸，用手轻轻拢了拢冯小剑的头发。冯小剑的头发湿湿的，像是在出汗。王彩霞拿出蒲扇，在冯小剑的身体上轻轻扇着风，一脸爱怜的温柔和心疼。

随着外面的房门嘭的一声被推开，王彩霞打了个哆嗦。她知道是男房东又来喂鸽子了。这时，冯小剑也醒了，刚要坐起身，王彩霞微笑着把手在他的脸前调皮地晃晃，示意他别出声。“是房东。”王彩霞把冯小剑的头重又按回到枕头上，抚下身贴在他耳边说。冯小剑把王彩霞的半个身子揽在自己宽厚的胸膛上。两人默不作声地对视着，然后，捂嘴笑了。

那天，男房东在房间里待的时间明显比往常要短一些，他在客厅里习惯性地咳嗽两声，走了。

王彩霞和冯小剑如释重负地从床上爬起来。王彩霞到厨房煮了两袋方便面，还加了两个鸡蛋在里面。两人坐在桌子边吃饭时，男房东又返回来了。由于房门是敞开的，冯小剑想躲已经来不及了，他冲男房东尴尬地欠欠身。男房东耷拉着脸，皱着眉头，没看见似的照直打开鸽子房。

冯小剑低声说："不会给你添麻烦吧。"王彩霞摆出一副豁出去的架势："没事，你吃你的。"但两人吃面的速度明显加快了。两人谁都不说话，稀里哗啦的咀嚼声显得更响更混乱，挺没出息的样子。

王彩霞想，男房东肯定是在客厅里发现了冯小剑的鞋子，才杀了个回马枪，故意让他俩难堪的。这人可真够没意思的，别人难堪，你能得到什么？损人不利己。

事后，男房东表达了他的不满。他说："当初咱们讲好的，这屋只租给你一个人住，你也答应了，不然不会这么便宜，对吧。"王彩霞觉得不管怎么说，男房东还是挺给自己面子的，再说，她也搞不清楚她与冯小剑的确切关系，也没底气反驳，就红着脸点点头，像个做错事的孩子。

王彩霞再见到冯小剑，就把男房东的意思说了。冯小剑扳过王彩霞的双肩，探下头说："等你这边的房租到期了，咱俩一块租套房吧。"王彩霞望着冯小剑认真的神态，若有所思的"嗯"了一声："到时再说吧。"

现在的王彩霞每次周末回家，仍然小心翼翼的。虽然她手头攒了些钱，就藏在床上的褥子里，但她并不敢当着母亲的面给女儿买好吃好玩的东西，顶多是在领女儿单独出去玩时，让女儿大吃一顿。王彩霞想，再等一段日子吧，那时说自己挣了钱，母亲就不会怀疑自己的钱来历不明，自己也不会忐忑不安了。

十三

自从王彩霞与冯小剑有了那次不清不楚的同床一眠后，冯小剑来“九九”舞厅的次数就更少了，差不多半个月才来一次。两人约定俗成地跳上三个曲，冯小剑就告诉王彩霞，自己得先走，晚上几点再来接她，一块吃饭。当然，冯小剑也再没给过王彩霞十块钱。有时，王彩霞暗自思忖，两人到底算是什么关系。冯小剑对自己的疏离是怕在这种环境里尴尬，还是果真如他所说，工作忙得打不开捻。

每次两人吃完饭，都会到王彩霞的出租房里厮守一番，然后，冯小剑就依依不舍地与王彩霞相拥道别，从不留宿。

冯小剑是抚顺某制药厂驻沈办事处的推销员，平时住在办事处里。一年前与妻子离了婚，但没有孩子。关于冯小剑的家庭情况，他只跟王彩霞说过这么多。至于为什么离婚，谁先提出的离婚，冯小剑没说。但看得出，冯小剑挺伤心的。说这些话时，情绪颇为低落，一脸黯然神伤的样子。王彩霞也不好多问什么。但王彩霞从冯小剑的语气中断定，他是个受害者，只不过作为一个七尺男儿不愿自揭伤疤罢了。

有一次，冯小剑从王彩霞的出租房临出门时说：“霞，以后我再找你，就不进舞厅了，我在外面等你。”王彩霞听出了冯小剑的话外音。接着，冯小剑轻柔地说：“我不想看到自己心爱的女人被别人搂来抱去的，我心里不是滋味，你能理解我吗？”王彩霞默默地把头紧紧贴在冯小剑的胸前。一瞬间，王彩霞发现，自己从未与冯小剑的心如此贴近过，一股暖意油然而生。

小霞看出了王彩霞与冯小剑的关系非同一般，曾提醒王彩霞：“干咱们这行的，切勿坠入情网，很危险的。只有两种人会看上我们，一种是穷鬼，一种是骗子。但他们也是利用我们，是不得已而为之的暂时行为。”王彩霞笑着说：“我跟他只是普通朋友。”小霞望着漆黑的夜空，意味深长地说：“在感情方面，吃亏的永远是我们女人。”王彩霞说：“我知道，我已经吃过大亏了，我懂得什么叫吃一堑长一智。”小霞说：“懂就好，到时可别怪姐妹没提醒过你。”说这话时，小霞已经与小可彻底掰了。小可偷走了小霞的一万块钱，只留了张便条，就人间蒸发了。这让小霞对男人更加恨之入骨。“总有一天我会抓到他，我要亲手把他撕成八瓣。”

其实，王彩霞对冯小剑是有所提防的。每次冯小剑走后，她都会用手摸一摸褥子里的钱在不在。王彩霞还特意在褥子上加缝了一张床单，针角缝得密密实实的。王彩霞想，等赚够了五千块钱，就把钱存成死期，这样利息高一些。

十四

有一天，王彩霞上午起床，哼着歌在卫生间里洗澡。由于洗的时间较长，狭小的卫生间笼罩在浓浓的水雾中。王彩霞惬意地闭上眼睛，有一种升入云端、飘飘欲仙的感觉。等王彩霞换好衣服，推门走出卫生间，发现客厅里也是雾气弥漫。她觉得有些奇怪，明明卫生间的门关得严严实实的，客厅里怎么会有这么多雾气呢？王彩霞转了一圈，终于发现卫生间房门的底部接缝处有一条约十厘米长的缝隙。缝隙很窄，肯定不到一厘米，很容易让人忽略不计。中间的缝隙处有一个椭圆形的孔，像是有人用钻头故意钻上去的。王彩霞费劲地趴下身子，用一只拖鞋垫在膝盖处，从那个椭圆形的孔洞往卫生间里看去。果然，整个卫生间一清二楚地映入了眼帘。而卫生间的人无论站着洗澡还是坐在马桶上，根本就不会发现这个小孔的存在。王彩霞战战兢兢地回到房间，心想，会不会是男房东故意在门缝处钻了这个不起眼的小洞呢？继而，王彩霞又联想到，男房东为她主动安装热水器的事，就更坚信了自己的推测。最近几次，王彩霞都是在快洗完澡的时候，听到了男房东关房门的声音。王彩霞还以为这只是个巧合，没往心里去，甚至有些庆幸。无论如何，女人洗完澡，一袭清香，面色绯红地与男房东迎面相遇都挺别扭的，也有些暧昧。

男房东那张苍白瘦削的窄脸浮现在王彩霞的脑海中，怎么想都觉得他有点猥琐、龌龊。还有他在他老婆面前的阴郁，觉得这个男人活得真够窝囊，也很可怜。真是应了那句话，可怜之人必有可恨之处。王彩霞想象着男房东趴跪在地上偷窥的神情，不由得直想乐。他会不会边偷看自己的身体边自慰呢？猥琐的男人只能靠偷窥女人的身体寻求快慰，真够恶心的。王彩霞心里充满了厌恶和鄙视。他咋就不能大大方方地去找个女人呢？再退一步，他去舞厅跳十块钱三曲，不也能得到小小的满足和慰藉吗？这是何苦呢！假如男房东到舞厅请自己跳舞，自己会跳吗？想到这儿，王彩霞独自乐出了声，干吗不跳，凭什么不跳，有钱不赚王八蛋，自己有啥不好意思的，怕只怕那个龌龊的家伙没有胆量。

这么一想，王彩霞心里稍稍好受了些，也释然了许多。开始，王彩霞还想找块布条把那个小圆孔堵上，这样男房东就会知道，自己苦心经营的秘密败露了，从而不敢再偷窥自己。他一定会很尴尬，很沮丧，甚至他愧疚的目光都不敢与自己对视。但王彩霞又有些可怜他。那些又老又丑的男人花上十块钱都可以在自己身上捏来攥去的，人家花八百块钱买的热水器，偷看自己一眼有什么大不了的。你以为自己是谁，良家妇女还是黄花闺女。何况，他还得用那个费劲的姿势，容易吗。这样想着，王彩霞又伤心起来，她是为自己表现出的这份宽容而伤心。

第二天，王彩霞先把热水器的水温调到最高，直到卫生间充满雾气，才心怀忐忑地脱光衣服，站在莲蓬头下。水热得有些烫，但王彩霞也只能置身于水雾中，大气都不敢出。她想象着那双色鼠似的目光，此刻正蹶着屁股窥视着自己的身体。王彩霞尽量让自己的心态从容平静下来，手中的毛巾缓慢地擦拭着胳膊、大腿，并始终把脸转向房门相反的方向。隔了一会儿，王彩霞突然产生了一种恶作剧的心理，她想测试一下男房东的胆量，便猛地推开门。她甚至已经想象到了男房东被这突如其来地一撞，肯定得撞个四脚朝天的丑态。可意外的是，客厅里并没有人，浓浓的雾气迅速弥漫了整个客厅。对面的房间里传来鸽子扇动翅膀的声音。王彩霞知道男房东还在里面，便用一只手捂住嘴巴，悄悄关上了卫生间的门。

王彩霞有气无力地坐在马桶上，好像有一种失落感。也许是自己多心了，也许那个小洞早就有，并非是男房东为了偷窥设计的机关。听到那两声熟悉的咳嗽声，王彩霞长舒了口气，重新又站到了莲蓬头下。

十五

晚上，当王彩霞和小霞正准备出舞厅一块去吃饭时，冯小剑突然慌慌张张地从楼梯上跑了过来。冯小剑面色苍白，呼吸急促地说："我找你说点事。"小霞下意识地拽住王彩霞的胳膊，但被王彩霞猛地甩开："出什么事了？你快说呀！"王彩霞急得眼泪都快掉下来了。

冯小剑的眼里浸满了泪水，他想努力地笑笑，但还是叹了口气。原来，冯小剑的妻子有了外遇，两人被冯小剑堵到了床上，冯小剑忍无可忍，用菜刀砍伤了那个男人。之后，他只身跑到沈阳躲了起来。那个男人通过公安局的人捎话说，如果冯小剑拿出三万块钱，他就撤案私了。现在冯小剑的家里已经凑够钱了，就等他回家把事情摆平了。

冯小剑说："公安正在楼下等我呢，我得跟他们回去自首。"说完，他要了王彩霞的地址，亲了亲王彩霞的眼睛，表情郑重地说："我会给你写信的。"

冯小剑回抚顺自首后不久，有一天，像往常一样，在舒缓、伤感的旋律伴奏下，“九九”歌舞厅鬼火般的灯光，忽明忽暗地疲倦地眨着。突然，舞池中央的聚光灯骤亮起来，所有的人都懵懵呆立在原地，强烈的灯光刺得人睁不开眼睛，一些本该及时抽出的手也好像被定了格似的。这时，刚才在舞池中游逛的像是在找人的便衣警察迅速掏出手铐，准确无误地扣向一对对尴尬的男女。舞厅里顿时一片混乱，人们吵嚷着潮水般向舞厅的大门涌去。有人被挤掉了鞋子但仍不管不顾地四处逃开，以避开聚光灯投影下的是非之地。

王彩霞幸运地躲过了这一劫。她眼睁睁地看见小霞低着头与一个中年男子合戴着一副手铐，被警察推推搡搡地塞进了“九九”歌舞厅门前警笛闪烁的警车里。王彩霞踉踉跄跄地回到家中，躺在床上惊魂未定地打着哆嗦，丝丝冷汗不停地从额头和身体其他部位的汗毛孔中渗透出来。王彩霞后怕地想，如果当时被抓的不是小霞而是自己，自己很可能就身败名裂了。不光会被同事取笑，被母亲赶出家门，在女儿面前也抬不起头来。往后可怎么做人哪。想到这儿，王彩霞把头蒙在枕头下呜呜地哭出声来。

从此，王彩霞再也没有去过“九九”歌舞厅，甚至连门都很少出了。王彩霞整天蜷缩在床上，任多日的疲惫和困倦一浪浪地袭来。王彩霞好像有睡不完的觉，即使醒来也是晕晕乎乎的，眼皮自动往一块儿碰，碰着碰着就又睡了过去。有时候，王彩霞都不记得男房东什么时侯进来喂的鸽子。管他呢，喂不喂鸽子关我什么事。王彩霞翻个身，打了个哈欠，想，自己肯定是前段时间跳舞累着了，现在终于可以好好补觉了，就任由自己赖在床上。

几天后，她接到小霞的传呼，但王彩霞没有回。小霞呼得越勤，王彩霞就越紧张，也越不耐烦。她现在不想见小霞，说不清为什么，就是不想见。王彩霞觉得只有一个人在床上翻来覆去地躺着才舒服、才安全。王彩霞暗自庆幸，多亏那天小霞来家时喝多了，不然准会找上门来，那自己就再也没有安稳觉可睡了。

现在，王彩霞最盼着周末的到来，那样她就可以名正言顺地回家见女儿了。王彩霞告诉母亲，现在是实习期间，每周放假两天。于是，一到周末，王彩霞就带着女儿逛游乐园、动物园、植物园、天文馆。反正是女儿想去哪儿就去哪儿。王彩霞打定主意，自己怎么委屈都行，但不能委屈了孩子。女儿也盼着王彩霞回家，每次王彩霞一进家门，女儿就叽叽喳喳围着她转，像只被困在笼中的小鸟，等待快乐的飞翔。王彩霞看着女儿开心乖巧的模样，母性的温情漫过心底的苦楚，幸福的感觉从心底溢出来显现在脸上。王彩霞满足极了。

经过那一次惊吓，王彩霞决定再也不去舞厅陪舞了。可不去陪舞，自己干吗还要住在这里呢？王彩霞猛然意识到，她是惦记冯小剑，是在等他的消息。冯小剑曾经说过，我会给你写信的。而王彩霞如果离开这间出租屋，冯小剑便没有了她的任何联系方式。两人从此便只能消失在茫茫人海，各奔东西了。这也正是王彩霞最不情愿的。

王彩霞终于盼到冯小剑的来信。冯小剑在信中说，虽然交了钱，但还是要在看守所待上一阵子。法官说，像他这种情况，既然当初经“官”了，就得按伤害罪处理。唯一的变通是判缓刑，比如判三缓四之类的。但冯小剑必须得在看守所里等待判决下达后，才能出狱。冯小剑还在信中说，他的确爱上了王彩霞。他知道王彩霞的褥子里有挺多钱，但他从未看过。他还知道，王彩霞是个好女人，被逼无奈才去陪舞的。如果不是自己过着那种背井离乡、躲躲藏藏的日子，他也不会理解王彩霞目前的处境。他想等出狱后来找王彩霞，跟她过安稳的日子。

十六

果然，冯小剑出狱后，当天就跑到沈阳来找王彩霞了。冯小剑敲开房门，看见王彩霞面容憔悴，眼里泪光盈盈，有些拘谨地挠了挠头皮说："我刚才去九九歌舞厅了，你不在。"王彩霞羞涩地说："我已经好久不去那里了。"冯小剑将王彩霞紧紧地拥在怀里。

两人合衣躺在床上。冯小剑用手不停地抚摸着王彩霞的披肩秀发，王彩霞将头轻轻枕在冯小剑的胸上。那天两人畅谈着关于未来的种种设想。冯小剑想开饭店，也想摆个服装摊，还聊到了开洗衣店，但最后都被两人否决了。王彩霞还将自己待岗之初开洗衣店的经历讲给冯小剑听。冯小剑默默地听着，深情地吻了吻王彩霞光洁的额头。两人一夜未眠。

正当两人对未来和前途一筹莫展之时，政府为安排下岗职工再就业，搞社区服务工程。王彩霞和冯小剑就在王彩霞所在的街道办了家报刊亭和一处矿泉水代销点。王彩霞负责卖报，隔壁的冯小剑每天骑辆"倒骑驴"往附近的小区送水，生活忙碌而有序。

这天，王彩霞正坐在报刊亭里收拾过期的报刊，无意中抬头看见了小霞和一个英俊帅气的小伙子说笑着朝报刊亭走来。小霞穿着一身简朴的休闲装，头发也改回了原本的乌黑颜色，人显得文静、端庄。王彩霞犹豫着是不是该上前打个招呼，小霞却意外地站住了，还故意把头扭了过去。小伙子跑过来买《体坛周报》。本来，这份《体坛周报》是留给一位老顾客的，但王彩霞还是卖给了小伙子。小伙子腼腆地说了声："谢谢。"然后，又兴奋地跑回到小霞身边。两人拉着手，向远处走去。

王彩霞望着小霞的背影，眼泪在眼圈里直打转。刚刚送水回来的冯小剑边用毛巾擦着额头上的汗水边冲呆怔的王彩霞说："你眼睛怎么了？”

王彩霞用手背揉了揉眼睛：“风大，可能进沙子了。”冯小剑小心地翻开王彩霞的眼皮，连着“噗噗”地吹了几口气。然后，看了看灰蒙蒙的天色，说：“要变天了，今晚可能有大雪。”

一把好牌（创作谈）

出版社把小说集校样稿发过来后，我把小说全都重读了一遍。结果，我发现一个有趣的现象，那就是，六个中篇，最初的设想，都是要写成短篇的。有的是在构思过程中，突然起了变化，心中不免一叹，坏了，这是个中篇；有的是在写作途中，临时多出条岔路，篇幅扩展，在所难免。总之，出现了意外，是不得已而为之。但也不失为我多年来心甘情愿从事这份孤独事业的乐趣。

之所以这几年不大想动中篇，实乃现实之困，不是不喜欢。从写作者的角度讲，相比于长篇和短篇，中篇小说最能展示作家闪躲腾挪谋篇布局的功力，写起来也足够过瘾。只是苦于没有大块的时间。一个中篇的写作，通常需要完整的两至三个月，而我因公务（公司）在身，日常时间被切割得琐碎零散，很难做到全情投入。以我近几年（开公司之后）养成的习惯，平日里只负责构思，让故事在脑子里盘旋起降，删减添加，只有在出差旅途中动笔。想完成一个满意的中篇，路途遥遥，很牵扯精力。这给我本就为工作焦虑的情绪之上又平添了一份不必要的焦虑，这是我不情愿也无力承载的。再就是，不写完手头这个小说，下一个小说就无法启动，不然脑子转不过来，相互打架。这是我的另一个习惯，说是臭毛病也不为过。我认。

收录于此的作品，大多创作于我重新做生意这几年。想到飞机上、高铁上，我在电脑前敲敲打打，或在稿纸上龙飞凤舞，一副心无旁骛的样子，竟产生种莫名的自我感动。我知道这很低级，也很讨厌。还是那句话，写作之于我，更像是疗伤，尽管不会有治愈的功效，但至少让我活出些许生而为人本该有的样子。快乐、感伤、痛悟汇聚于笔下，它们构成了我想象的生活，也是我关注的群体。它们不比所谓的真实的生活更美好，但也不更丑陋。我描摹生活，也创造生活，仅此而已。

六个中篇有幸散落于《人民文学》《当代》《作家》《青年文学》《中国作家》《江南》。如今，我把它们聚拢在一起，集结出版，就像是手里握了一把好牌。这种感觉，很好。

蓝石

2023 年 5 月 15 日

有度文化

北岳好书

你独自一人怎能温暖

出 品 人 | 郭文礼　　选题策划 | 刘文飞　　责任编辑 | 武慧敏
复　　审 | 刘文飞　　终　　审 | 郭文礼　　装帧设计 | FAWN WONDERLAND QQ:2821598445
印装监制 | 郭　勇
项目运营 | 有度文化·刘文飞工作室　　投稿邮箱 | liuwenfei0223@163.com
微　　博 | http://weibo.com/liuwenfei　　微信公众号 | YOUDU_CULTURE